Orange
Republic

오렌지
리퍼블릭

노희준 장편소설

자음과모음

_차례

Orange, The Beginnings

나는 왕따가 아니었다. 그때는 '왕따'라는 말이 없었다. 애들은 그냥 나를 '재수'나 '밥맛' 정도로 불렀다. 세상에 왕따라는 말 하나만 있었어도 그 시절을 견뎌내기가 조금은 더 쉬웠을 텐데. 10년만 더 늦게 태어났다면 인터넷에 '왕따들의 연합' 카페를 조직했을지도 모른다. 당연히 내가 짱을 먹었겠지.

내 존재를 대변해줄 말이 전혀 없지는 않았다. 나는 사전을 열심히 뒤져 '이지메'라는 일본 말을 찾아냈으나 그렇게 불리지는 못했다. 재수나 밥맛 말고 제발 이지메를 사용해달라고 부탁하자 반 애들은 아예 나를 '사이코'라고 부르기 시작했던 것이다.

1986년은 한국에서 최초로 국제 스포츠 대회가 열린 해이자 내 인생의 왕따 원년이다. 아시안게임이 끝나자마자 강남의 중학교에는 순식간에 나이키 물결이 밀어닥쳤다. 나이키는 바라지도 않았다. 퓨마나 프로스펙스도 바라지 않았다. 월드컵이나 까발로 정도만 돼도 황송했다. 나는 기차 표를 신고 있었다. 상표가 있어야 할 곳에 기차가 그려져 있었다. 밑창의 옆면은 바퀴 모양이었다. 물론 그 누구도 신발만으로 왕따가 되지는 않는다. 진정한 왕따가 되려면 다음의 세 가지 조건을 갖추어야 한다.

1. 특이하지만 뛰어나지 않을 것
2. 뛰어나지도 않은 게 잘난 척할 것
3. 잘난 척할 때마다 눈치가 없을 것

하지만 나에게는 더 심각한 이유가 있었다. 또래들이 한창 게임이나 만화에 빠져 있을 때 나는 고전문학과 클래식, 그리고 미술에 심취해 있었다. 한마디로 나는 나이에 걸맞지 않게 수준이 너무 높았다.

도무지 말이 통하는 친구가 없었다. 나를 대적하려면 적어도 『적과 흑』의 줄리앙 솔렐이나 『마의 산』의 한스 카스토르프 정도는 돼줘야 했다. 『카라마조프의 형제들』의 사생아 꼽추는 일찌감치 나를 알아보고 주인으로 삼가 모시고 있었다. 밤마다 찾아오는 미모의 요정도 한 명 있었다. 줄리아는 조지 오웰의 『1984』를 읽던 중에 만났다. 스탠드 불빛이 새나가지 않게 이불을 뒤집어쓰고 있었는데 갑자기 정전이 되었다. 그녀가 한 줌의 영롱한 빛으로 나타난 건 그때였다.

누구세요?

난 미래에서 파견된 시간 테러리스트야.

그런데요?

중요한 사실을 알려주러 왔어.

뭔데요?

네가 영웅이 되기 위해 태어났다는 거. 네가 지금 이지메 당하는 건 미래 악당들의 음모야. 그들의 책략에 휘둘려 너의 본분을 잊어서는 안 돼.

그 말을 나보러 믿으라고요?

믿어야 해. 나는 너에 대해 속속들이 알고 있으니까.

그녀는 영웅들이 어떤 사람들인지부터 설명했다. 알고 보면 신화의 왕들도, 그 유명한 로빈 후드나 홍길동도 어릴 때는 다 이지메를 당했다는 것이었다. 그녀는 나에게 영웅 탄생의 삼 단계를 제시했다.

1. 비범하게 출생할 것
2. 어려서부터 죽을 위기에 처할 것
3. 비범하고 총명하여 온 세상의 시기와 질투를 한 몸에 받을 것

나의 태몽은 아버지가 꾸었다. 등산을 하다가 무지갯빛으로 빛나는 뱀 한 마리를 발견했는데 왠지 꼭 잡아야 한다는 욕심이 들었다고 했다. 숲 속을 힘겹게 쫓아 생포하는 데 성공했다. 그런데 이런, 처음에는 두 손에 뿌듯하게 쥐였던 녀석이 점점 작아지기 시작했다. 붙잡힌 채로 미꾸라지만 하게, 지렁이만 하게 꺼지더니 마침내 실처럼 가느다래져서 손아귀를 빠져나갔다. 자유의 몸이 되자 녀석은 커졌다. 잠깐 사이에 이무기가 돼버렸다. 아버지는 팔을 한껏 벌려 놈을 다시 붙잡는 데

성공했으나 그러면 녀석은 또 작아졌다. 몇 번이나 시도했으나 똑같은 일이 반복되었고 아버지는 기진맥진하여 포기했다. 이무기는 마침내 용이 되어 승천했다. 아버지는 내 태몽을 뱀꿈이라고 해야 할지, 아니면 용꿈이라고 해야 할지 매번 헷갈려 하셨다.

엄마는 초로의 자궁으로 나를 품었으나 병원에서는 물혹이라고 오진했다. 배가 자꾸만 부풀어 올라 병원을 두 번이나 옮겨 갔다. 똑같은 진단이 반복되었다. 병원에서는 수술을 권했지만 그즈음 빚을 많이 져서 집 장만을 한 데다가 당시 국민학생이었던 형이 큰 화상 수술을 하여 형편이 어려웠다. 어머니는 위험하지만 돈은 적게 드는 약물 치료를 선택했다. 그러나 종양이라는 오명을 쓴 이무기의 씨앗은 약을 흡수하고도 죽지 않아, 아니 약을 먹이자 더욱 무럭무럭 자라나, 엄마의 배를 초산의 그것모양 한껏 부풀려놓았다.

"임신 육 개월입니다. 계속 약을 드셔서 기형아일 확률이 높습니다."

네 번째로 찾아간 병원에서 말했다.

"그럼 어쩌죠?"

"아무래도 수술하시는 게 좋을 것 같습니다."

"육 개월밖에 안 됐는데요?"

"제왕절개 말고 낙태 말입니다. 오래돼서 불법이긴 하지만 제가 특별히 눈감아드리겠습니다. 평생 기형아를 키우느니 법을 어기는 게 차라리 현명하죠."

줄리아에 따르자면 엄마를 맡았던 의사들은 미래의 비밀경찰로부터 사주를 받은 상태였다. 사전 모의가 없었다면 어떻게 세 명이나 오진을 할 수 있었겠는가. 어떻게 의사가 육삭둥이를 죽이자는 비윤리적인 제안을 할 수 있었겠는가. 그건 국가적인 차원의 음모였다. 산아제한 정책도 사실은 나를 제거하기 위한 사전 포석이었다. 70년대에는 어디서나, 심지어는 달력이나 제약회사의 광고에서조차 '딸 아들 구별 말고 둘만 낳아 잘 기르자'는 표어를 발견할 수 있었다. 나는 세 번째 아이였다.

국민학교 2학년 때 북한 사람은 늑대가 아니라고 했다가 담임에게 크게 혼난 적 있지?

깜짝 놀라 고개를 끄덕였다. 반공교육 시간이었다. 선생님은 북한 사람이 군복 입은 늑대로 그려져 있는 유인물을 학생들에게 나눠주었다. 나는 〈간첩 잡는 똘이장군〉을 보고 정말 북한군은 다 늑대냐고 물었다가 고등학생인 형에게 머리통을 얻어맞은 적이 있었으므로 북한 사람은 늑대처럼 생기지 않았다고 자신 있게 외쳤다. 머리통 위에 지휘봉이 떨어졌다.

그럼 선생님도?

줄리아는 대답 대신 질문을 계속했다.

박 대통령이 죽었을 때 기억나? 반마다 대통령의 서거를 추모했었지.

물론이었다. 대통령님의 은혜를 되새기는 반장·부반장의 즉석 발표가 있었고, 집단 묵념이 뒤따랐다. 어디선가 흐느끼는 소리가 났다. 몇 명이 울음을 터뜨렸다. 슬픔은 뱀이 이무기가 되듯 몸피를 늘려 순식간에 교실 전체를 눈물바다로 휩쓸었다. 어리둥절하다 못해 약간의 공포에 휩싸여 주위를 멀뚱하니 둘러보다가 다시 담임의 지휘봉을 머리로 받았다. 나는 묵념을 안 한 데다 국부에 대한 존경심이 없다는 이유로 일주일간의 청소를 명령받았다.

그러고 보니 비밀경찰들의 손길은 어디에나 뻗쳐 있었다. 중학교 1학년 때 담임도 그들의 끄나풀이었음이 분명해졌다.

이미 말했듯이 나는 늦둥이였다. 대학생이던 형과 누나는 언제나 나를 무시했다. 제일 듣기 싫은 말이 있다면 "조그만 게 뭘 안다고……"였다. 복수심에 불타 그들의 책을 훔쳐 읽기 시작했다. 어려워 보일수록 기를 쓰고 읽었다. 이를테면 플라톤의 『공화국』, 프로이트의 『꿈의 해석』, 보들레르의 『악의 꽃』 같은. 알고 보니 형과 누나도 꽂아만 놨달 뿐 정독한 적은 없는 책들이었다. 하필 이사야 벌린의 『칼 마르크스』에 매달려 있을 때 학교에서 제목도 참 고상한 '도둑 방지 글쓰기 대회'를 열었다. 목구멍이 하루 종일 간질거렸다. 대학생을 능가하는 독서력의 소유자인 나에게 고작 도둑 방지 따위의 사소한 주제를 논하라니. 차라리 루빈스타인한테 바이엘을 쳐보라고 할 일이지.

나는 썼다. 한국에 있는 도둑을 죄다 감옥에 가둬도 똑같은 수의 도둑이 다시 생겨날 거라고. 도둑질은 개인의 잘못이 아니라 사회의 책임이라고. 그러므로 도둑을 없애려면 부잣집의 담벼락부터 허물어야 한다. 부잣집 마당에서 그들을 재워주고 먹을 것과 입을 것을 충분히 나눠주면 세상의 모든 도둑질은 사라지리라.

하지만 상은 문단속, 경찰 신고, 수상한 사람의 경계 등을 역설하는 몸서리치게 진부한 글에 돌아갔다. 얼마 후 담임은 엄마를 모셔오라고 했다. 촌지 문제라고 짐작한 엄마는 어렵사리 돈 봉투를 마련해 갔으나 담임의 관심사는 다른 곳에 있었다.

"혹시 준우가 평소에 어려운, 그러니까 사상이 높은 책들을 즐겨 읽습니까?"

"형 누나가 대학생이어서 그런가 봐요. 얘가 성적이 좀 나빠서 그렇지 머리는 아주 좋은 애예요."

"앞으로는 못 읽게 하십시오."

"네?"

"제 얘기 잘 들으세요, 어머니. 어린애라고 생각하시겠지만 5, 6년 뒤에는 대학에 들어가게 됩니다. 저렇게 수준에 안 맞는 책을 읽는 애들이 대학에 들어가서 운동권이 되는 걸 많이 봐왔습니다. 아들이 장차 사상범이 되길 바라십니까?"

다음날, 형과 누나는 아버지에게 전공책을 제외한 모든 서적을 압수당했다. 형은 부모 몰래 데모질을 한 데다가 어린 동생까지 '적화'시킬 뻔 했다는 누명을 쓰고 '빠따'를 맞았다. 억울해서 그랬는지 아파서 그랬는지 체면도 잊어버리고 내 앞에서 눈물을 보인 형은, 어린 내가 보기에도 데모질을 할 위인은 못되었다. 그러거나 말거나. 아버지는 겨우내 정원에 떨어진 낙엽과 잔가지들을 쓸어 모아 불을 붙였고, 형과 누나의 금서 아닌 금서들은 집 앞 공터에서 화형당했다. 불의 입속으로 들어간 책들은 하늘 높이 피를 뿜으며 맹렬하게 타올랐으나 몇 시간도 지나지 않아 잿더미로 스러졌다.

내가 혼자일 수 없음을 그날처럼 깨달은 날도 없었을 것이다. 그날 아버지가 태운 것은 책이 아니라 아직 끝나지 않은 나의 유년기였다. 골목길에 쪼그리고 앉아 하늘을 보았다. 하늘에 걸려 있는 뭉게구름이 높았다.

＊

　아버지는 X대 출신 공인회계사였다. 마흔에 '마이 홈' 마련에 성공했으나 오일쇼크를 맞아 석유회사에서 퇴사한 후 매일매일 늦게 돌아왔다. 엄마는 집의 융자금을 갚고, 배다른 삼촌들의 학비를 대고, 어떻게든 수입을 불려보겠다고 열심히 계를 굴리느라 역시 밤이 깊도록 돌아오지 않았다. 대학생인 형과 누나도…… 이유는 모르겠지만 어쨌든 늦었다.

　아버지가 1973년에 구입한 단층주택은 성동구 학동이 75년 신설된 강남구 청담동에 편입하면서 2층짜리 단독주택으로 거듭났다. 내 집 마련은 대단한 일이었지만 단독주택은 놀라운 게 아니었던 모양이다. 강북의 중심에도 아파트는 거의 없었다. 대부분의 시민들이 뛰어내려도 죽지 않을 만큼의 높이에서 살고 있었다.

　도시라기보다는 거대한 세트장 같았다. 어디에 서 있건 조금만 걸어가면 흙을 밟을 수 있었다. 비가 오면 그대로 진창이었다. 장화는 필수품이었다. 한 칸이 건물이면 다음 칸은 공터인 곳. 소달구지와 벤츠 승용차가 공존하는 곳. 공터에서 흙장난을 하다 보면 가끔씩 뼛조각들이 튀어나와 애들이 비명을 질러대곤 했다. 애들은 고대에 살았던 인류의 흔적이라고 상상했지만 사실 그건 공사판 인부들이 잡아먹은 멍멍이들의 파편이었다.

　한참을 걸어가면 배 밭이 있었고, 과수원이 있었고, 갈대숲이 있었고, 모래사장이 깔려 있는 강변이 있었다. 강 너머로 보이는 서울의 중심부는 놀랍고도 무서운 곳이었다. 형은 나에게 저기 어디쯤에 마징가 제트가 숨겨져 있다고 거짓말했다. 허술한 철조망이 둘러쳐져 있어 개방된 것이나 다름없었던 고등학교의 숲 속에는 세상의 모든 생명체들이 다 살고 있었다. 나는 매미나 개구리, 곤충 따위를 손으로 잡지 못해 놀림을 받았다. 무서운 형들이었다. 매미를 태워 누구 것이 오래 우나 내기를 했다. 개구리 똥꼬에 빨대를 꽂고 힘껏 불면 눈알이 튀어나왔다. 가을이면 지천으로 널려 있는 고추잠자리를 잡아 싸움을 시켰다. 제 것이 소극적이거나 밀린다 싶으면 날개나 다리를 하나씩 뜯었다. 겨울은 몹시 춥고 눈이 많았다. 뺨과 손등이 터지거나 뱀 비늘처럼 더께가 진 아이들이 공터를 이리저리 뛰어다녔다. 동네에는 암묵적으로 눈을 치우지 않도록 약속된 긴 비탈길이 있었다. 눈이 오면 할머니와 아줌마들이 행주나 속옷 삶은 물을 내버리곤 했다. 이상하게도 찬물을 뿌리면 스러지는 눈밭이, 뜨거운 물을 뿌리면 단단하게 얼어붙었다. 그러면 며칠 동안은 절대로 녹을 일 없는 눈썰매장이 되었다. 누군가 스케이트 날을 단 썰매를 만들어 오면 모두들 탄성을 질렀지만 제일 성능이 좋은 것은 역시 감자 포대나 시멘트 포대였다.

좋은 시절은 잠깐이었다. 국민학교 고학년이 된 나는 더 이상 나가 놀 수 없었다. 학교가 파하면 30분 내로 집에 돌아와 있어야 했다. 아버지의 확인 전화를 받지 않으면 무섭게 혼났다. 엄마는 간첩과 도둑과 납치범이 들끓는 위험한 세상이라고 했다. 엄청나게 커 보였던 건평 오십의 저택에서 안전하게 보호받고 있는 나는 언제나 혼자였다.

장난감은 치워졌다. 아버지는 내가 더 이상 장난감을 갖고 놀 나이가 아니라고 말했다. 안방에 텔레비전이 있었지만 허락 없이는 들어갈 수 없었다. 설사 들어간다 해도 방송은 여섯시에나 시작했다. 눈을 가

늘게 뜨고 거실에 스며드는 햇살을 응시하면 시간의 막이 정밀하게 주위를 둘러싸고 있는 게 보였다. 세상에서 가장 무서운 건 아버지가 아니라 나를 감싸고 있는 시간들이었다.

하루는 2층에 참새 한 마리가 날아 들어왔다. 이 창문 저 창문에 여러 번 몸을 부딪치더니 불에 덴 나방처럼 바닥을 빙빙 돌았다. 부러진 날개에 나무젓가락을 대어 붕대로 감았다. 새장 대신 쥐덫에 넣어 길렀다. 가을 내내 시멘트 슬레이트 지붕 위에서 따뜻한 햇볕과 선선한 바람을 맞으며 나는 녀석과 함께였다. 몇 번의 비가 내리고 서서히 단풍이 질 때쯤 녀석은 건강을 거의 회복했다.

어느 날, 한껏 높아진 중추의 하늘에서 나는 큰 새를 발견했다. 독수리다! 외치며 집 안에 뛰어 들어가 야구방망이를 챙겨 나왔다. 만약 가까이 온다면 충분히 잡을 수 있을 거라 어림했다. 그런데 놈이 정말 이쪽을 향해 날아왔다. 깃털의 결이 보일만큼 근접하자 나는 엄청난 크기에 압도당해 얼음 기둥이 돼버렸다. 그사이 참새가 든 쥐덫이 눈앞에서 사라졌다. 그런다고 네가 철망을 뚫을 수 있을 것 같아? 그 상황에서도 나는 매를 비웃었다.

매는 제트기처럼 솟구쳤다. 먼 하늘을 몇 바퀴 선회하더니 쥐덫을 놓아버렸다. 초능력을 걸어 떨어지는 쥐덫의 속도를 늦췄다. 숨을 참는 동안에만 효력이 있는 초능력이었다. 하지만 쥐덫은 너무 높은 데서 한없이 떨어지고 있어서 나는 영원처럼 긴 그 한때를 버티지 못하고 그만 숨을 터버렸다. 쥐덫은 맹렬한 속도로 땅에 메다꽂혔다. 말 그대로 뚝, 하는 시간밖에 걸리지 않았다. 매는 하늘을 몇 바퀴 더 돌더니 먹이가 떨어진 곳을 향해 수직 하강했다. 나는 그날, 새장 속의 새는 날지 못한다는 말의 진짜 의미를 알아버렸다.

며칠 동안 열병을 앓았다. 엄마는 한데 나앉아 있다가 동장군이 든 거라 했지만 나는 마음을 태워 없애는 중이었다. 감정을 재료로 나를 둘러싸고 있는 시간의 장막들을 베어 없앨 칼 하나를 담금질하는 중이었다.

가슴이 식자마자 동화책을 손에 들었다. 백 권짜리 전집이 몇 개월 만에 나가떨어졌다. 두세 번 다시 읽자 1년이라는 시간이 넘어졌다. 그때 새삼 눈에 들어온 것이 백 권짜리 세계 문학 전집이었다. 붉은색 소프트커버에 4단 세로로 인쇄된 계몽사 판이었다. 독서금지령 이후에도 그 책들은 버려지지 않았으므로 나는 국민학교 6학년부터 중학교 2학년까지의 3년 동안 그 책들을 다 읽어버렸다. 나에게 그것들은 책이 아니었다. 분노이자 그리움이었고, 사랑이자 상처였고, 믿음과 배신과 꿈과 절망의 다른 이름이었고, 그리고 마침내 아무 때나 이유 없이 솟아오르는 눈물의 급조된 근거였다.

책벌레가 된 나는 하굣길에 관통해야 하는 압구정동에서 종종 길을 잃었다. 내가 시간을 허무는 동안 압구정동의 건물들은 점차 빼곡해졌다. 한양아파트의 단층 종합상가였던 한양스토어는 4층짜리 한양백화점으로 솟았다. 조그만 상점들을 몰아내고 학동 사거리까지 패션 스트리트가 조성되었고 그 안 골목길의 시장은 유흥가가 됐다. 천박하고 사치스러운 여자처럼 강남은 매일매일 화장과 옷을 바꾸고 있었다. 강남 이주에 성공한 담임은 '우리의 강남'이 선진국이 100년 동안 한 일을 10년 동안 해냈다고 자랑스러워했다. 그렇다면 나는 내가 지난 10년간 혼자서 100년은 살아온 셈이라고 생각했다. 겨우 열여섯 살에 나의 유년기는 한 세기 저쪽으로 사라져버리고 없었다. 패션 스트리트와 유흥가는 시간을 먹는 괴물처럼 주택가와 구 상가를 집어삼키며 학동 사거리를 향해 유유히 기어오르고 있었다. 나는 커다란 뱀이 우리 집을 허물어버리는 꿈을 자주 꾸었다.

외계인이 나타난 건 그즈음이었다. 비는 막고 수증기는 배출시킨다는 최첨단 고어텍스 점퍼를 입고, 공기 스프링이 외부 충격을 99.9퍼센트 흡수해준다는 나이키 에어를 신은 아이들. 그들은 미니시리즈 〈브이〉에 나오는 파충류 인간 같았다. 아니 냉혈의 외계 생명이 반 아이들의 몸을 하나둘 점령하고 있었다. 낡은 코르덴 점퍼와 기차 표 신발의 나는 얼마 남지 않은 지구인 중 하나였다.

침략은 은밀하고 갑작스러웠다. 나는 녀석을 쳐다보고 싱긋 웃었을 뿐이었다. 1학년 때 우리는 단짝이었으므로. 다행히 녀석도 나를 보고 웃었다. 녀석의 앙증맞은 뻐드렁니가 반짝, 빛나는 것을 나는 보았다. 그러나 자리에서 일어나 나에게로 다가오던 중에 녀석은 외계인에게 영혼을 빼앗겼다. 악수를 하려고 내밀었던 손을 쳐내고 녀석은 느닷없이 내 뺨을 후려갈겼다.

"뭘 실실 쪼개, 이 사이코 새끼야. 만만하냐?"

애들의 눈동자가 일제히 쏠렸다. 하지만 뺨을 감싸 쥔 게 나임을 확인하자마자 원래의 자리로 돌아갔다. 뇌를 빼앗긴 그들에게 동정심 따위는 남아 있지 않았다.

외계인에게 점령당한 건 애들뿐만이 아니었다. 선생들도 그들의 조종을 받고 있었다. 얼마 후 학교에서 앙케트 조사를 했다. 설문지에는 수십 개쯤 되는 가정용 제품들의 목록이 있었다. 담임은 그중 집에 있는 것에만 브이(v) 표를 하면 된다고 했다.

다섯 개쯤 브이 표를 하고 나니 더 이상 체크할 게 없었다. 아이들은 열심히 브이 표를 늘려갔다. "와 너네 집엔 그런 것도 있나?" "와, 이 새끼는 없는 게 없다" 따위의 말들이 나왔다. 그동안 나는 VCR, 위성 안테나, 식기세척기, 정수기 등등…… 듣도 보도 못한 물건들의 목록들을 읽고만 있었다.

며칠 뒤, 담임은 상담 시간에 나에게 물었다.

"점심은 싸올 수 있니?"

나는 그날 집에 돌아가 엄마에게 고어텍스와 나이키를 사달라고 말했다. 정 안 되면 나일론이나 까발로도 괜찮다고 말했다. 엄마는 들은 척도 하지 않았다. 비장의 카드로 학교에서 결식아동으로 오해받았다고 과장했다. 엄마는 장롱에서 『주부생활』 가계부를 꺼냈다. 놀랍게도 우리 집 생활비는 VTR 한 대 가격보다 훨씬 적었다. 엄마는 아버지처럼 앞뒤가 꽉꽉 막히면 남들처럼 살 수 없다고 덧붙였다. 시원하게 뚫려 있는 아버지를 둔 다른 애들의 집에는 엄청난 것들이 있음을 나는 알고 있었다. 이를테면 진짜로 날아다니는 무선 조종 헬리콥터나 TV에 연결하는 게임기 같은 것들.

방에 들어가 조용히 울었다. 나는 내가 고양이 떼에 쫓겨 자취를 감춰버린 살쾡이 같다고 생각했다. '맥가이버'가 출현하자마자 손쉽게 잊혀져 가고 있는 '헐크' 같다고 생각했다, 생각했다, 생각했다.

*

8학군에는 대략 세 개의 종자가 있었다. 우선은 재래종인 '감귤'. 개발 전부터 살던 원주민이거나 개발 초기에 집값이 싸다는 이유로 들어온 사람들로, 운이 좋은 편이기는 했으나 부자라고는 할 수 없었다. 신흥 귀족을 형성한 것은 80년대에 유입된 외래종으로 그들 중 일부가 이후 '오렌지'로 불리게 되었다. 마지막으로는 강을 건너온 '탱자'가 있었다. 강남에 살지만 온몸으로 강북인 애들. 자연산 토종이지만 재배종은 아닌 경우. C중학교에서는 우량 탱자들이 뭉쳐 불량서클 '집시'를 결성했다. 기지바지나 청재킷, 비닐점퍼 등의 전형적인 강북 양아치 패션을 하고 다녔지만 아무도 그들을 비웃지 않았다. 오렌지는 집시를 무시하지 않고, 집시는 킹카를 터치하지 않는 것이 C중학교의 불문율이었다. 모든 분쟁은 무른 감귤과 돌탱자의 차지였다.

삥을 뜯거나, 무리한 일을 시켜서 못하면 때리거나, 그저 장난으로 무작정 나를 괴롭힌 건 하나같이 돌탱자들이었다. 그 애들은 아빠가 블루컬러이거나, 엄마가 술집 마담이거나, 부모가 몰락해가고 있는 시장 상인이거나 했다. 간혹 착한 탱자도 있었다. 중학 시절 내내 나의 유일한 친구였던 연호가 그랬다. 그 애는 반지하 방에 살았고, 온 가족이 결핵에 걸려 있었고, 미술에 천부적인 소질이 있었다. 하지만 대부분의 탱자들처럼 연호는 대학에 가지 못했다.

최악의 돌탱자는 '사마귀'였다. 손에 하도 사마귀가 많아서 붙은 별명이었다. 녀석이 나를 어떻게 괴롭혔는지는 일일이 말하지 않겠다. 학교를 다닌 사람이라면 애들이 얼마나 잔인하게 애들을 괴롭히는지 못 봤을 리 없으니까. 그저 당신들은 외면하거나 잊었다. 가해자가 아무리 잔인하고 치사하고 더럽고 심지어는 범죄를 저질러도, 피해자가 아무리 울고 도움을 요청하고 도장을 다니고 심지어는 심각하게 자살을 고려할 때도 당신들은 그저 무시했을 뿐이다.

왕따는 항상 '삼따' 당한다. 누군가가 '따' 하고 때릴 때, 주변의 모두가 그 '따'를 '따' 할 때, 그리고 '따'인 본인조차도 그 '따들'을 없었던 일인 양 '따' 해야 할 때. 아무리 '따'를 당할지언정 내가 '따'라는 걸 인정할 수는 없었다. 그게 '따'의 마지막 자존심이었다. 단지 무서워서 선생과 부모에게 숨긴 건 아니었다.

그 마지막 자존심을 자극한 게 사마귀였다. 어찌 보면 사마귀는 내 인생의 은인이다. 놈이 없었다면 나는 왕따 탈출에 성공할 수 없었을 테니까.

사마귀는 내가 교생 한 명을 좋아한다는 사실을 알게 되었다. 목까지 채운 하얀 블라우스가 맘에 들었다. 동맥이 비치는 하얀 종아리를 보면 설렜다. 장미를 품은 진달래, 그녀는 철쭉이었다. 나는 철쭉의 수업 시간에 어려운 소설책을 가져다 읽었다. 그녀는 내가 책 읽는 것을 알고도 혼내기는커녕 대견하다는 눈빛으로 나를 보았다. 철쭉은 유일하게 학교에서 비밀경찰도, 파충류 외계인도 아닌 사람이었다.

옆자리로 옮겨 앉은 사마귀가 철쭉의 치마를 들추라고 시켰다. 내가 들은 척도 않자, 신발 끈에 끼운 볼록거울로 철쭉의 팬티를 엿보려고 했다. 나는 결정적인 순간에 어깨를 쳐서 사마귀의 균형을 흔들었다. 하지만 정작 녀석이 내 고추를 만질 때는 아무 저항도 못 했다. 나도 모르게 그것이 커져 있었다. 사마귀와 실랑이를 벌이다가 소란스러워져서 둘 다 일어서라고 하면 그것이 철쭉을 화살표처럼 가리킬 것 같았다. 수줍게 교과서를 읽고 있는 철쭉만이 아무것도 모르고 있었다. 외계인들이 수군거렸다. "저 새끼. 즐기나 봐.""사이코가 사마귀 깔 됐다."

더 이상 참지 못하고 사마귀를 힘껏 밀었다. 사마귀는 바닥에 나동그라졌으나 다친 것도 아니었다. 철쭉에게 잔소리를 듣고, 쉬는 시간에 집시 한 명에게 애 좀 그만 괴롭히라고 꿀밤을 몇 대 맞기는 했지만 그게 하굣길에 내 코를 정통으로 가격해 뼈를 부러뜨릴 일은 아니었다. 한 시간 동안이나 혼자 코피를 흘리다가 오랜만에 일찍 들어온 엄마와 함께 동네 이비인후과에 갔다. 코는 부풀어 오르다 못해 탁구공 모양이 돼 있었다. 의사는 내 코를 막 잡아보더니 조금 웃었다.

"넘어진 게 아닌데……."

엄마의 눈이 동그래졌다.

"넘어져서 다친 거 아냐?"

"넘어져서 다친 거 맞아요."

의사가 끼어들었다.

"내 보기엔 싸웠는데? 사실대로 말해봐."

나는 리얼리티를 확보하기 위해 최대한 디테일하게 말했다.

"운동장에서 올라오다 스탠드에서 넘어졌는데 하필 바지에 손 넣고 있다가 코로 받았다고요."

"다치는 거 본 사람 있어?"

내가 입을 다물자 엄마가 물었다.

"근데 지금 그게 왜 중요해요 선생님?"

의사는 퉁명스럽게 대답했다.

"싸운 거면 의료보험이 안 되거든요."

엄마가 아버지한테 전화를 하러 간 사이 의사는 비아냥거렸다.

"원래 거짓말을 잘하니? 조그만 게 벌써부터."

나는 의료보험이 되는 치료를 받았다. 코를 째지 않고 외부에서 압력을 넣어 뼈를 맞추는 시술이었다. 막대기 두 개로 어긋난 코뼈를 맞출 때마다 무시무시한 소리가 났다. 온몸이 콧속으로 들어갔다 나온 것 같은 고통이 끝나자마자 콧구멍을 깁스로 틀어막고 일주일을 지내야 한다는 말을 들었다.

일주일 동안 죽만 먹었다. 입으로 숨을 쉬어서 입술이 하얗게 탔다. 코가 막힌 채로 하루에 한 번씩 입술 허물을 벗는 고생을 하고도 내 코는 원래대로 돌아오지 않았다. 오른쪽으로 약간 휜 매부리 모양이 되었다. 바깥에 부착하는 깁스를 사용하면 콧구멍 패킹은 하루만 해도 된다는 건 나중에 알았다.

가뜩이나 왜 째려보냐는 오해를 사는 눈 밑에 ㄱ자로 꺾인 맹금류의 부리가 솟아 있었다. 나는 내 얼굴을 보며 몇 년 전 참새를 잡아채 간 커다란 매를 떠올렸다. 평생을 참새처럼 불안하게 살 수는 없었다.

먹이사슬의 말단을 벗어나기 위해 일주일에 한 가지씩 고쳤다. 첫 번째 주, 땅을 보고 걷지 말 것. 두 번째 주, 어깨를 펴고 사람을 대할 것. 세 번째 주, 상대방의 눈을 보고 얘기할 것. 네 번째 주, 싫으면 싫다고 분명히 말할 것 등등. 틈틈이 거울을 보며 욕하는 연습을 했다. 나는 생각보다 많은 욕을 알고 있었다.

매부리코는 나의 유전자조차 바꿔놓았다. 나는 키가 크기 시작했다.

고1이 되자 중학교 때 나를 괴롭혔던 악동들을 힘으로 제압할 수 있었다. 싸움은 단 한 번이었다.

나는 겨우 이겼다. 녀석이 선빵을 날리거나 내가 조금이라도 삐끗했다면 졌을 거다. 일단 내가 이겼다고 판정이 나자 그 애와 같은 급수의 '탱자'들은 한꺼번에 종속되었다. 분명한 선이 생기자 유지는 쉬웠다. 종주먹만 쥐어도 탱자들은 지레 겁을 먹었다.

말로만 듣던 X고에 진학한 것은 88올림픽을 하던 해였다. 뺑뺑이라 예전보다 위상이 많이 떨어졌다고는 해도 명문은 여전히 명문이었다. 정계 실력자 다수가 X고 출신이었고, 그 자제들도 적잖게 X고를 다니고 있었다. 갖은 편법을 동원해 어렵사리 자식을 입학시키는 강북 부자들도 있었다. X고를 나왔다 해서 모두가 X고 출신으로 인정받는 건 아니었다. 외국 명문대나 국내 일류대에 진학해야 했다. 그 외의 졸업자는 동문회보를 받을 수 없었다.

나는 여전히 공부를 못했다. 공부를 많이 하면 공부를 잘할 수 없었다. 예를 들어 수학 시간에 집합을 가르치던 선생이 'PQ 진리값'은 철학의 형식논리학에서 나왔다는 참고 사항을 말하면 나는 궁금증에 몸이 달아 서점으로 달려가게 되었고, 철학과 애들이나 읽는다는 논리학 책에 푹 빠져 있다 보면 어느새 월례고사가 다가와 수학 시험을 망친다는 식이었다. 국민윤리 시간에 플라톤이나 아리스토텔레스 얘기가 나오면 『공화국』과 『시학』을 샀고, 국어 시간에 실존주의 얘기가 나오면 카뮈와 사르트르의 책을 탐독했다.

그것으로 충분했다. 나는 X고에서 조용히 지내는 데 성공해 있었다. 열등생인 데다 여전히 왕따였지만 고요한 일상만으로도 나는 천국에

온 것처럼 행복했다. 어떤 일에도 개입하지 않았고 누구의 관심도 끌지 않으려 최선을 다했다. 나를 이유 없이 건드린 건 그애들이었다.

점심시간이었다. 제시간에 도시락을 꺼낸 나는 일관성 있게 혼자였다. 반찬을 뺏어 먹으려고 접근하는 애들조차 없었다. 소시지나 고기, 치즈 따위에 길들여진 녀석들이 콩자반이나 멸치, 뱅어포 따위에 관심 가질 리 없었다. 그런데 어느 날 두 개의 그림자가 내 도시락 위에 드리워졌다. 고개를 들어보니 학년 캡인 짐승과 입술이었다.

"바쁘냐?"

"아…… 아니."

"얘기 좀 하자."

"나랑? 왜?"

"잔말 말고 따라와."

그들은 후문 쪽으로 학교를 가로질렀다. 수많은 애들이 힐끗거렸다. 강아지처럼 헐떡이며 뭘 잘못했을까를 고민했다. 입방정을 떨지도, 누굴 욕하지도, 수업 시간에 잘난 척하지도 않았다. 그런데 도대체 무엇 때문에?

짐승과 입술은 주위를 두리번거리더니 동문기념관 맞은편 숲 속으로 나를 이끌었다. 처음 보는 오솔길이 있었다. 깊숙이 들어가자 나무로 둘러싸인 공터가 나타났다. 성빈과 하진이 그곳에서 담배를 피우고 있었다. 키 큰 나무들이 잎사귀들을 낱낱이 펼쳐 한낮의 햇살로부터 그들을 보호하고 있었다.

교내 흡연보다 더 놀라운 것은 내가 그들 가까이 서 있다는 사실이었다. 짐승과 입술은 싸움으로 8학군을 쓸었다는 놈들이었다. 짐승은 정통으로 맞으면 내장이 파열된다는 힘의 펀치로 유명했고, 입술은 번개 같은 스피드와 하늘을 가르는 발차기가 주특기였다. 성빈과 하진은 학년 킹카였다. 성빈은 날로 까먹은 조개만 백 개가 넘는다는 소문이었고, 하진은 모두가 갈망하지만 아무도 갖지 못한다는 강남의 나르시스였다. 그들은 나를 새로 심어진 나무처럼 세워둔 채, 천박하고 쓸데없는 대화만 골라서 했다. 다리가 몹시 저려올 때쯤에야 성빈이 물었다.

"네가 어려운 책을 좆나 많이 읽었다며?"

"⋯⋯."

"그런데 왜 나보다 국어를 못하냐?"

애들이 낄낄거렸다. 쟬 뭐라고 부를까? 눈이 쭉 찢어진 게 버섯돌이 닮지 않았냐? 바바리 입혀놓으면 대마왕도 닮았겠는데? 한동안 저들끼리 내 별명 짓기에 골몰했다. 그동안의 평화도 끝이구나 싶었는데 혼자서 조용히 바람을 맞고 있던 하진이 바람보다 더 부드러운 목소리로 말했다.

"이름도 없는 애, 괴롭히지 말고 그냥 보내자."

애들은 다시 킬킬거렸다. 짐승이 "그냥 가라" 하고 말했다. 허청거리는 걸음걸이로 숲을 빠져나왔다. 다행이라고 안심하면서도 머릿속이 복잡했다. 괴롭힐 것도, 돈을 뜯을 것도 아니라면 왜 부른 것일까?

부잣집 애들이 용돈이 필요할 리 없었다. 학군에서 유명한 킹카가 나 같은 애를 괴롭히는 건 그 자체로 쪽팔린 일이었다. 그러니까 호기심이었다. 소시지에 길들여진 애들이 장조림을 한번 먹어보듯. 고양이만 봐온 애들이 살쾡이를 보고 신기해하듯. 날씬한 애들만 따먹다가 어느 날 문득 뚱녀와의 잠자리가 궁금해지듯. 그 애들이 나를 부른 건 단지 순간적인 호기심 때문이었다.

　성빈 일파가 나를 다시 찾을까 봐 걱정했으나 그런 일은 생기지 않았다. 불안이 사라지자 가슴이 아팠다. 텅 빈 위장처럼 쓰리고 주리다 못해, 불벌레 떼가 갉아먹는 듯 화끈거렸다. 그제야 알았다. 나를 건드린 건 애들의 비웃음이 아니라, '이름도 없는 애'라는 하진의 말이었다.

Sex, Lies and Videotape

88년 11월은 역사적인 제5공화국 청문회가 진행된 달이었다. 모였다 하면 애들은 청문회 얘기였다. 광주민주화운동이나 정경유착이나 언론통폐합 등의 비리에는 관심 밖이고 오직 갑과 을이 붙으면 누가 승리할 것인가가 뜨거운 감자였다. 철없는 애들에게 청문회는 정치가들의 무협지였다. 순식간에 무림의 최고수로 떠오른 것은 노무현이었다. 청문회는 훗날의 대통령뿐만 아니라 한낱 고삐리인 나에게도 기회였다.

상등품 오렌지임에도 왕따가 된 놈이 있었다. '병신'이 주인공이었다. 좀 멍청하다는 것 빼고는 별 문제 없었는데 청문회가 화근이었다. 국회의원인 아버지가 노무현에게 개망신을 당했기 때문이었다. 아버지가 전쟁에서 지면 일가를 멸하는 게 무림의 정서였다.

병신은 어떻게든 애들의 환심을 사려고 물량 공세를 폈지만 '돈지랄'이라는 악명만 드높아졌다. 얼마 후에는 카세트 레코더까지 도난당했다. '마이마이' 따위와는 비교도 안 되는 최신형 '아이와'였다.

범인은 민석이라는 평범한 애였다. 민석이는 모든 애들이 보는 앞에서 병신의 아이와를 훔쳤지만 아무도 병신에게 말해주지 않았다. 민석이는 아이와를 청계천에 내다 판 돈으로 친구들에게 크게 턱을 내서 공범 의식까지 조성했다. 그런 사실을 알 리 없는 거머리는 엉뚱한 애를 범인으로 지목했다.

거(巨)머리는 2학년 담임의 별명이었다. 모교를 나온 X대학 출신. 소위 말하는 XX였고, 당시에는 흔치 않은 석사학위 소지자였다. 사회 과목을 담당하던 그는 사회적인 동물이었다. 어떤 선생도 그에게 대들지 않았지만 아무도 그를 좋아하는 것 같지 않았다.

태수에게는 아버지가 없었다. 등록금 면제와 장학금 지급의 조건으로 야구 명문에서 스카우트돼 온 상등품 탱자였다. 훈련 때문에 수업을 거의 들어오지 못하는 태수를 교무실로 불러 거머리는 물었다.

"누가 훔쳤는지 혹시 알고 있니?"

태수는 그날 교실 벽에 화풀이를 했다. 물론 깨진 것은 벽이 아닌 태수의 주먹이었다.

얼마 후 태수는 체육 시간에 성빈의 워크맨을 진짜로 훔쳤다. 하필 몸살기가 있다는 핑계로 교실에 들어갔다가 그 장면을 목격했다. 방과 후 나는 녀석에게 따라오라고 했으나 녀석은 실실 웃기만 했다. 꼴에 야구부라 이거였다. 중삐리 때 해두었던 욕하기 연습의 덕을 볼 절호의 기회였다.

"주글래 씨파아새끼야, 오라면 오지 어따 대고 입질이야 개쉐키, 주
둥이를 도려내서 똥꼬에 처바를까 보다 좆같은 놈, 아님 좆을 잘라서
입에다 처넣어주까 십쉐키, 거머리한테 꼬질러서 졸라 씹창나게 해주
까 보다 씨파알."

길게 말했지만, 협조하지 않을 시에는 담임에게 이르겠다는 게 핵심
이었다.

짐승과 입술이 나를 데려갔던 숲 속 공터로 태수를 데려갔다. 기선
제압을 하려고 지난번에 애들이 숨기는 것을 봐두었던 바위 밑에서 담
배를 꺼냈다. 한 개비를 건네자 태수는, 선수는 담배 피우면 안 된다, 하
며 고개를 저었다.

분위기를 한껏 잡은 다음 물었다.

"왜 훔쳤냐."

"훔치건 안 훔치건 어차피 나는 의심받게 돼 있으니까."

"그렇다고 진짜 훔쳐? 그랬다가 병신 것까지 뒤집어쓰면?"

"안 들키면 되지."

"세상에 비밀이 어딨어. 성빈네가 널 그냥 둘 것 같아?"

"내 말이 그 말이야."

태수는 음흉하게 웃었다.

녀석의 절도를 눈감아주는 조건으로 나는 중요한 첩보를 얻어냈다.
최근 태수는 고삐리 여자애들이 "졸라 씹창 나는" 포르노 테이프를 우
연히 입수했다. 처음에는 별 생각 없었는데 반복해서 보다 보니 남자
녀석들의 목소리와 행동거지가 낯익었다. 모자이크가 어설퍼서 남자
애들의 얼굴이 언뜻언뜻 노출됐는데 그중 두 명이 성빈과 짐승인 것은

"엄창으로" 확실했다. 이로써 성빈의 조개 신화가 소문이 아님이 밝혀졌다. 날로 먹은 게 아니라 카메라로 찍어 먹었다는 사실이 알려지지 않았을 뿐.

차후에 파악한 것이지만 사건의 전모는 이러했다.

성빈은 외교관의 아들이어서 일본에서 중학교를 다녔는데 공부머리는 없었지만 문화적 재능은 뛰어나 일찍이 중1 때 포르노를 접했다. 3년 뒤 한국에 돌아온 그는 포르노다운 포르노를 구할 수 없는 현실에 절망하고 직접 찍어봐야겠다고 결심, 발랑 까진 깔과의 섹스 장면을 몰래 녹화하는 데 성공했다. 친구들은 그의 작품을 보고 감탄한 나머지 경쟁적으로 아류작을 생산했다. 현해탄을 넘어온 신문화는 전통 양식과 결합되어 창조적으로 계승되었다. 녀석들은 비디오테이프에 담긴 자신의 깔을 사이좋게 품앗이했다.

미풍양속은 계속되어야 했으므로 주말만 되면 술집과 나이트에서 죽순이들을 꼬셔내 작품 활동에 박차를 가했으나 곧 돈이 궁해졌다. 성빈은 유흥비를 구하기 위해 범민족적인 품앗이 계획을 세웠고 그 결과 청계천에 줄을 잇는 데 성공했다. '매춘'이나 '애마부인'으로 대변되는 에로영화의 전성시대. 포르노라고 하면 청계천 암시장에서 밀수품으로나 접할 수 있었던 시절에 놈들은 선진적이게도 '몰카'를 공급했던 것이다. 녀석들은 그걸 '노조키'라고 불렀다.

고민할 필요가 없었다. 나는 '이름 없는 애'였으니까. '성빈과 하진과 짐승과 입술이 포르노를 찍어 청계천에 팔고 있다'고 써서 학생 의견함에 익명으로 찔러 넣었다. 거머리가 제보자의 안전을 보장하겠다고 몇 번이나 강조한 제보함이었다.

매일 숲 속에 숨어 그들을 기다렸다. 일주일쯤 뒤에야 반응이 왔다. 성빈이 거머리와 개인 면담을 했다. 교우관계를 조사하는 척 다른 반의 누구와 친하냐고 물었다. 인호, 하진과 친하다고 대답했더니 거머리는 대뜸, 요즘 영화를 찍는다는 소문이 있더라? 다 안다는 식으로 떠보았다.

"지가 어떻게 확인할 거야?"

"뺑카 치면 누가 쫄까 봐?"

"어떤 새끼가 찔렀어?"

"왜 날 봐. 나 아냐 이 씨발놈아."

하지만 그게 다였다. 녀석들은 더 이상 신경 쓰지 않았고 거머리는 아무 조치도 취하지 않았다. 거머리는 수업 시간에 성빈이 일본에서 온 애치고 적응을 잘하고 있다며 격려까지 해주었다.

'이름 없는 애'라는 말이 방 안에 갇힌 참새처럼 머릿속에서 이리 부딪치고 저리 부딪쳤다. 날개가 부러진 말이, 의식의 차가운 바닥에 눕고 나서야 주위를 살펴 출구를 찾을 수 있었다.

담임은 XX 출신이었다. 이 일이 알려지면 모교도, 담임도 개망신이다. 왜 나서서 파헤치겠는가? 힘 있는 동문들은 담임을 칭찬하기는커녕 학교에서 몰아내거나 아예 파면시킬지도 몰랐다. XX 출신임에도 고작 선생질이나 하고 있는 50대 교사의 마지막 희망은? 교감이나 교장이겠지. 그것도 아니라면 명예로운 퇴직이거나.

바로 그 지점을 불투명하게 만들어야 했다. 익명은 익명이되, 거머리의 미래를 심각하게 위협할 수 있는 가상의 익명.

그리하여 1989년 6월, X고의 학생주임은 정체불명의 비디오테이프를 소포로 받게 되었다. 테이프와 함께 동봉한, 잡지 활자를 오려 붙인 편지 중 한 구절은 이랬다. "당신의 제자들이 한 짓을 똑똑히 보시오."

누구일까? 누가 가해자의 학교와 반까지 추적하는 수고를 하고도 자신의 존재를 숨기고 싶어 할까? 만약 피해자의 부모라면? 담임이 아무런 조치도 취하지 않는다면 그는 몹시 분노할 것이다. 이왕 알려진 거 너 죽고 나 죽자, 학생을 바른 길로 인도해야 할 선생이 오히려 사건을 은폐했다고 신문사에 방송국에 마구마구 찔러 넣는다면? 거머리는 역시 사회적인 동물이었다. 며칠 지나지 않아 확실한 반응이 왔다.

"어쩌지?"

"끝까지 잡아떼야지."

"비디오도 봤다는데 어떻게 잡아떼."

짐승이 언성을 높였다. 성빈이 으르렁거렸다.

"좀 조용히 좀 해봐. 생각 좀 하자."

"그러게, 그냥 우리끼리만 코 풀자니까."

"벌어온 돈 죄다 깔 밑구멍에 처넣은 게 누군데?"

"이 새끼가, 그 돈 나 혼자 썼냐?"

짐승이 성빈의 멱살을 잡았다. 입술이 둘을 떼어놓았다. 구석에서 담배를 피우고 있던 하진이 말했다.

"그러게, 처음부터 그런 짓 안 했으면 됐잖아."

짐승이 당장이라도 달려들 것처럼 하진을 노려보았다. 하진은 그런 짐승을 가볍게 비웃었다.

"노려보면 어쩔 건데? 네가 다 해결할래?"

짐승은 눈을 내리깔았다. 쥐었던 주먹을 펴서 바지주머니에 꽂았다.

애들 모두가 숙연해져서는 하진의 담배 연기만 바라보았다.

　숲 속에서 나는 가슴이 다시 뜨거워졌다. 하진은 비디오 건에 동참하지 않았다는 얘기였다. 더구나 그들의 헤게모니가 하진에게 있다는 사실이 가슴을 더 뜨겁게 만들었다.

＊

　하진은 그들의 브레인이었다. 배후에서 숨은 두목 역할을 해온 게 틀림없었다. 하지만 모두의 신망을 받고 있는 하진도 이번 일에 대해서는 대책은커녕 맥락조차 못 잡고 있었다. 가슴이 조금 진정되었다.

　"그냥 네가 독박 써라."

　짐승이 성빈에게 말했다.

　"같이 까놓고 나 혼자 죽으라고?"

　"현재로선 다른 방법이 없다."

　"우리 아빠 외교관인 거 몰라? 내가 걸리면 아빠도 엮여."

　"외교는 외국에서 하는 거지만 우리 아빠는 대한민국 교육공무원이다."

　성빈이 입술을 보았다. 입술이 껌을 초조하게 씹으며 말했다.

　"나 보지 마. 외국이건 한국이건 우리 엄마 심장병은 못 고친다. 내가 엄마 심장마비로 죽을까 봐 성적도 못 떨어뜨리는 사람 아니냐."

　"요즘엔 성적이 바닥에서 떨어지냐? 그리고 넌 씨발놈아 한 등수만 올려도 엄마 심장마비……."

　짐승이 한참 말하고 있는데 하진이,

"닥쳐라."

나지막하게 쏘아붙였다. 입술의 풍선껌이 펑, 터졌다. 동시에 내 입에서도 웃음이 터져버렸다.

"어떤 새끼야!"

짐승이 외쳤다. 나는 반대쪽으로 열심히 뛰었지만 바지에 걸리는 게 많아 얼마 못 가 입술에게 붙잡혔다.

"이 새끼가 죽을라고. 너 어디까지 엿들었어."

입술이 내 멱살을 조이며 물었다. 이제 맞아 죽겠구나 생각하니 현기증이 밀려왔다. 맞아도 맞아도 익숙해지지 않는 게 맞는 거였다. 입술에게 뺨 몇 대를 맞자 내가 아닌 내 입이 스스로 말했다.

"살려줘, 내가 도와줄게. 너희들 다 살려줄게."

"뭐야, 이 새끼 다 아는 모양이네."

짐승이 주먹으로 손바닥을 탁, 탁 쳤다. 나는 환심을 사려고 조금 웃었다.

"어차피 다 알게 된 거 다 같이 죽는 것보다는 다 같이 사는 게 낫지 않아?"

"알았다, 씨발놈아. 너만 죽여줄게."

짐승이 돌 뭉치 같은 주먹을 들었다. 제발 코는 때리지 말아줘, 다급하게 외치며 고개를 틀고 눈을 감았다. 그때 하진의 차분한 목소리가 다시 나를 살렸다.

"뭐라고 하는지 들어나 보자."

짐승이 주먹을 내렸다. 나는 일단 숨이 차서 말을 못 하겠다는 시늉을 하며 시간을 끌었다.

"나만 믿어."

"너를 어떻게 믿어?"

"나를 안 믿어도 너희한텐 별 방법이 없잖아."

"당장 해결 방법을 말하지 않으면 너를 죽이는 방법밖에 없지."

짐승이 으름장을 놓았다. 해결 방법이 있을 리 없었다. 하지만 머리는 평소보다 빨리 돌아갔다. 위기에 처할수록 인간의 지능은 높아지게 마련이라는 세계대전의 교훈은 나에게도 진리였다. 나는 형식논리학 책에서 읽은 '공포에의 호소' 전략을 떠올렸다. 어차피 몇 분 내로 그들을 설득할 가능성이 없다면 겁부터 확실하게 주는 편이 옳았다.

"이건 한 명이 총대 맨다고 끝날 사건이 아냐. 너희들은 강간, 그중에서도 미성년자 성폭행, 초상권 침해와 명예훼손, 그리고 음란물 배포, 그, 그리고 또 그 뭐냐 특정범죄가중처벌법에 이르기까지 자그마치 여섯 개의 형법을 어겼어."

애들의 얼굴이 일그러졌다. 애들을 궁지에 몰아넣기 위해 치밀하게 연구를 해둔 게 다행이었다.

"일단 검찰로 넘어가서 재판을 받게 되면 끝까지 잡아떼봤자 위증죄, 공무집행방해죄, 법정모욕죄 등이 추가될 뿐이야."

자신을 얻은 나는 과장에 거짓말까지 보탰다.

"십대여서 정상참작이 된다 해도 소년원 2년에 집행유예 2년은 선고받을걸. 주민등록 받은 애들은 정상참작도 없고 100프로 빨간 줄이야. 아마 5년은 감방에서 썩을걸? 정말 한 사람이 독박 쓸 거야?"

나는 성빈을 보았다. 성빈의 얼굴이 하얘져 있었다.

"독박을 쓴다고 해도 그래. 공범자들을 불면 형이 가벼워지지만 끝까지 침묵하면 괘씸죄로 5년형은 더 받게 될걸? 친구들을 위해서 10년이나 감옥에서 썩을 사람이 있을까?"

짐승과 입술이 벌레 씹은 표정을 지었다.

"그럼 너의 작전은 뭔데?"

하진이 물었다.

"지금은 얘기할 수 없어. 하지만 내 말대로만 하면 다 구해준다고 약속할게."

"우리가 왜 네 말을 들어야 되는데?"

입술이 따졌다.

"난 거머리한테 노출돼 있지 않잖아. 그만큼 안전하고 객관적이지."

"이유가 안 돼. 그건 나도 마찬가지니까."

하진이 반박했다. 겁먹은 눈빛을 가장하고 말했다.

"너희들은 학교 짱이잖아. 실패하면 나를 가만두겠어?"

"튀면 그만이지 씨발놈아."

짐승이 눈을 부라렸다. 어떻게든 신뢰를 얻어야 한다는 조바심에 나는 그만 최악의 실언을 하고 말았다.

"그럼 나도 공범이라고 말하면 될 거 아냐."

불면의 밤이 잇달았다. 아무리 고민해도 매듭을 풀 방법이 떠오르지 않았다. 논리학적으로 따지자면 '양립 불가능한 전제의 오류'였다. 상대는 거머리도, 성빈 일당도 아닌 바로 나였다. 내가 아무리 완벽한들, 완벽한 내가 매설해놓은 부비트랩을 어떻게 해제한단 말인가? 아무도 열 수 없는 자물쇠와 모든 자물쇠를 딸 수 있는 열쇠를 동시에 만들 수 있는 건 신뿐이었다.

그래도 희망은 있었다. 거머리는 애들에게 어떤 여고 선생님으로부터 비디오에 대한 소문을 들었다고 거짓말했다. 익명의 소포가 있음을 숨겼다는 것은 이 문제를 학교 안에서 조용히 해결할 심산임을 시사하고 있었다.

*

취조는 바로 다음 날 시작되었다.

거머리는 시작부터 꼼수를 부렸다. 첫 번째 타자로 하진을 지목했다. 거머리는 "숨겨주는 것도 범죄"라는 채찍과 "비밀은 절대 보장"한다는 당근을 병행하다가, "친구를 바른 길로 인도하는 게 진짜 친구"라는 윤리론으로 건너뛰었다. 하진이 꿈쩍하지 않자, "바늘도둑이 소도둑 된다, 나중에 애들이 범죄자 되면 책임질래?" 하고 윽박질렀다. 하진은 짧게 대답했다.

"아니요."

방과 후에는 입술과 짐승이 함께 가기로 돼 있었다. 나는 일단 무조건 우기라고 했다. 이건 우길수록 승산이 있는 게임이라고. 하지만 그 정도 화질로는 성빈네가 범인이라는 증거가 못 된다는 말은 안 했다. 거머리가 숨긴 이상 나도 비디오의 존재는 모르는 거였다. 대신 거머리의 전매특허인 유도신문에 대해 설명해주었다.

"첫 번째로 하진을 부른 건 착해 보여서지. 너희를 두 번째로 부른 건 딸하다고 생각해서고."

"이 새끼가 죽을라고."

짐승이 주먹을 쥐었다.

"이것 봐 이것 봐. 아니면 아닌 거지 왜 화를 내? 괜히 흥분하면 찔리는 게 있다는 의심을 살 뿐이야. 거머리는 자존심을 건드려 이성을 잃게 한 다음 네가 실수할 때까지 계속 질문할 거야. 유도신문이라는 거지."

짐승은 감정을 가라앉히는 미덕을 배웠다. 목소리를 낮춰 물었다.

"그게 뭔데?"

"복합질문이라고도 해. 두 가지 질문을 한꺼번에 하는 거야. 내가 거머리라고 생각하고 대답해봐. 너 돈 벌어서 어따 썼어? 사창가 가는 데 썼어?"

"누가 사창가를 가?"

"그럼 돈을 벌긴 벌었단 말이잖아. 돈을 어디서 벌었는데?"

짐승과 입술이 동시에 아, 하고 탄성을 냈다.

"부분부정을 하지 말고 전체부정을 해야 해. 뭐가 먼저인지 잘 생각해본 다음에 반문하란 말야. 무슨 돈이요? 전 돈 같은 거 번 적 없는데요? 하란 말야."

대질심문도 대비했다. 언젠가 『리더스 다이제스트』에서 읽은 '수인의 딜레마'를 소개했다. 둘을 격리하고 다음과 같은 조건을 내걸 수 있다.

1. 둘 중 A만 진실을 말하면, A는 석방하고 B는 10년형

2. 둘 다 진실을 말하면 둘 다 5년형

3. 둘 다 거짓을 말하면 둘 다 10년형

이런 경우 대부분의 피의자는 2를 택하게 됨을 경고하고, 증거가 확실치 않을 때 사용하는 방법이니 어떤 경우에도 잡아떼야 한다고 신신당부했다. 짐승과 입술은 감독의 작전 명령을 듣는 미식축구 선수처럼 내내 고분고분했다.

학교에서 꽤 먼 카페에서 우리는 짐승과 입술을 몸살 나게 기다렸다. 짐승과 입술은 세 시간쯤 후에야 카페에 나타났다. 입술은 들어오자마자 호들갑을 떨었다. 와 이 새끼 천재 아니냐? 어떻게 씨발 거머리가 얘랑 똑같이 물어보냐?

하지만 대질심문은 없었다. 학생지도부에 함께 앉혀놓고 30분이나 기다리게 했다. 덕분에 둘은 마지막으로 입을 맞추고 내가 일러준 유도신문 대응법을 복습할 시간까지 벌 수 있었다. 담임은 교무실로 자리를 옮기라고 한 뒤에도 20분간 그들을 방치했으나, 긴장을 풀어놓은 다음 기습 공격할 요량임을 눈치채고 정신집중을 게을리하지 않았다. 거머리는 자리에 앉자마자 윽박질렀다.

"하진이가 협박당해서 말 안 하는 거 내가 모를 줄 알아?

짐승은 자신 있게 대답했다.

"무슨 협박을 해요?"

거머리는 따발총처럼 쏘아붙였다.

"협박을 안 했는데도 입을 다물었다 이 말이지?"

짐승이 헤매는 사이 입술이 되물었다.

"하진이가 뭘 입을 다물어요?"

거머리가 득의양양하게 답했다.

"사실은 다 불었다."

"하진이가 뭘 불었는데요?"

거머리는 양복 안쪽 주머니에 손을 넣어 무언가를 부스럭거렸다.

"사실은 나한테 테이프가 있는데 말야."

입술이 재치 있게 받아넘겼다.

"에이, 선생님 저희 이제 빨간 비디오 같은 거 안 봐요. 졸업한 지 오래됐어요."

거머리는 뚱한 표정을 지었다.

"난 비디오란 말은 안 했는데?"

"네? 그럼 그건……."

거머리의 품속에서 나온 것은 녹음테이프가 끼워져 있는 카세트 레코더였다. 재생 버튼을 누르니 학생지도부에서 둘이 나눈 대화가 고스란히 녹음돼 있었다. 거머리는 앞부분만을 살짝 들려주고 나서는 의미심장한 미소를 흘렸다.

"말해봐. 너희 같은 꼴통들한테 유도신문을 가르쳐준 게 대체 누구냐?"

씨이발……. 성빈이 10초에 한 번 꼴로 쌍시옷을 물었다. 웬만해선 감정을 드러내지 않는 하진조차 얼굴이 조금 붉어져 있었다.

"둘이서 무슨 얘기까지 했는데?"

하진이 물었다.

"거의 다. 어쩌냐? 내일 아침에 성빈이 오라는데."

짐승이 볼멘소리로 대답했다.

"그러게 씨발놈아 좀 닥치고 있지."

성빈이 벌컥 화를 냈다.

"격리만 조심하면 된다며."

입술이 짐승을 변호했다.

"씹탱아 근데 거기서 비디오는 왜 나와?"

"그런 유도신문도 있단 말은 안 했잖아."

"아메바 같은 새끼, 넌 응용도 모르냐?"

"그러게 씨발 내가 처음부터 저 새끼 말 듣기 싫다고 했잖아."

입술이 화살을 나에게 돌렸다. 짐승이 테이블을 내리쳤다.

"어떡할래, 이 씹탱아. 공범하기로 했으니까 네가 독박 써."

"얘가 어떻게 독박을 써. 비디오를 언제 어디서 찍었는지도 모르는데."

하진이 내 편을 들었다. 입술이 재떨이에 가래침을 탁 뱉었다.

"일단 죽기 직전까지만 맞자. 죽으면 공범 못 하니까."

박동이 빨라졌다. 머리통이 커졌다 작아졌다 했다. 혈액을 과잉으로 공급받은 두뇌가 본격적으로 연산 오류를 일으켰다. 잘못된 인과추론이 꼬리에 꼬리를 물고 이어졌다. 숲 속에서 웃지만 않았다면 이런 일이 없었을 텐데…… 그 전에 비디오를 보내지 않았다면…… 투서 한 번으로 포기했더라면…… 애초에 비디오 사건을 몰랐더라면…… 태수가 워크맨 훔치는 걸 못 봤더라면…… 거머리가 태수를 용의자로 지목하지 않았더라면…… 그놈의 민석이 새끼가 병수 워크맨을 훔치지 않았더라면…… 하다가 나는 오줌을 다 누었을 때처럼 흠칫했다. 우연의 집적이 역사적 필연을 만들어낸다는 헤겔의 잠언이 현실화되는 순간이었다.

"잠깐, 병수 집이 어디지?"

"지금 그게 무슨 상관이야, 씨발놈아."

막 주먹을 날리려는 짐승의 손목을 붙잡고 하진이 답했다.

"걔네 집 평창동이야."

역시 그랬다.

"병수 아버지 고등학교, 대학교 어디 나왔는지도 알아?"

"걔네 아버지 XX 출신이지. 그건 왜?"

심장박동이 더 빨라졌다. 나는 막 결승 테이프를 끊으려는 마라톤 선수처럼 두 팔을 쳐들고 외쳤다.

"우린 살았어."

"씨발놈 좆 까고 있네."

짐승이 비아냥거리거나 말거나 계속했다.

"상자 안에서 안 되면 상자 밖에서 해결해야지."

"뭔 소리야, 알아듣게 말해."

나는 성빈을 손가락으로 지목했다.

"네가 할 일은 딱 한 가지야."

"뭔데."

"모든 걸 사실대로 불어."

"뭐?"

"걱정 말고 내 말대로 해."

"말이 되는 소리를 해라. 이 미친 새끼야."

"단, 배후가 있는 것처럼 굴어야 해. 누군가를 숨겨주고 있다는 뉘앙스를 풍기란 말야."

어안이 벙벙해진 애들을 둘러보며 나는 목을 가다듬었다.

"잘 들어봐. 그러니까 말야……."

　다음 날, 성빈이 거머리를 만나 배후를 암시하는 동안 나와 애들은 숲 속에서 병신과 접선했다. 병신은 예상 외로 완강하게 버텼다.
"싫어, 내가 왜 그, 그런 일을 해?"
"안 하면 나한테 맞아 죽을 거니까 이 씨발놈아."
　짐승이 으름장을 놓았다. 병신이 두 손을 비볐다.
"마, 맞으라면 맞을게. 아니, 차라리 돈을 달라고 해. 어, 얼마면 돼?"
　나는 정말로 병신을 때리려는 짐승을 손가락 하나로 제지했다. 짐승이 왕의 명령을 받은 신하처럼 뒤로 물러났다. 병신의 눈동자를 깊숙이 들여다보았다.
"넌, 억울하지도 않니?"
"뭐, 뭐가?"
"생각해봐. 네가 잘못한 게 뭐가 있어. 네가 학교에서 미움받는 게 네 잘못이야?"
"……."
"넌 밸도 없어? 아버지한테 복수하고 싶지 않아?"
　병신의 눈동자에 금세 눈물이 돌았다.
"하지만…… 아버지한테 복수한답시고…… 범죄자가 되란 말야?"
"범죄자가 되는 게 아니라 완전범죄를 하는 거지."
"그럼 나는? 그래서 내가 얻게 되는 게 뭔데?"
　병신은 절규하듯 말했다. 나는 병신이 무엇을 원하는지 잘 알고 있었다. 한 템포 쉬었다가 마침표를 찍듯 말했다.

"대신 껴줄게."

병신의 얼굴이 단박에 밝아졌다.

"엄창?"

애들이 내 손가락 신호에 맞춰 이구동성으로 대답했다.

"엄창!"

숲 속의 모든 잎사귀들이 내 머리 위에서 살랑대고 있었다. 가슴이 벅차올랐다. 아무도 자신들이 끼워준 게 두 명이라는 사실을 모르는 것 같았다.

I'm the One

병신과 꼰대가 한판 붙었다. 꼰대는 병신에게 뭐가 부족해서 그런 낯 뜨거운 짓을 했냐고 꾸짖었고, 병신은 그럼 정치인이 이렇게 많은 재산을 모은 것은 낯 뜨거운 일이 아니냐고 되받아쳤다. 꼰대는 아들의 뺨을 때렸고, 아들은 꼰대의 부정축재를 닥치는 대로 때려 부셨다. 꼰대는 맘대로 하라는 듯 비웃다가 아들의 손에 백자가 들리자 긴급 항복했다. 병신에 대한 계엄령은 철폐되었다. 병수는 제 힘으로 자유를 쟁취했다.

민석은 병수에게 워크맨을 물어주는 조건으로 정학을 면했다. 월례고사가 끝나자 거머리는 교실에 야구글러브 하나를 들고 들어왔다. 진즉부터 염두에 두고 있었다는 듯 설득력 없는 구라를 치면서 곧이어 다가올 태수의 시합을 응원하기 위한 것이라고 했다. 물 건너온 거라나 뭐라나. 한마디 안 할 수 없었다.

"아— 그 싸구려?"

거머리의 눈동자에 번개가 쳤다. 교실은 몇 초간 조용했다가 와아—천둥 같은 아이들의 웃음소리로 뒤흔들렸다.

"이런 싸가지 없는 새끼를 봤나, 선생님한테."

입술이 내 등을 짝, 소리 나게 때렸다. 성빈을 비롯한 몇몇 잘나가는 애들의 손길이 잇달았다. 병수조차 꼽사리 껴서 기어이 내 등에 손을 댔다. 겉보기에는 담임을 대신한 집단체벌이었지만 교실에서 그것이 무엇을 의미하는지 모르는 애는 없었다. 이제 내 등은, 아무나 손댈 수 있는 등이 아니었다.

모두에게 잘되었다. 장기적으로는 거머리에게까지 득이 되었다. 거머리는 우리가 졸업하자마자 강북 모 고등학교의 교장으로 승진했다. 비디오테이프의 힘은 실로 위대하였다.

나에게는 이름이 생겼다. 어느 날 가정통신문에 갈겨쓴 아버지의 사인을 읽더니 입술이 물었다.

"아빠 이름이 명태냐?"

"잘 좀 읽어. 명 자 래 자. 밝을 명, 도래할 래."

"명태나 명래나. 잠깐, 명태 새끼는 노가린데. 너, 노 씨잖아."

그래서 '노가리'가 되었다. 성빈이 거드름을 잡으며 의미를 전성했다.

"너희들은 모르겠지만 일갈이라는 게 있다. 단 한마디로 상대방을 꼼짝 못 하게 한단 뜻이지. 왜 있잖아. 찬물 확 끼얹는 거. 알지 그거?"

입술과 짐승이 이구동성으로 대답했다.

"아― 그 싸구려?"

'노가리'는 '노갈'로 축약되었다. 친구들은 그냥 '갈'로 불렀다. 나는 '이름 있는 애'가 되었다.

'이름'은 성적도 바꾸었다. 입학했을 때는 47등이었던 석차가 여름방학이 지나자 6등으로 올랐다. 나는 공부도 잘하는 '갈'이었다. 국어와 영어는 1, 2등을 다투었다. 평소에는 나에게 관심도 없던 반장과 부반장이 시험만 끝나면 답을 맞춰보려고 뛰어왔다.

시험지를 들고 학원으로 갔다. 내가 그토록 열심히 공부한 것은 오직 미술을 하고 싶어서였다. 집에서는 학원비를 주지 않았다. 어떻게 학원비를 마련할까 고민하던 차에 학교 앞 미술 학원의 플래카드를 보았다. X고에서 상위 10퍼센트면 장학생으로 뽑아준다는 문구가 있었다.

"하여튼 공부 잘하는 것들은 감이 없다니까."

X고 출신으로 H대를 졸업한 학원장은 내가 종이에 선을 하나 긋자마자 통을 놓더니 당분간 선긋기만 연습하라고 했다. 일주일이 지나도, 한 달이 지나도 나는 선긋기만 하고 있었다. 한 달 일주일을 버티다가 언제까지 선긋기만 하냐고 물었더니 그는 "아직도 그거 하고 있었니?" 심드렁하게 반문했다. 자유롭게 정물 한 장을 그려보라고 했다. 독학으로 터득한, 명암을 먼저 잡고 밝은 색을 그 위에 서서히 겹쳐 콘트라스트를 강조하는 화풍으로 그림을 완성했다. 그는 수채화는 '투명함'이 생명이라면서 밝은 부분을 넓게 펴 바르고 가벼운 터치로 명암을 주는 방식을 강요했다. 하지만 내가 내 스타일을 그대로 고수해 전국사생대회에서 은상을 받아오자 그는 예전 그림과의 차이점을 지루하게 설명

하더니 말했다.

"너만의 독특한 세계를 이뤘구나."

미술부 지도 선생인 홍 화백은 드디어 X대 제자가 생기겠다며 좋아했다. 선배들은 그림은 잘 그렸으나 하나같이 공부 못하는 탱자들이었다. 나는 순식간에 미술부의 유일한 XX 유망주로 떠올랐다. 나는 '이름'의 음모를 깨달았다. 실력이란 것도 빈익빈부익부였다. 똑같은 실력을 가지고 있어도 '열등감'에 젖어 있는 사람은 '자신감'을 소유한 사람을 이길 수 없는 법이었다.

담임과 특별 면담을 했다. 거머리는 내가 커닝을 한다고 생각했는지 어려운 영어 문제를 하나 주더니 풀어보라고 했다. 내가 정답을 단숨에 맞히자 고개를 끄덕이더니 실력이 많이 늘었지만 방심해서는 안 된다고 얼버무렸다. "집안에 특별한 문제가 있는가?" "학교생활에 애로사항은 없나?" 등의 의례적인 질문을 한 다스쯤 던진 다음에야 본론을 꺼냈다.

"톨스토이라는 위대한 러시아 작가가 있다. 넌 아직 못 읽어봤겠지만 『루딘』이라는 작품에 보면 어떤 임금과 새의 이야기가 나온다. 어느 겨울날 임금이 무사들과 함께 동굴에 들어가 불을 피운다, 그런데 새 한 마리가 지레 겁을 먹고 바깥으로 도망가버리고 말지. 생각해봐라. 임금의 도움을 받았다면 그 새가 얼마나 따듯하게 겨울밤을 보냈을지 말이다."

왜 하필 러시아 소설이었을까. 왜 하필 교무실 한복판이었을까. 목구멍이 간지러운 것을 간신히 누르며 예의 바르게 대답했다.

"선생님 죄송합니다만 『루딘』은 투르게네프의 작품입니다. 그리고 그 일화의 정확한 내용은 이렇습니다. 불 피운 동굴에 새가 들어왔다가 금방 다시 나가버립니다. 임금은 그걸 보고 인생은 덧없다, 따뜻하고 밝은 순간은 잠깐이고, 어둠에서 와서 어둠으로 가버린다, 고 말하지요. 그때 무사 한 명이 이렇게 말하는 겁니다. 임금님 저 새는 어둠 속으로 가는 것이 아니라 자기 둥지를 찾기 위해 어둠을 거치는 겁니다."

나는 목소리를 가다듬은 다음 마지막으로 '갈' 했다.

"얘기하고 보니 어째 제가 선생님한테 드리고 싶은 말씀이기도 하네요."

여기저기서 헛기침 소리가 들렸다. 커피를 마시다 사래가 들린 선생도 있었다. 새삼 인생의 덧없음을 느낀 건 임금이 아니라 거머리였다. 거머리는 서둘러 상담을 끝냈고 나는 선생님들의 눈길을 한 몸에 받으며 유유히 교무실을 빠져나왔다.

덕분에 또 하나 깨달은 게 있었다. 상식과는 달리 어른이 애를 이기기보다 애가 어른을 이기는 게 더 쉽다는 사실. 어른은 애를 얕잡아보기 때문에 애한테 진다. 고교평준화 시대의 뺑뺑이들은 결코 자신 같은 정통 XX를 이길 수 없다는 케케묵은 고정관념. 그 자만심이야말로 거머리가 갖고 있는 최대의 맹점이었다.

*

나는 병신을 이해하려고 노력했다. 재수는 만들어지는 것이지 태어나는 것은 아니라고 믿었다. 하지만 『성문종합영어』의 첫 장에 나오는 속담처럼 어디에나 예외는 있게 마련이었다.

닥털(Doctor)의 시간이었다. 닥털은 R 발음을 유독 굴리는 자칭 영어 박사의 별명이었다. 닥털은 접두사 '인털(inter)'을 가르치고 있었다. 지문에 있는 인터콘티넨틀 미설스(대륙간 탄도미사일)를 설명하다가, 인터코올스, 인터리레이션쉽, 인터크루로 나가는 시점에 침 흘리고 자던 병신이 레이더에 걸렸다. 닥털의 분필이 병신의 머리를 정확히 타격했다. 벌떡 일어난 병신에게 닥털은 창밖 멀리 보이는 호텔의 간판을 가리켰다.

"인털콘티넨틀, 이 무슨 뜻이냐?"

당연히 국제적인이란 뜻이지. 하지만 병신은 묵묵부답이었다.

"잘 들어. 인털은 라틴프리휙스로 뭐뭐의 사이를 뜻한다. 콘티넨트는 대륙이란 뜻이고 에이엘은 형용사형 접미사다. 자, 그럼 인털콘티넨틀은 무슨 뜻이지?"

병신은 밝은 목소리로 대답했다.

"정답은, 바다, 입니다!"

비릿한 바다 냄새가 교실 전체에 퍼졌다. 정말이지 훌륭한 상상력이었다.

입술과 병신과 내가 버스에 탔다. 부득불 가운데 껴 있던 병신이 나에게 속삭였다. 창문 쪽에 서 있는 여학생이 맘에 드는데 어떻게 꼬셔야 할지 모르겠다는 거였다.

"요 앞에 빨간색 머리띠 한 애 말야?"

"응, 좆나 예쁘지 않냐?"

"일단 관심을 끌어야지."

"어떻게?"

"뒤통수를 한 대 때리는 거지."

"정말? 그래도 돼?"

"그래야 여자애가 뒤를 돌아보지. 네가 때린 걸 알면 안 되니까, 우리 셋 다 허공을 보면서 양손을 흔들자. 딸랑딸랑. 우리 셋 중엔 네가 제일 잘생겼으니까 분명 네가 관심을 끌 거야."

병신은 진짜 때렸다. 방울 달린 머리끈이 비뚤어질 정도로 세게 때렸다. 여자애는 내 말대로 뒤를 돌아보았고, 병신은 내 말대로 양손을 열심히 흔들었다. 하지만 입술과 나는 짐짓 어이없는 표정으로 병신의 웃는 얼굴을 쳐다보고 있을 수밖에 없었다. 여자애는 얼굴이 하얗게 되어 다음 정거장에서 내렸다. 나중에 안 사실이지만 여자애는 훨씬 먼 곳에 사는 애였다.

'병신 시리즈'는 나날이 축적되었다. 압권은 2학년 2학기 중간고사 기간에 있었던 미팅 사건이었다.

우리에게 시험 기간은 휴가나 다름없었다. 1, 2주 전에 공부를 끝내 놓고 매일매일 놀았으니까. 친구 집에서 밤새 공부한다고 말하면 쉽게 외박권을 따낼 수 있었다. 끝나고 나면 몹시 슬펐다. 왜 시험 기간은 달랑 일주일이어야 할까.

학교를 나와 지하철역 라커에 가방을 집어넣으면 준비 끝이었다. 교복 자율화 세대였다. X고등학교의 자율은 대한민국 최고를 자부했다. 3학년은 염색과 반바지, 가죽 샌들까지 허용되었다. 새로 부임한 선생들은 학생들의 옷차림에 난감함을 표하곤 했지만 한 달만 지나면 태도를 바꾸었다.

"너희는 자유롭게 입어도 된다. 너희는 X고등학교 출신이니까."

하지만 이미 말했듯이 X고에 다닌다고 모두가 X인 건 아니었다.

X고의 자유는 소수의 부르주아에 의해 쟁취된 것이었다. 1학년 때 하진이 복장 불량으로 걸리자, 하진 엄마가 교장실을 습격했다. 미국에서는 귀고리도 했는데 꼬리머리나 가죽 샌들이 왜 문제가 되냐고 항의했다. 학교보다 만만한 건 경찰서였다. 성빈이 카페에 갔다가 경찰의 단속을 받고 끌려갔다. 성빈의 엄마는 카페도 출입 금지면 고등학생들은 어디서 노느냐, 일본처럼 청소년 전용 공간을 만들어놓고 단속하면 순응하겠다고 파출소장에게 따졌다. 6급 공무원 주제에 감히 1급 공무원 아들을 영창에 넣어? 소장은 온갖 모욕을 당하고 사과했다. 덕분에 친구인 나까지 장국영 머리를 하고 카페를 출입할 수 있었다.

시험 첫날이었다. 성빈이 여대생과의 미팅을 주선했다. 하진이 빠진데다, 병신이 "껴준다고 했잖아!" 난리치는 바람에 아쉬운 대로 껴주었다. 애들이 내 복장을 보더니 혀를 찼다. 색깔이 다른 신발 끈 두 개를 교차시켜 니코보코를 리모델링한 건 입술이었다. 허름한 티 위에 폴로 셔츠를 겹쳐 입힌 건 성빈이었다. 다들 뱅뱅 일자가 촌스러워 미칠 지경이라고 해서 바지는 리바이스 매장에 가서 훔쳤다. 사이즈를 여러 개 입어본 다음 맞는 것 하나를 가방에 쑤셔 넣고 나와버렸다. 그제야 애들이 고개를 끄덕였다. 도둑질까지 해서 준비한 내 생애의 첫 미팅이었다.

"어느 과에 다니세요?"

여대생이 물었다. 병신이 대답했다.

"문과요."

여자애들이 농담인줄 알고 웃자 성빈이 잽싸게 메뉴판을 폈다. 다들 주스 아니면 병맥주를 시켰다. 병신은 이번에도 남달랐다.

"난 샴페인."

"어머, 샴페인을 좋아하세요?"

"어렸을 때부터 즐겼습니다. 조금 맛만 봐도 어디서, 몇 년 동안 숙성된 건지 알 수 있습니다."

경양식집에는 샴페인이 없었다. 웨이터가 슈퍼에서 '복숭아 샴페인'을 사왔다. 병신은 실눈을 뜨고 샴페인 병을 돌려보더니 '웨이러'를 불러 말했다.

"이거 좀 열게 뻰찌 좀 갖다 주세요."

입술이, 뻰찌래, 뻰찌! 하면서 배를 잡고 웃었지만 여자애들의 표정은 씁쓸했다. 집에 가고 싶어 하는 여대생들을 겨우 설득해 강남역 '오디세이'에 갔다. 다들 무사통과했는데 병신만 걸렸다. 웨이터가 증을 달라고 하자 병신은 지갑을 꺼내려고 했다. 우리가 웨이터 뒤에서 열심히 손을 젓고 목에 칼 긋는 시늉을 하고 나서야 정신을 차렸다.

"아, 집에 놓고 왔나 봐요."

"대학생이세요?"

"그럼요."

"실례지만 학번이 어떻게 되세요?"

병신은 눈을 두어 번 끔벅이더니 대답했다.

"예…… 저는…… 72학번인데요."

우리는 죄다 뻰찌 먹었다. 뻰찌는 한 번으로 끝나지 않았다. 여자애 한 명이 지금까지의 조신한 태도를 싹 바꾸더니 말했다.

"사십이나 된 아저씨들이 어째 이래 동안이실까. 영계 따먹을 궁리 말고 집에 가서 복숭아 샴페인이나 드시지.”

생맥줏집에 갔다. 화가 잔뜩 난 성빈과 짐승이 말도 없이 연거푸 오백을 비웠다. 입술은 병신의 뒤통수에 자꾸만 손을 올렸다. 짐승이 두 테이블 떨어져 있는 여자애 두 명을 찍었다. 겁도 없이 술집에서 선생 욕을 하고 있는 고삐리들이었다. 짐승이 입술에게 말했다.

“니가 좀 낚아 와라.”

“오늘은 쪽 그만 팔릴란다. 정 아쉬우면 니가 해라.”

짐승은 오백 한 잔만 먹고 갔다 오겠다고 했다. 한 잔은 두 잔이 되고, 두 잔은 세 잔이 되었다. 입술이 대체 언제 갔다 올 거냐고 핀잔을 주자, 짐승은 네 번째 잔을 원샷한 다음 터프하게 일어섰다. 터프하게 걸어가서 터프하게, ‘오빠들이 술 사줄까?’ 묻는다는 게 그만 발음이 새버렸다.

“어이 아가씨들, 오빠가 쑤샤주까?”

‘쑤샤주까’를 ‘쑤셔줄까’로 들은 것은 짐승의 외모를 고려해볼 때 결코 여자애들의 잘못이라고 할 수 없었다. 짐승을 술 취한 깡패 정도로 인식한 여자애들은 씨발씨발 욕을 하며 부랴부랴 술집을 나가버렸다. 지들도 고삐리라 경찰에 신고 안 한 게 다행이라면 다행이었다.

*

시험 마지막 날이었다. 점심을 대충 때우고 볼링을 쳤다. 볼링이 끝나자마자 하진은 가겠다고 했다. 네가 가면 어떡해? 성빈이 붙잡았다. 엄마랑 약속을 해서 안 돼. 하진은 강경했다. 병신도 과외가 있다며 은근슬쩍 사라졌다.

"씨발놈. 갈 거면 돈이라도 주고 가지."

"그러게."

짐승과 입술이 담배를 뽑으며 말했다.

"오늘은 내가 낸다."

성빈이 선언했다. 짐승과 입술이 이구동성으로 물었다.

"그럼 오늘 이집트 한판?"

압구정동과 잠원동 사이에 있는 지하 카페였다. 압구정 상권의 최외곽에 있는 고삐리들의 천국. 후식이 나오는 돈가스나 볶음밥도 있고, 커피부터 양주까지 다 팔았다. 강남 여자애들은 보기 힘들었다. 강북 남자애들도 잘 오지 않았다.

들어간 지 30분도 안 돼 여자애 세 명과 합석했다. 짐승의 짝은 세미디스코 진을 입은 톰보이 스타일이었고, 입술의 짝은 키가 작은 대신 글래머러스한 원피스 소녀였다. 아슬아슬하게 짧은 니트 원피스에 투명한 스타킹을 신은 섹시녀는 성빈이 차지했다.

부킹이 성공하면 안쪽의 룸으로 자리를 옮겼다. 시멘트로 격벽을 치고 커튼으로 입구를 가린 반 밀실이었다.

"어느 학교 다녀요?"

"X고."

"강남 오빠네? 어디 사는데?"

"압구정동 현대아파트."

그러면 여자애들의 눈빛이 번쩍, 했다. 마치 플래시가 터지는 것 같았다. 그게 신호탄이었다. 몇 개의 확인 사살용 질문을 통과하면 더 이상 까다롭게 굴지 않았다. 양주를 시키고 좀 웃겨주기만 하면 가벼운 스킨십쯤은 통과였다. 그날도 마찬가지였다. 짐승과 입술은 시도 때도 없이 건배를 외쳐 여자애들을 취하게 만들었다.

2차는 맥줏집이었다. 여관에 가자고 여자애들을 설득하는 데는 오백 두 잔의 시간도 걸리지 않았다.

"포커만 치는 거야."

"당연 빠따지."

"우린 포커 못 치는데 어쩌지?"

"배우면 되지, 처음엔 다 서툰 거야."

양주와 맥주를 한 아름 사서 근방에 있는 여관방을 두 개 잡았다. 방 하나는 비워두고 한방에 둘러앉았다. 입술이 말했다.

"스트립 포커 칠까?"

톰보이가 얼굴을 찡그렸다.

"그런 건 겨울에나 하는 거지. 옷 많이 입었을 때."

"우리도 입은 거 별로 없어. 여자들은 기본으로 한 장 많잖아."

스타킹이 꼬인 혀로 받았다.

"귀걸이 목걸이 이딴 거 인정?"

"인정 인정."

어느새 입술에게 반쯤 안긴 소녀 글래머가 물었다.

"오링되면 다 벗어?"

처음 쳐본다더니 규칙은 잘도 알았다. 성빈이 그럴 리가 있냐는 듯 말했다.

"벗기는 대신 입기 인정. 이불도 있잖아."

짐승이 패를 돌렸다. 나도 게임에 껴야 했다. 결과는 보나 마나였다. 성빈 일당은 당구장 하우스까지 출입하는 애들이었다. 성빈이가 카드를 섞으면 한 명에게 똑같은 카드 세 장이 몰렸다. 몇 판 돌지도 않아서 장신구들이 방바닥에 전리품처럼 흩어졌다. 30여 분이 지나자 톰보이와 글래머의 속옷이 드러났다. 짐승과 입술은 웃통을 벗었을 뿐이었고 나는 양말 투 켤레가 고작이었다. 제일 많이 입은 스타킹과 성빈이 붙었다. 스타킹이 선이었다.

"한 장."

입술이 대뜸 받았다.

"한 장 받고 한 장 더."

스타킹은 망설였다. 양말 두 짝, 바지, 팬티, 성빈은 네 장. 팬티스타킹, 박시 스웨터, 브래지어, 팬티. 스타킹도 네 장.

"두울 받고 하나 더어."

"둘 받고 하나가 어딨어. 무조건 2배수지."

"그럼 두울 받고 두울 더."

톰보이가 끼어들었다.

"미친년 입은 것도 없으면서."

"시끄어 이녀아 니가 벗을 거아?"

입술이 재촉했다.

"할 거야 말 거야."

"코올!"

"후회 안 하지?"

"너나 하지 마아."

스타킹이 먼저 깠다. 에이스 두 장, 세븐 세 장. 풀 하우스. 이런 좆 됐네, 하면서 성빈이 깠다. 킹이 한 장, 두 장, 세 장…… 그리고 마지막도 킹이었다.

톰보이가 양주를 한 잔씩 채웠다.

"그만하고 술이나 마시자."

"그런 게 어딨어 씨발. 약속은 약속이지."

"그럼 쟤는 홀딱 벗고 치니?"

성빈이 절충안을 내놓았다.

"알았어 팬티 사수. 대신 폭탄주 벌주."

"그러지 말구 오빠 이제 그만하자아."

글래머가 귀여운 척했다. 짐승이 못 참겠다는 듯 벌떡 일어서더니 지퍼를 내렸다. 글래머가 소리를 지르며 눈을 가렸다.

"놀래기는. 포 카드는 땡값으로 다른 사람도 다 한 장씩 벗는 거야. 너네도 빨리 다 벗어 씨바년들아."

"어따 대고 씨바년이래. 벗는 씨바년 서운하게시리……."

스타킹이 스타킹을 벗으며 중얼거렸다. 스타킹을 벗는 동안 다리 사이로 팬티가 보였다. 스타킹에서 스타킹의 맨발이 빠져나오자마자 짐승이 탄식하듯 내뱉었다.

"씨발년."

나는 짐승이 스타킹 위로 넘어지는 것을 보았다. 짐승이 강간을 시도하고 있다는 사실보다 스타킹이 필사적으로 저항하고 있다는 게 더 놀랍다고 느꼈다. 스타킹이 짐승에게 뺨을 몇 대 얻어맞고 나서야 고분고분해지는 게 우습다고 생각했다. 잽싸게 옷을 챙겨 달아난 톰보이를 입술이 잡으러 나가게 내버려두었다. 그사이 성빈이 빽빽거리는 입을 틀어막고 글래머를 옆방으로 끌고 가는 것을 막지 않았다. 입술이 혼자 돌아온 것을 보고 톰보이가 도주에 성공했음을 알았다. 입술이 알몸이 되어 이미 짐승에게 점령당한 스타킹의 뒤로 파고들어가는 것을 관찰했다. 눈앞의 광경이 포르노인지 실제 상황인지 구분하지 못했다. 몹시 놀라 꺽꺽거리느라 비명조차 지르지 못하는 스타킹의 눈동자를 응시했다. 설마 나를 보는 것일까, 저렇게 흐릿한 눈빛으로 과연 무엇을 보기는 보는 것일까 궁금해하는 나를 느꼈다. 그런 나를 남겨두고 여관방을 나왔다. 나오기 전에 방 불을 끄는 것을 잊지 않았다. 복도에 나와 옆방에서 새 나오는 비명인지 교성인지 알 수 없는 소리를 들었다.

그뿐이었다. 아무도 없는 새벽 거리는 고요했다.

저 창가에 햄버거

어머니가 장사를 시작했다. 내 인생 최초로 메이커 옷이 생겼다. 마르시아노 점퍼, 폴로 남방, 그리고 리바이스 청바지.

대신 가끔씩 그곳에서 아르바이트를 해야 했다. 작은 경양식집이었다. 손님이 주문을 하고 나면 메뉴판을 받으면서 한 가지만 물으면 되었다.

"빵으로 드릴까요, 라이스로 드릴까요?"

인스턴트 음식은 팔지 않았다. 국산 고기만 써서 만든 수제 요리들이었다. 주방장은 무리한 월급 인상을 요구하며 주기적으로 파업을 일으켰지만 요리에 대해서만큼은 성실했다. 수프를 만들기 위해 밀가루 반죽을 볶으면 약간 비릿하면서도 달콤한 냄새가 났다. 밀가루 입힌 고기를 기름에 빠뜨리면 소나기 듣는 소리가 났다. 햄버그스테이크를 프라이팬에 올리면 메뚜기 떼의 습격이 시작된 것 같았다.

식사로는 돈이 안 남았다. 커피나 맥주를 팔아 유지하고 있었다. 올림픽 직후였다. 도시 전체가 거품에 휩싸여 있었다. 밤이 되면 '따따블'을 외치며 택시를 향해 십만 원짜리 수표를 흔드는 취객들을 흔치 않게 볼 수 있었다.

그 여자는 커피 한 잔으로 하루를 보냈다. 우리 가게 옆은 커다란 가든이라 경관이 좋았다. 그곳이 훤히 내다보이는 창가 자리에 혼자 앉아 생각에 잠겨 있었다. 담배를 많이 피워서 재떨이도 자주 갈아줘야 했다. 며칠 동안 나타나지 않으면 자살했다는 소식이 들려올까 봐 걱정이 되었다. 그 여자가 어느 날 당대의 국민 가수와 함께 가게에서 밥을 먹었다. 활달하게 이야기를 하는 모습이 꽤 친한 사이 같았다. 도대체 뭐 하는 여자일까?

몇 달이 지나서야 어머니가 물어보았다. 여자는 수줍게, 소설을 쓰는 사람이라고 대답했다. 영등포에 사는데 경치가 좋아서 일부러 온다고 했다. 어느 날 어머니가 그녀의 소설책을 사왔다. 아직 완성되지 않은 『혼불』이었다.

그녀는 내가 실제로 본 최초의 소설가였다. 그녀를 보면서 나는 소설만은 쓰지 말아야겠다고 결심했다. 귀신에 홀린 사람 같았다. 이 세상이 아니라, 자신이 창조한 소설 속에서 살아가는 사람이었다. 그녀가 담배를 필터까지 빨아들일 때마다 나는 한 인간의 영혼이 작품 속으로 빨려 들어가는 모습을 보는 것 같았다.

80년대 말이 아니라 2000년대에 『혼불』을 쓰고 있다면 그녀는 과연 어디에서 커피를 마셨을까. 스타벅스나 커피빈에 앉아 있는 최명희는 상상이 가지 않는다. 아무래도 그녀는 장사에 서툰 나이 지긋한 여주인과, 툭하면 파업을 선언하는 주정뱅이 주방장이 있는, 아담하고 풍경이 좋지만 손님은 별로 없는 변두리의 경양식집에 앉아 있어야만 할 것 같다.

나는 더 이상 소설을 읽지 않았다. 나를 왕따로 만든 게 소설이라고 생각했다. 활자 대신 음영과 색의 세계에 매료되었다. 손의 감각이 우연도 필연도 아닌 궤적을 생산하고, 그것이 중첩되어 상을 맺어가는 과정이 짜릿했다. 선과 면의 애매한 경계에서, 남과 공유할 수 없는 나만의 리듬이 생겨날 때마다 벅찼다. 침묵의 시간에 빠져 있다 보면 신기하게도 종이 위에 말[言]이 떠오르고 있었다. 나로부터 나왔지만 내가 의도하지는 않은 언어들. 그 추상적이고도 직접적인 언어들 속에서 나는 두 번째 유전자 변이를 일으켰다.

나는 키가 178센티미터까지 자라고 어깨도 벌어졌다. 피부가 말끔해지고 볼살이 빠지면서 얼굴에도 각이 잡혔다. 친구들은 더 이상 나를 촌스럽다고 하지 않았다. 지들이 발굴해서 키웠다며 오히려 자랑스러워했다.

논현동 영동시장에 자주 놀러갔다. 시장 안에 들어가 머리 고기에 소주를 시키면 단돈 몇천 원으로 알딸딸해질 수 있었다. 새벽이 되면 시장의 해장국집은 나가요들과 웨이터들로 인산인해를 이루었다. 성빈이 종종 아는 웨이터 형들과 인사를 주고받았다. 입술은 침을 질질 흘리며 합석을 주선해보라고 성빈에게 졸랐다. 성빈은 일도 아니라는 듯 큰소리쳤지만 여자들이 우리 테이블로 넘어오는 일은 없었다. 시답잖은 얘기를 하며 소주 한 병씩을 비우고 나면 해장국집의 수증기가 골목을 하얗게 뒤덮었다. 나는 안개 너머의 창녀들을 훔쳐보며 위험한 사랑을 꿈꾸었다.

영동시장에 있는 나는 불나방과 꽃나비의 튀기 같았다. 아니면 햄버그스테이크. 포크커틀릿도, 비프스테이크도 아닌 소고기와 돼지고기의 짬뽕.

영동시장을 기준으로 지도를 반으로 접으면 엄마의 경양식집과 압구정동 맥도날드가 데칼코마니처럼 겹쳐졌다. 맥도날드를 보면 자괴감이 느껴졌다. 햄버거가 설렁탕 두 그릇 값인데도 셀프서비스라며 손님들을 부려먹었다. 마지못해 내준다는 듯한 손바닥만 한 의자에 앉아, 줄 서 있는 사람들에게 떠밀려 허겁지겁 식사를 하고 뒤처리까지 해야 하는데도 불평하는 사람이 없었다.

연예인 못지않게 생긴 언니 오빠들이 항상 웃고 있었다. 맥도날드에서 일하는 게 자랑스럽다는 표정이었다. 나가는 손님이 있을 때마다 "좋은 하루 되세요. 맥도날드였습니다" 하고 외쳤다. "빵으로 드릴까요, 라이스로 드릴까요?"와는 차원이 다른 세상.

하지만 진정 새로운 것은 햄버그스테이크보다 더 비싼 빅맥도, 푸대접을 받으면서도 만족하는 손님들도, 사이보그처럼 일사분란하게 움직이는 종업원들도 아니었다. 전면에 통유리를 단 2층의 인테리어었다. 그리고 그 유리를 통해 훤히 들여다보이는 여자들의 다리였다.

창가가 아니라 쇼윈도였다. 처음에는 한산했지만 그곳은 점차 스스로 자신을 진열하는 살아 있는 마네킹들로 빼곡해졌다. 나는 맥도날드의 옐로 마크가 한껏 발기한 여성의 유방 같다고, 무릎을 세워 벌린 창녀의 다리 같다고 생각했다.

쇼윈도는 매장의 바깥까지 확장되었다. 보이지 않는 유리벽이 맥도날드 주변을 에워싸고 있었다. 아무나 서 있을 수 있는 곳이 아니었다. 잘생기고 예쁜 것만으로는 부족했다. 메이커 옷은 기본이었다. 더욱 중요한 것은 유전자의 우월함을 드러내는 흠결 없는 피부와, 뼈대 있는 가문임을 증명하는 길쭉길쭉한 골격이었다. 그리하여, 대한민국에 단 하나 있는 압구정동의 맥(脈)이었다. 동네 이름은 말할 필요도 없었다.

"어디서 만날까?"

"맥도날드 앞으로 와."

아, 그 달콤한 권력의 말.

한양백화점 사거리부터 성수대교 사거리까지에는 세 개의 횡단보도가 있었다. 하나당 200여 미터의 거리였다. 그런데도 횡단보도 하나를 지나칠 때마다 수질이 조금씩 달라지는 걸 체감할 수 있었다. 마치 맥도날드를 중심으로 패션의 자장이 형성돼 있는 것 같았다.

맥도날드는 한동안 우리의 약속 장소였다. 친구가 늦으면 무작정 기다리거나 공중전화 부스 앞에 줄을 서는 수밖에 없었다. 기다리기 지루할 때마다 성빈은 '강북 게임'에 열중했다.

"쟤 강북이다."

"어떻게 알아?"

"볼이 빨갛잖아."

"쟤는 예쁜데?"

"강북이야."

"어째서?"

"패션에 뿌리가 없잖아."

"쟤는 메이컨대?"

"그래도 강북이야."

"왜?"

"여기저기 둘러보잖아."

사실이었다. 아무리 발악을 해도 강북 애들은 티가 났다. 외모와 옷차림이 그럴듯해도 태도와 눈빛이 달랐다. 지나치게 차려입은 애들은 백에 구십구 딴 동네 애들이었다.

동네 애들은 입던 대로 입었다. 주위를 두리번거리지도 않았다. 꼭 쳐다봐야 할 여자애가 있으면 1초 정도만 짧게 정면으로 보았다. 날카롭게, 그러나 무심하게. 그러면 우리 앞을 지나가는 애들은 저도 모르게 걸음걸이를 바꾸거나 옷매무새를 점검하게 마련이었다.

몇 년 뒤 〈모래시계〉에서 말 없는 보디가드 역을 맡아 유명해진 L은 압구정동 한복판에 자리 잡고 있는 H고등학교의 1년 후배였다. 단언컨대 그의 캐릭터는 어느 날 갑자기 혜성처럼 등장한 게 아니었다.

일테면 채시라의 쥬단학 광고와 소피마르소의 아르드뽕 CF의 차이였다. 쥬단학이 "젊음의 생명인자"라느니 "라이브좀"이라느니 아무리 그럴듯한 어휘들을 갖다 붙여도, 사과를 베어 문 소피마르소가 촉촉한 입술로 날리는 "드봉"이라는 한마디가 우리에게는 훨씬 더 그럴듯해 보였던 것이다.

그들에게 맥도날드가 무슨 의미였건, 우리에게는 그냥 우리 동네였다. 햄버거 가게 앞에서 패션쇼 하는 애들을 눈빛으로 실컷 조롱한 다음 우리는 건물 뒤편의 구 상가와 시장 골목에서 전자오락을 하거나 떡볶이와 튀김만두를 사 먹으며 시간을 죽였다. 그들이 우리를 보고 무슨 환상을 품었건, 우리는 그들과 다를 바 없는 고삐리였다. 쥬단학이나 아르드뽀나 거기서 거기인 화장품에 불과하듯이.

다른 게 있다면 국회의원의 돈을 쓸 수 있다는 거였다. 병신만 있으면 우리는 매일매일 놀아도 좋았다. 납세자 아들의 당연한 권리로, 병신에게 한마디만 하면 되었다.

"횡령한 세금 좀 환원해라."

그 짓도 곧 심드렁해졌다. 또래의 수많은 잘나간다는 애들을 만났지만 새로운 것이라곤 없었다. 당구 치고 오락 하고 맥주 마시고, 당구장 별실에서 포커 쳐서 돈 따면 이집트 가고, 돈 떨어지면 병신 불러서 세금 나눠 쓰고……. H고등학교, K고등학교, Y고등학교, C고등학교에 다니는 또 다른 성빈과 짐승과 입술을 만나 강북 양아치들과 다름없는 짓거리를 반복하고 있을 따름이었다. 나는 참을 수가 없어서 마시던 맥주잔을 소리 나게 내려놓았다.

"이제 우리 만나지 말자."

"왜?"

"좆나 재미없다."

"이 새끼 대가리 성장 속도 좀 보게."

"너희들이 말하는 잘나간다는 게 고작 이런 거였냐?"

성빈이 의미심장하게 웃으며 하진을 쳐다보았다.

"야, 우리 노갈 데리고 한번 뜰까?"

말없이 담배를 피우던 하진이 짧게 고개를 끄덕, 했다.

"그래. 그럴 때도 됐지."

*

"뽕 마이 좀 그만 입어 이 양아치야."

"뽕이 아니라 근육이다. 그러는 너는 왜 혼자 더블이냐. 아빠랑 친하냐?"

"원래 두목은 더블이야 이 삼식이 새끼야."

"아예 따따블로 입어라 이 쪽팔린 새끼야."

"니 땡땡이 넥타이가 더 쪽팔린다. 가보로 물려받았냐?"

"입질 그만해라 죽는 수가 있다."

"왜, 오늘도 한번 쑤샤주게? 쑤샤 쑤샤, 니가 다 쑤샤. 야 병신, 너 오늘 돈 굳었다."

주위를 두리번거리고 있던 병신이 느닷없이 말했다.

"부, 부탁이 있어."

"뭔데?"

"내가 살 테니까 안에 들어가서 벼, 병신이라고만 하지 말아줘."

기말고사 기간이었다. 우리는 힐탑 호텔 '바바렐라' 앞에 와 있었다. 하진과 성빈에게 정장과 셔츠를 얻어 입고 보니 나도 꽤 볼만했다.

강남에서 제일 물 좋다는 나이트였지만 겁나지 않았다. 그날 오후 집 앞 레코드점에서 산 요요마의 '무반주 첼로'가 있기 때문이었다. 나는 그 판을 가슴에 안고 나이트에 입장했다. 천둥 같은 음악 소리가 가슴을 울릴수록, 잘 차려입은 애들이 눈에 띄면 띌수록, 방패처럼 무반주 첼로를 높이 들었다. 그들이 내 고상한 취미를 이해할 거라고는 기대하지도 않았다. 모르면 모를수록 좋았다. 너희가 외모와 옷차림으로 나를 평가하고 있는 동안, 나의 바흐는 너희들의 텅 빈 교양을 비웃고 있을 거다.

그러나 테이블에 올려놓은 앨범 재킷은 빠르게 교차하는 빛과 어둠의 콘트라스트에 묻혔다. 재킷에 박혀 있는 글씨나 읽고 있을 곳이 아니었다. 그것이 바흐건 고흐건 마흐건, 무언가를 알아볼 수도 몰라볼 수도 없었다. 언어는 있지만 말은 없고, 마주침은 있지만 소통은 없는 공간, 눈빛과 몸짓과 표정이 지배하는, 빛과 선과 면으로 이루어진 시간이 눈앞에 펼쳐져 있었다.

하진이 애들을 몰고 그 속으로 주저없이 들어갔다. 앞장서는 모습은 처음이었다. 춤으로만 따지면 짐승과 입술의 브레이크댄스가 더 화려하고 굵직했다. 하지만 흐르는 듯 멈추는 듯, 주위를 둘러싸고 있는 리듬을 조금씩 비틀며 무대 위의 시선을 사로잡은 쪽은 하진이었다. 퀸카 한 명이 은근슬쩍 하진에게 접근했다. 하진은 감싸듯 버려두듯, 유혹하듯 무시하듯, 사로잡듯 사로잡히듯, 그녀를 아슬아슬하게 비껴 나갔다. 자신의 몸과 얼굴 위로 맺히는 수많은 시선들의 소실점으로부터 하진은 자유로워 보였다. 그 팽팽한 모순 속에 침묵하는 말이 있었다. 나는 무인도라는 말. 누구나 머물 수 있지만 아무도 소유할 수 없다는 말. 나는 당신들을 보지 않고도 당신들을 가질 수 있다는 말. 고요하면서도 선명하고, 부드러우면서도 고집스런 말. 그런 말, 너만의 말.

여자들이 웨이터에게 손목을 잡혀 끌려 다니는 문화는 없었다. 부킹을 하고 싶으면 남자들이 직접 다가가서 말을 걸거나, 그게 싫으면 웨이터를 시켜 술이나 안주를 보내야 했다. 짐승과 입술이 먼저 가서 운을 떼고, 잠시 후에 성빈이 가서 잠깐의 초대를 요청하고, 여자애 한 명이 대표로 자리에 왔다 가는 몇 번의 1차가 있었다. 여자애들이 부킹에 순순히 응한 것은 하진이 때문이었지만 정작 하진은 여자애들에게 관심이 없었다. 햇살과 바람이 황금비율로 뒤섞인 강 너머의 백사장처럼 그냥 그 자리에 있기만 했다.

많은 여자애들이 이쪽을 힐끗거리고 있었지만 2차의 기회는 대면식도 치르지 않은 여자애들에게 넘어갔다. 자리를 비웠던 성빈이 갑자기 나타나 합석하자고 했다. X고 졸업 선배들이 일이 생겼다며 룸을 넘기고 간 데다 아는 여자애가 일행 넷을 데리고 온다는 거였다.

"죽순이들 아냐?"

"아니야. 동네 애들이야. 물 좋아."

룸은 으리으리했고 테이블 위에는 고가의 양주와 안주가 반 넘어 남아 있었다. 선배라 해봐야 이십대 초반일 텐데 이 많은 돈이 어디서 난 걸까. 성빈이 데리고 들어온 여자애들도 부티가 났다. 친구들은 모두 만족하는 표정이었다. 단지 미모만이 물의 기준은 아니었다. 예쁘기로는 내 옆에 앉은 여자애가 제일 예뻤다. 하지만 싼티가 났다. 화장이 짙고, 피부가 가무잡잡하고, 속옷처럼 얇고 반질거리는 옷을 입고 있었다. 이자벨 아자니처럼 뽀얗고, 청순하고, 세련된 스리피스 정장 차림의 여자애는 하진 옆에 앉았다. 암묵적으로 내 서열이 가장 낮게 매겨진 것 같아 불쾌했다. 그래도 병신의 파트너보다는 나았다. 뱃살이 있어 뵈는 데다 얼굴도 넙적했다.

넙적이는 병신을 거들떠보지도 않았다. 성빈과 꽤 친한 듯, 자연스럽게 대화를 나누며 분위기를 주도했다.

"요즘엔 주변에서 누가 제일 껄떡댄다냐?"

넙적이가 웃더니 두 명의 남자애 이름을 댔다. 성빈과 입술이 웃음을 터뜨렸다.

"아ㅡ 그 토끼들?"

"걔네들 알아요?"

"잘 알죠. 빠순이들 끼고 다니면서 모델이라고 뻥치는 새끼들."

"지들 말로는 만날 여자가 바뀐다던데?"

"당연하지 토낀데. 빠순이라고 좋겠어요?"

여자애들이 와르르 웃었다. 이자벨 아자니까지 웃었다. 토끼가 뭐냐고 물었으나 성빈은 들은 척도 안 했다. 나와 병신을 빼놓고 대화는 계속되었다. 누가 누구한테 삔찌 먹었다, 누가 누구한테 먹혔다, 누가 아무한테나 벌린다더라……. 죄다 실명이 등장하는, 성에 관한 뒷담화였다. 입에 걸리는 이름마다 걸레로 만드는 걸레 같은 대화를 하며 애들은 비싼 술을 잘도 처먹었다. 그리고 어느새 말을 까더니 원래부터 일행이었던 것처럼 우르르 스테이지로 나가버렸다.

룸에 남았다. 혼자서 맥주를 마셨다. 겨우 저런 것들과 어울리려고 집에 거짓말을 하고, 야간 자율학습을 땡땡이치고, 거지처럼 남의 옷까지 빌려 입었다니. 맥주 한 병만 다 비우고 집에 갈 참이었다. 그때 쌘티가 들어왔다. 내 옆에 와 앉더니 대뜸 반말이었다.

"나도 술 한 잔 줄래?"

나도 반말을 했다.

"뭘로 줄까?"

"위스키 온 더 락."

내가 우물쭈물 대자 싼티가 픽, 웃었다.

"얼음이랑 섞어달라고."

나는 위스키 온 더 락을 건네주었다.

"왜 이렇게 포멀하게 입었어?"

나는 대꾸하지 않았다.

"너한텐 세미가 더 어울릴 것 같은데……."

그래서 너는 속옷을 입었니?

싼티는 다리를 자꾸만 교대로 꼬았다. 왼쪽 다리를 올릴 때마다 발이 내 바지 자락에 부딪쳐서 신경 쓰였다. 다리 하나는 완벽한 여자애였다. 곧은 뼈대에 근육이 보기 좋게 붙은, 테니스를 잘 칠 것 같은 다리.

여자애는 눈치 없이 계속 앉아 있었다. 급기야는 내가 오른쪽으로 치워두었던 LP판까지 덥석 집어갔다.

"바흐? 이런 거 좋아해?"

너 같은 애들은 질색이겠지.

"근데 왜 하필 요요마야?"

"요요마가 어때서?"

나는 대답하고 말았다.

"옷은 포멀한데 바흐는 요요마?"

"카잘스는 들을 만큼 들었어."

"그럼 푸르니에는? 네 아저씨 정장에 딱 어울린다. 나한테 원판 있는데 빌려줄까?"

나는 거짓말을 했다.

"그 정도는 나한테도 있어."

여자애가 호들갑을 떨었다.

"어머, 정말? 세계적으로 레어한 판인데? 마니아구나?"

반갑기는커녕 화가 났다. 영어를 섞어 말하면 있어 보일 거라고 생각하는 속물스러운 계집애가 나보다 바흐에 대해 더 잘 알고 있다니. 짙게 아이라인이 그려진 눈으로 재킷의 글귀들을 열심히 훑고 있는 여자애의 뒤통수를 갈겨주고 싶었다. 하지만 곧 측은해졌다. 어떤 애인지 알 것 같았다. 있는 집 자식들과 어울리려고 얼마나 열심히 저런 것들을 학습했을까. 정작 이 동네 애들은 아무도 관심 갖지 않는 것들.

어차피 뜰 요량이었지만 더 있을 수도 없게 됐다. 하진이 숨을 몰아쉬며 뛰어 들어왔다.

"밖에 일이 생겼어. 너는 집에 들어가는 게 좋겠다."

"무슨 일인데."

"어떤 애가 시비를 걸었어. 싸움이 날 것 같아."

"근데 나보러 집에 가라고?"

"너는 일이 끝난 뒤에 필요한 사람이잖아. 지금은 빠져."

"무슨 일인지를 봐야 나중에 해결을 하지."

나는 빠지라는 말에 자극받았다. 하진이 모든 일을 처리하게 내버려둘 수는 없었다. 몇 번의 실랑이 끝에 하진을 따라갈 수 있었다.

중키에, 왜소한 편이고, 팔다리도 가늘어 보이는 애였다. 코가 커서 언뜻 보면 피노키오를 닮은 것 같기도 했다. 저딴 놈이 짐승과 입술에게?

"우리는 그냥 함께 뜨거운 밤을 즐겼을 뿐이거든? 어른들의 은밀한 일에 애가 관심을 가지면 안 되지. 그렇게 질투가 나서 죽겠으면 집에 가서 조용히 혼자 마스터베이션이나 하세요, 제발."

입술이 브레이크댄스 동작을 하며 말했다. 하진이 입술을 가리고 나섰다.

"그러지 말고 말로 하자."

피노키오가 실눈을 떴다.

"너 혹시 하진이냐?"

"응, 내가 하진이야. 나 알아?"

피노키오가 한쪽 뺨에 세로로 주름을 잡았다.

"넌 안 때린다. 대신 얼쩡대지 마라."

거만한 태도에 흥분했는지 짐승이 언성을 높였다.

"나 X고 짐승이거든. 어디서 좆도 아닌 새끼가 깝을 쳐?"

놈이 말없이 양쪽 소매를 걷었다.

"너 혹시 집시냐? 내가 ○○ 친군 거 알아 몰라?"

놈이 바지를 양말 안에 접어 넣었다.

"이런 씨발놈이."

짐승이 선빵을 날렸다. 한 바퀴 돌면서 마이를 벗더니 연달아 스트레이트를 날렸다. 파워풀하면서도 깔끔했다. 놈의 고개가 두 번 크게 돌아갔다. 짐승은 잽을 날리며 전진했다. 원, 투, 쓰리, 놈의 고개가 펀치볼처럼 흔들렸다. 흔들리는 녀석의 얼굴이 웃고 있었다. 가만 보니 맞는 게 아니라 피하는 거였다. 소리가 나지 않았다. 픽, 하고 묵직한 소리가 난 건 짐승의 무릎에서였다. 짐승이 비명을 지르며 주저앉았다.

"이야아―."

입술이 날아올랐다. 발로 벽을 짚어 공중에 뜬 다음 반 바퀴를 돌아 놈의 머리를 가격할 뻔, 했다. 놈은 살짝 피한 다음 짧게 끊어 쳤다. 주먹은 보이지도 않았다. 잠자던 고양이가 날아오는 매의 눈알을 뽑는 것처럼 민첩했다. 입술이 얻어맞은 건 눈알이 아니라 뽕알이었지만.

입술이 가랑이를 붙잡고 뒹구는 사이 짐승이 바닥에 있던 코트를 던져 놈의 시야를 가렸다. 짐승은 곧바로 달려들어 드디어 두 개의 핵 편치를 명중시켰다. 어디까지나 벽에. 놈은 코트를 뒤집어쓴 채로 살짝 앉았다 일어섰다. 짐승은 놈의 머리에 턱을 정통으로 얻어맞고 넘어졌다. 다음부터는 흔하게 보던 동네싸움이었다. 한 사람이 다른 사람 위에 올라타 일방적으로 아구창을 날리는. 입술이 달려와 놈을 오른발로 걷어찼다. 놈은 넘어지면서 입술의 바짓단을 잡아챘다. 그리고 입술의 왼발을 낮게 돌려 차 넘어뜨렸다. 입술은 바닥에 머리를 부딪히고 나뒹굴었다.

통쾌했다. 그렇잖아도 언젠가는 혼내주고 싶었는데 정의의 사도가 나타나 일을 덜어준 셈이라고 생각했다. 놈이 호주머니에서 칼을 꺼내기 전까지는.

"감히 우리 애들을 건드려? 그것도 두 명이서 한꺼번에? 이 기회에 좆이랑 후장이랑 다 도려내주마 이 씨발놈들아."

놈의 얼굴에 장난기는 전혀 없었다. 싸움은 더 이상 동네싸움이 아니었다.

*

녀석이 칼을 뽑자마자 성빈은 다급하게 말했다.

"화대라면 얼마든지 줄게. 하루 종일로 쳐서 주면 되잖아. 얼마면 돼?"

녀석이 칼을 접더니 성빈의 뺨을 정신없이 후려갈겼다.

"다시 말해봐."

"죄, 죄송합니다."

"꿇어."

녀석이 꿇어앉은 성빈의 얼굴을 발로 몇 번 떠다밀었다. 성빈의 입술에서 피가 터졌다. 하진이 녀석의 어깨를 떠다밀었다.

"이제 그만해. 차근차근 해결해보자."

"너는 때리기 싫다고 말했다."

"나랑 얘기하자."

내가 나섰다. 바지에 손을 꽂은 채였다.

"넌 또 뭐냐?"

"청담동 노갈이다."

말해놓고 나니 바보 같은 대답이었다.

"그래서? 대표로 뜨겠다 이거냐?"

"나는 싸움 못한다."

말해놓고 나니 천치 같은 대답이었다.

"그런데 왜 나서? 맞아 죽을래?"

"너는 나 못 때린다."

하자마자 녀석은 내 뺨을 후려갈겼다.

"눈 깔아라."

"난 너 안 무섭다."

안 무섭긴. 뼛속까지 떨고 있었다.

"알았으니까 눈 깔아라."

"우리가 잘못한 거 인정한다. 쟤네가 한 짓은 정말 나쁜 짓이었다. 하지만 그렇다고 해서 쟤네들을 칼로 쑤시면 너도 똑같이 나쁜 놈이 되는 거다."

숨이 턱 막혔다. 배를 잡고 주저앉았다. 의지와는 상관없이 녀석에게 고개를 조아리게 되었다.

"한 번만 용서해주라. 내가 대신 사죄한다. 그냥 봐달라는 거 아니다. 이번 한 번만 봐주면 나도 네 일 뭐든지 한 가지 해결해준다. 약속한다."

성빈이 잽싸게 내 옆에 와 동참했다.

"저도 사죄합니다. 용서해주십시오."

녀석이 내 머리채를 잡고 앞뒤로 흔들며 성빈에게 물었다.

"이 새끼 뭔데? 너네 캡이냐?"

성빈이 볼멘소리로 대답했다.

"캡은 아니고요…… 저희의 정신적 지주인데요."

무슨 심사였는지는 모르지만 성빈이 던진 그 한마디가 나를 살린 것만은 분명했다. 녀석이 잡았던 내 머리를 놓았다. 우리 앞을 왔다 갔다 하더니 웃음을 터뜨렸다. 앞니가 죄다 쏟아질 것처럼 요란한 웃음이었다. 정신적 지주? 아 씨발, 이 새끼들 진짜 골 때리는 새끼들일세.

한 시간 뒤.

나는 녀석과 함께 개포동 포장마차 촌에 있었다. 얘기를 듣자 하니 녀석은 깡패였다. 동네 양아치가 아니라 진짜 깡패. 나이는 우리보다 고작 한 살 많은데 형과 함께 단란주점을 관리하고 있었다. 스타킹은 하필 그 단란주점의 종업원이었다. 애들과 놀러 왔다가 우리를 우연히 발견했단다. 우동 한 그릇을 앞에 두고 녀석이 따르는 소주를 두 손으로 받았다. 녀석이 눈을 지그시 뜨고 나를 쳐다보았다.

"새애끼, 잘생겼네."

"네?"

"그 정도 얼굴이면 내 정신적 지주 해도 되겠다."

"네?"

"명색이 정신적 지준데 반말해라. 아까는 눈 겁내 찢고 잘만 하두만."

"……."

"나도 고민 같은 거 털어놓고 그러고 싶을 때 있거든. 선생 찾아가본 적도 있거든. 그런데, 남선생이랑 하면 까버리고 싶고, 여선생이랑 하면 확 먹고 싶어 못 하겠더라."

"글쎄…… 과연 내가 도움이 될까?"

"와? 험한 일 시킬까 봐? 걱정 마라, 너는 어디까지나 내 사적인 고민만 해결해주면 된다."

"그게 아니라……."

"네 말대로 하자. 네가 하나 해결해주면, 나도 하나 해결해준다."

약속의 의미로 소주 세 잔을 원샷했다. 녀석이 담배에 불을 붙이며 섬뜩한 얘기를 했다. 넌 학삐리인 모양이니까 담배빵은 생략하자.

"하나만 물어봐도 돼?"

"물어봐."

"종업원들을 그렇게까지 아끼는 이유가 뭐야?"

뭐 이런 거 말이냐? 녀석은 웃으며 허공으로 담배 연기를 뻑, 뻑, 내뱉었다. 한 번 내뱉을 때마다 회색빛 구멍이 하나씩 떠올라왔다. 녀석은 그중 하나를 안주처럼 잡아 먹더니 소주 한 잔을 단숨에 집어삼켰다.

"난 빠순이 싫다. 줘도 안 먹는다."

"근데 왜 잘해줘?"

녀석이 피식 웃었다.

"쟤네들이 왜 몸을 파는지 아냐?"

"글쎄……."

"너네 다 강남 산다고 했지."

"응."

"강남 사는 애 중에 몸 파는 애 봤냐?"

"……."

"강남에 고삐리가 몇 명이나 있을 것 같냐?"

"……."

"대한민국에 고삐리보다 빠순이가 더 많다. 룸싸롱, 안마, 사창가, 뽀뽀라마치, 티켓 다방, 고속도로 휴게소, 이거 안 하면 쟤네들이 뭐 하겠냐? 식순이? 공순이?"

"……."

놈은 혼란에 빠진 나를 남겨두고 저쪽에 있는 자리로 넘어갔다. 그곳에는 스타킹을 위시한 빠순이들이 서넛 앉아 있었는데 스타킹이 막 울음을 터뜨린 것 같았다. 어떻게 저런 것들을 용서해줄 수 있냐는 거겠지.

얌전히 기다리면서 나는 놈이 변덕을 부릴까 봐 조마조마했다. 하지만 우리들의 일방적인 죄라고는 할 수 없었다. 죽순이한테는 아무렇게 해도 된다고 생각하는 성빈네도 문제지만, 강남에 산다면 껌벅 넘어가는 빠순이들도 잘못이기는 마찬가지였다. 아무도 너희들에게 그렇게 살라고 하지 않았어. 환경 때문에 어쩔 수 없이 매춘부가 됐다 해도, 자존심까지 내버린 건 너희들의 선택이었지. 그것도 공짜로. 그런데 왜 이제 와서 울어? 지금은 수치스럽고 억울하고, 여관에서 옷을 훌훌 벗어던질 때는 아무렇지 않았어?

"어쨌든, 니는 이제부터 내 정신적 지주다. 알았냐?"

자리로 돌아온 녀석이 말했다. 전화번호를 알려달라고 했다. 수첩에 집 전화번호를 딱 숫자 하나만 틀리게 적어주었다. 녀석의 전화번호도 받았다. 녀석의 이름은 세한이었다. 국번이 강남으로 돼 있었다.

녀석과 헤어지고 집으로 가는 길에 속이 뒤집혀버렸다. 먹은 것을 죄다 게우고 고개를 쳐들어보니 개포동 벌판의 하늘에는 별이 꽤 많았다.

Appetite for Destruction

다 막아놓은 둑을 짐승과 입술이 다시 터뜨렸다. 저들끼리 치고받았다고 하면 훈방으로 끝날 것을, 대책도 없는 것들이 꼭 엉뚱한 대목에서 자존심을 내세우고 지랄이었다.

"도대체 뭐라고 했길래?"

"맞았다고 했지."

"누구한테."

"그건…… 말 안 했지."

"거짓말할래? 그런데 거머리가 어떻게 눈치를 까?"

자초지종은 이랬다. 거머리는 잘하는 거라곤 싸움밖에 없는 것들이 쪽팔리게 맞고 다니느냐며 자존심을 들쑤셨고, 성격 급한 짐승은 상대는 일반인이 아니라 진짜 주먹이었다고 항변했다. 거머리의 유도신문에 줄줄이 비엔나로 걸려든 건 정해진 수순이었다. 유흥업소 출입에 이성교제, 싸움, 비공식이지만 지난번 비디오 사건의 가중처벌까지……. 이번에는 퇴학을 면할 수 없었다.

"잘한다. 아무거나 던지면 덥석 무는 붕어 아가리들 같으니라고."

입술이 붕어답게 뻐끔거렸다.

"어쩌냐. 아빠가 선생인데 자식이 잘리면……."

"그러게 왜 아무 데서나 가오를 잡아."

짐승이 감히 본분을 잊고 짖었다.

"씨발놈아 우리 같은 놈들은 가오가 생명이야."

"너 지금 나한테 씨발놈이라고 했어?"

"미 미안하다. 한 번만 봐주라."

아가리들이 아가리를 닫고 내 앞에 고개를 숙였다. 절체절명의 위기인 건 둘째 치고 헤게모니를 장악한 기분이 꽤 삼삼했다. 하진을 보았다. 하진 또한 나에게 모든 것을 맡기겠다는 표정이었다.

혼자 도망간 게 괘씸했지만 병수는 이번 일과 무관했다. 국회의원 카드를 또 써먹는 건 자존심이 허락지 않았다. 위험하기까지 했다. 거머리는 바보가 아니었다. 조금이라도 냄새를 맡으면 끝까지 추적해 나를 찾아낼 것이다. 붕어 아가리들이야 잘리건 말건 이쯤에서 그냥 빠질까? 물불 안 가리는 짐승 성격이 걸렸다. 어차피 이렇게 된 거 다 같이 죽자고 덤비면 곤란했다.

미술부에 들렀다. 시험이 끝난 직후라 텅텅 비어 있었다. 마음을 비우고 4B연필을 여러 개 깎아놓은 다음 이젤 앞에 앉았다. 아마존의 구도를 잡는데 선이 자꾸만 비뚤어졌다. 기본 명암의 입자가 고르지 않았다. 연필을 부러뜨리고 씩씩거리는데 홍 화백이 불쑥 들어왔다. 내가 벌떡 일어나자 빙긋 웃으며 앉으라는 손짓을 했다. 담배를 하나 피워 물더니 말했다.

"네가 X대 미대에 가면 참 좋을 텐데. 집에서는 아직도 반대하시냐?"

"아마도요."

"학원에는 잘 다니고?"

"요즘엔 공부가 바빠 못 갔어요."

그는 반쯤 태운 담배를 비벼 껐다.

"어머니가 경양식집 한다고 안 했냐?"

"네."

"그럼 그 경양식집에서 아버지 좀 만나볼까?"

"네?"

"거창하게 말고 그냥 간단하게, 술도 그냥 있는 걸로."

"아 네. 말씀드려볼게요."

고개를 꾸벅하며 몰래 웃었다. 홍 화백은 자칭 예술가였다. 그림은 못 봤지만 사는 꼴은 확실히 예술적이었다. 창밖을 보며 수업은 하는 둥 마는 둥, 항상 술 담배에 절어 있었다. 공강 시간에는 교내 산책으로 세월을 죽이며 나는 사색에 잠겨 있노라 했다. 미술부 학생과 맞담배를 피우거나 포장마차에서 취해서 쓰러질 때까지 대작을 하는 아방가르드적인 추태로 유명하기도 했다.

교장도 못 말리는 그가 유일하게 무서워하는 사람이 있다면 마누라였다. 미술부 선배들은 그가 예술 대신 여자를 선택한 낭만주의자라고 했지만 내가 볼 때는 그냥 술을 좋아하는 공처가였다. 사색은커녕 그의 전두엽은 마누라한테 혼나지 않을 확실한 건수를 잡을 궁리로 연중무휴일 게 뻔했다.

건수의 고수답게 홍 화백은 함께 사는 묘미를 알았다. 이런 거였다. 엄마는 저렴하게 담임과 서클 지도 선생을 접대하고, 나는 미대 공부를 허락받을 기회를 얻고, 무엇보다 홍 화백은 학생주임에게 아부도 하고 공짜 술도 먹고…….

존경해 마지않는 홍 화백. 당신 덕택에 나는 기대하지 않았던 예술적 영감을 얻었나이다.

수첩을 뒤져 세한에게 전화를 걸었다. 과연 잘하는 짓일까? 우리 집에서 정학은 데프콘 1호감이었다. 남은 고등학교 시절을 계엄령하에서 보내기는 죽어도 싫었다.

"어 그래, 나의 정신적 지도자. 어쩐 일이냐?"

"지난번에 얘기한 거 말야…… 서로 한 번씩 도와주기로 한 거."

"어 그래."

"한 번만 당겨쓰면 안 될까? 일단 네가 내 부탁부터 들어주고, 그다음에…….'

비상회의를 소집했다. 애들은 군말 없이 튀어나왔다. 이번에는 계획을 밝히지 않았다. 우쭐대다가 또 실수를 저지르면 큰일이었다.

"일단 돈이 필요해."

"얼마나?"

"백만 원. 누가 마련할래?"

입술이 껌을 퉤, 뱉었다.

"미쳤어? 백만 원이 껌값이냐?"

나는 1초의 여유도 주지 않았다.

"싫음 말고. 그럼 나는 간다."

짐승이 다급하게 외쳤다.

"어떻게든 구할게. 나랑 입술이랑."

아가리들이 지들끼리 소곤거렸다.

"미친 새끼야, 백을 어서 구해?"

"당구장 형들한테 꾸든지 포커 쳐서 따든지."

"솔직히 네가 딴 적 있어?"

"어쩌라고 씨발놈아 그냥 퇴학당해?"

입술이 입술을 다물었다. 나는 속으로만 웃었다. 진작 좀 조용히할 일이지.

며칠 뒤 아가리들은 십만 원짜리 수표 일곱 장과 만 원짜리 서른 장을 구해왔다. 나는 돈을 꼼꼼히 세본 다음 말했다.

"누가 아빠 이름 좀 내놔야겠다. 누가 할래?"

성빈이 눈을 크게 떴다.

"아빠 이름을 내놓다니?"

"이 돈은 담탱한테 촌지로 간다. 촌지가 있으면 그걸 주는 사람도 있어야지."

제일 빨리 알아들은 건 하진이었다.

"부모님 모르게, 부모님이 주는 것처럼 해서?"

나는 고개만 끄덕였다. 성빈이 성급하게 토를 달았다.

"기껏 생각한 게 짜웅이냐? 이게 짜웅으로 해결될 것 같아?"

간단하게 비웃어주었다.

"짜웅이 아니라 미끼다. 무기정학은커녕 아예 없던 일로 해준다."

말이 끝나기가 무섭게 아가리들이 아갈거렸다.

"부모님이 교육공무원이라……."

"우리 엄만 심장병이라……."

"야, 교사가 교사한테 촌지 주면 바로 전화할 텐데……."

"그냥 니가 뒈지는 게 낫겠냐, 울 엄마가 돌아가시는 게 낫겠냐."

둘이 옥신각신하게 잠시 내버려두었다.

"어차피 강서랑 인호는 너무 직접적이어서 안 돼. 숨겨진 인물이 하는 게 낫겠어."

아가리들이 얼굴에 희색을 띠며 성빈을 보았다.

"야, 알잖아, 우리 아버지 외교관인 거. 고위 공무원한테 뇌물수수는……."

나는 성빈의 말을 잘랐다.

"너네 아빠가 하는 게 아니라 네가 하는 거야."

"담탱이 울 아빠한테 전화라도 하면……."

"서울에 안 계시잖아. 설마 국제전화 하겠어? 엄마 따돌리는 건 네가 알아서 할 일이고."

"야, 씨발 노갈 너 남의 일이라고……."

"그러게? 남의 일에 내가 왜 이 고생인지 모르겠네? 비디오 사건만 해도 그래. 맞기는 아가리들이 다 맞고, 돈은 병수가 다 내고, 일처리는 내가 다 하고. 이번에도 머리는 내가 쓰고, 돈은 아가리들이 쓰고. 넌 뭘 할래? 어차피 퇴학당하는 건 아가리들이니까 나 몰라라 빠질 참이냐?"

약간의 협박을 양념으로 첨가했다.

"그 가슴 큰 애도 세한이 애라더라. 아직은 세한이가 모르는데……
네가 따먹었다고 말 한번 해볼까?"

다음 날 세한을 만나 백만 원과 가라로 만든 룸살롱 상품권을 교환
했다. 상품권은 선물 상자 안에 동봉되어 성빈을 통해 거머리에게 전달
되었다.

며칠도 안 돼 세한에게서 연락이 왔다. 독서실 총무가 듣고 있어서
집에서 온 전화처럼 연기를 해야 했다.

"노갈?"

"어, 형. 집에 무슨 일 있어?"

"현재 시각 여덟시. 물고기가 어항 속에 들어왔다."

"알았어, 바로 집에 들어갈게. 다 먹지 말고 나 갈 때까지 꼭 남겨둬."

우리는 옷을 갈아입고 논현동으로 향했다. 아가리들은 영문을 몰라
했지만 하진은 대충 맥락을 파악한 눈치였다.

거머리가 룸살롱에 안 넘어올 리 없었다. 우리가 룸살롱을 갈 수 없
다는 게 문제였다. 가지 못한다면 오게 만들면 될 일. 담임과 아가리들
은 우연히 만나기로 한다. 어디서? 모든 퇴학 사유의 발단이 된 이곳
호텔 나이트에서.

나는 다리를 꼬고 앉아 거머리와의 조우를 기다렸다. 밝고 따뜻한
곳에 있는 당신이어서, 춥고 어두운 곳에 있는 내가 애처롭다고? 조금
만 기다리시라. 동굴 밖으로 나오지 않는 당신의 삶이, 모닥불을 향한
당신의 욕망이 얼마나 위태로운 것인지 가르쳐줄테니. 혹시 아시는가,
당신이 톨스토이라고 부르는 투르게네프는 이런 말도 했다는 것을?

"인간에게는 불행이 필요하다. 그렇지 않으면 바로 거만해진다."

거머리는 빠순이들이 꼬셔서 데려오기로 했다. 일단 오기만 하면 아가리들을 보내 인사를 시킬 요량이었다. 여자애들에게 졸업생이라고 인사를 하고, 술도 한잔 얻어 마시고, 폴라로이드 카메라로 기념사진도 한 방 찍을 거다. 미션은 그것으로 종료다. 고등학교 선생이 촌지로 룸살롱 가, 빠순이 두 명 끼고 나이트에 와, 세상천지에 다 알리고 싶으면 어디 한번 퇴학시켜보라지. 촌지가 아니라 학생들이 준 거였다고? 그렇다면 해외토픽감이다.

하지만 한 시간 반을 기다려도 거머리는 나타나지 않았다. 나타난 건 거머리가 아니라 세한이었다.

"뭐야? 2차를 갔다고? 어디로?"

세한이 한심하다는 표정을 지었다.

"어디긴 어디야 모텔이지. 애들이 좆나 싫어하더라."

"……."

"미술 선생인가 뭔가는 좋다는데 혼자서 끝까지……."

"그래도 무조건 끌고 왔어야지!"

"그게 되나? 그 거머리란 새끼 나이트 한 번 가주면 공짜로 대준다는데도 싫다고 지랄이었다. 그러게 그런 꼰대가 나이트를 갈 리가 없지."

스팀다리미가 뇌 주름을 깨끗하게 다리고 지나가는 기분이었다. 떠오르는 것이라곤 거머리의 입속으로 홀랑 넘어가버린 거금 백만 원뿐이었다.

"씨발놈 너 대체 무슨 짓을 한 거야?"

"아, 씨발 우리 돈으로 담탱한테 공짜 술 먹인 거냐 너 지금?"

아가리들이 당장이라도 나를 삼킬 것처럼 달려들었다. 나는 짐짓 아무렇지 않은 듯했지만 목소리가 떨렸다.

"모텔이…… 어디야?"

모텔은 가까운 곳에 있었다. 뜀박질을 하다시피 해서 문 앞까지 왔지만 방법이 있을 리 없었다. 애들도 나에게 별다른 계획이 없다는 걸 눈치챈 듯했다. 말투가 다급해졌다.

"나올 때까지 기다렸다 확 덮칠까?"

짐승이 말했다. 입술이 반문했다.

"여기 왜 왔냐고 하면 뭐라고 하고?"

"우연히 지나가는 길이었다고 하면 되지."

세한이 고개를 저었다.

"들어갈 땐 같이 들어가도 나올 땐 같이 안 나온다."

"어째서?"

세한이 한숨을 쉬었다.

"그런 게 있다."

짐승이 주먹을 쥐었다.

"무작정 쳐들어가는 거지 뭐 씨발."

"앞에서 만나도 이상한데, 안에서 만나면 뭐라고 해?"

"그냥 왔다고 해 씨발."

"남자 둘이 모텔을 그냥 왜 와?"

제발 조용히 좀 해라, 머리 좀 굴리게…… 하고 있는데 누군가 뒤에서 등을 툭, 쳤다. 나는 소스라치게 놀라 그만 땅바닥에 주저앉을 뻔했다.

"애는 놀라기는, 좀 전에는, 그렇게 불러도, 돌아보지도 않더니……."

숨이 턱까지 차 있는 여자애는 지난번에 만난 싼티였다. 하얀 니트에 밝은 톤의 화장을 하고 있어서 알아보는 데 시간이 좀 걸렸다. 나이트에서부터 나를 쫓아온 모양이었다. 하늘이 내려준 선물이 하필 싼티라니……. 나는 다짜고짜 여자애의 손목부터 낚아채고는 세한에게 물었다.

"방 번호는 알고 있어?"

세한이 미묘하게 웃으며 대답했다.

"물론이지."

*

나란 놈의 어이없음은 권력을 갖기도 전에 권력의 논리부터 알았다는 점이었다. 하지만 권력의 논리는 종종 그 자체로 권력임을 나는 열여덟 살에 다 알아버렸다. 그게 다 대한민국 최고의 고등학교에서 최고의 교육을 받은 덕택이었다.

퇴학을 면한 기념으로 하굣길에 치킨집에 들렀다. 아가리들은 건배하기도 전에 맥주에 침부터 튀겼다.

"씨발 어떻게 그 순간에 그런 생각이 드냐."

"그때 씨발 담탱 얼굴을 봤어야 하는데. 아, 아까워."

"내 보기에 이 새끼는 천재야 천재."

성빈이 어깃장을 놓았다.

"천재는 씨발. 알랑방구가 너무 심한 거 아냐?"

입술이 받아쳤다.

"너나 그만 조잘대라, 이 쪼가리 새끼야."

"말 다 했어?"

짐승이 풋, 하고 맥주를 분사했다. 병신이 휴지로 얼굴을 닦았다.

"쪼가리 씨발 그거 어울린다. 성빈이는 오늘부터 쪼가리. 푸하하."

성빈이 반박하기도 전에 하진이 맥주잔을 높이 들었다.

"자, 우리들의 정신적 지주를 위해서!"

"아자, 아자, 아자!"

주인아저씨가 못마땅하다는 듯 우리를 처다보았다. 그러거나 말거나 아가리들은 대감댁을 털고 온 도적 떼처럼 요란하게 술을 마셨다.

하지만 나는 마음이 편치 못했다. 내 기분을 알아챈 건 하진뿐이었다.

"이제는 어쩔 거냐?"

"글쎄…… 그걸 모르겠네."

절대 이상한 짓 안 한다, 5분이면 된다, 는 말을 듣고 여자애는 겁내기는커녕 눈빛을 반짝였다. 여자애의 손목을 잡은 채로 3층에 뛰어올라가 화재 비상용 벨을 눌렀다. 허무하게도 나와 보는 사람이 없었다. 벨은 금방 꺼져버리기까지 했다. 할 수 없이 거머리가 들어간 방문을 마구잡이로 두들겼다.

"누구세요?"

여자가 물었다.

"화재 점검 좀 하겠습니다. 문 좀 열어주십시오."

거머리는 러닝셔츠 바람으로 침대에 앉아 있었다. 허겁지겁 바지를 챙겨 입은 티가 역력했다. 나를 바라보는 눈빛이 놀람에서 깨달음으로, 깨달음에서 노여움으로 변해갈 때쯤 나는 술에 취한 척 비틀거리며 말했다.

"제가 딱 보자마자 선생님인줄 알았다니까요? 어째 애인분이 제 여자친구보다 더 어려 보이시네요?"

여자애가 내 손에서 폴라로이드 카메라를 채가더니 셔터를 눌렀다. 거머리는 카메라를 빼앗으려고 벌떡 일어나 뛰어왔으나 나에게 가로막혔다. 여자애는 아래층으로 피신했다. 눈치 하나는 번개 같은 여자애였다.

"꼭 내 가정에 불화를 일으켜야겠냐? 그랬다간 너도 이성교제에 음주에 모텔 출입까지 무기정학을 면치 못해. 한 번만 봐주라. 같이 죽는 것보다는 같이 사는 게 낫지 않겠니?"

할 줄 알았던 거머리는, 확실히 나보다 오래 산 사람은 오래 산 사람이었다. 학생지도부실이었다. 나는 의자에 앉아 있었고 거머리는 방 안을 서성이고 있었다.

"내가 너 그럴 줄 알았다."

첫마디를 떼며 여유 있게 웃기까지 했다. 켕겨야 할 사람은 거머리인데, 도리어 내 쪽에서 눈이 마주치는 게 어색해 고개를 숙이고 있었다.

"바라는 게 뭐냐? 너희 패거리의 훈방?"

나는 침묵으로 버텼다.

"스위치 이론이라는 게 있지. 소련에서 핵미사일을 쏘면 인류가 멸망할 걸 알면서도 미국은 발사 스위치를 누르게 된다는. 하지만 반대 효과도 있다. 적국이 반격할 게 분명하니까 이쪽도 섣불리 스위치를 누르지는 못 한다는 거다."

정말이지, 불구덩이에 뛰어들면서도 폼을 잡을 위인이었다.

"그걸 공개하는 순간 너희들은 다 퇴학이다."

나는 조용히 고개를 끄덕였다. 재수는 좀 없어도 화끈하고 멋있는 면도 있는 사람이구나. 돌아서는 내 뒤에 대고 거머리가 한마디만 더 안 했어도 계속 그렇게 생각했을 거였다.

"사진을…… 넘길 마음은 없겠지?"

그게 다였다. 명쾌하고 깔끔했지만 뒷맛은 찜찜했다. 이긴 것도 있고 진 것도 있었다. 거머리는 내가 애들의 숨은 브레인임을 알아버렸다.

하진은 그 점을 걱정한 것이었다. 하지만 후회는 브레인의 덕목이 아니었다. 이 기회에 정면으로 승부하는 방법을 배우는 거다. 그렇잖아도 숨어서 싸우는 게 영 쪽팔렸었는데 차라리 잘됐다.

게다가 2학년은 끝나가고 있었다. 동굴 속 임금님과도 이제는 안녕.

하지만 방학식과 함께 긴 평화가 찾아올 거라는 내 기대는 학교를 나오자마자 깨졌다. 여자애가 와 있었다. 겁도 없이 교문 앞에서 기다리고 있었다. 평범한 청바지에 얌전한 코트 차림이어서 처음에는 못 알아봤다. 볼 때마다 분위기가 바뀌는 이 여자애는 뭘까? 제발 그 정체를 모르고 싶었다.

"어디 가?"

"집에 간다."

"잠깐 기다려봐."

"좋은 말 할 때 꺼져라."

"숙녀한테 예의를 지켜야지. 한 시간이나 기다렸는데."

누가 숙녀야? 하려는데 여자애가 검은 비닐봉지를 들이댔다. 봉지 안에는 음반 두 장이 들어 있었다. 하나는 나의 요요마, 또 하나는…….

"그건 빌려주는 거야."

세계적으로 흔치 않다는 푸르니에의 원판이었다. 나는 푸르니에를 꺼내 여자애한테 거칠게 안겼다.

"분명히 있다고 했다. 귀찮게 하지 말고 가라."

"있으면 있는 거지 왜 화를 내니?"

애들이 걸어 내려오며 힐끔거렸다.

"오, 노갈―."

"학교 앞에서 뭐 하는 짓들이야."

다들 한마디씩 하고 지나갔다. 여자애가 그 틈을 타 크게 말했다.

"모텔도 같이 가줬는데 정말 이러기야? 설명은 해줘야 할 것 아냐?"

하필 멀리서 선생 몇 명이 교문을 향해 걸어오고 있었다. 5분 내로 끝내자. 나는 잽싸게 택시를 잡았다.

"빨리 타. 쪽팔리니까."

나는 '이집트'로 방향을 잡았다. 싼티를 데려가기에 적당한 데는 그곳뿐이었다. 나는 빠른 속도로 설명했다. 친구들이 처해 있었던 곤란한 상황에서부터 내가 방법을 모색하고 마침내 사건을 해결하기까지의 천재적인 과정에 이르기까지. 그동안 여자애는 커피를 딱 한 모금만 마셨을 뿐 카페 안을 연신 두리번거렸다. 매번 듣고 있는 거냐고 물어봐야 했다. 5분은커녕 30분도 넘게 걸렸다.

"그래서, 친구들을 지키기 위해 네 정체를 드러냈다고?"

고개를 끄덕였다. 이제 좀 존경심이 생기니?

"니 친구들은 깡패한테 왜 맞았대?"

"……."

"남자들은 웃겨. 지들끼리 소꿉장난하면서 세계 평화라도 지키는 것처럼."

남의 공훈 깎아내리기. 콤플렉스를 갖고 있는 애들의 전형적인 반응. 더 이상 상대하고 싶지 않아서 마무리 대화에 들어갔다.

"근데 나는 왜 찾아왔어?"

"바흐 때문에."

"겨우 음반 하나 주려고 한 시간씩 기다렸다고?"

"근데 왜 꼬박꼬박 반말이니? 나 너희보다 한 살 많거든?"

대답하지 않았다. 덕분에 질문권이 여자애에게 넘어갔다.

"근데 네가 시켰니?"

"뭘?"

"걔네한테 나쁜 짓 시키는 애냐고."

"아니."

"그럼?"

"걔네가 나쁜 짓을 하면 충분히 혼낸 다음……."

"대신 벌 받지 않게 도와준다고?"

"그렇지."

여자애가 정색했다.

"그럼 넌 해결사네?"

"뭐가?"

"나쁜 애들 뒤나 닦아주는 게 해결사지 그럼 뭐야?"

"해결사가 아니라 브레인."

"그게 그거지. 그럼 해결사가 머리 쓰지 몸 쓴다니?"

"브레인이 무슨 뜻인지 모르면 두목이라고 해두자."

"그럼 더 형편없는 새끼인 거지."

"뭐가?"

"개날라리들 두목이면 더 개날라리인 거잖아?"

더 이상 참고 있을 수가 없었다.

"그러는 너희는?"

"너희?"

"개날라리 싫다면서 개날라리만 밝히는 죽순이들 말야."

"뭐?"

"어떻게든 강남애들 꼬셔보려고 나이트 죽순이질이나 하면서 뜻대로 안 되면 개날라리라지. 너네야말로 개처럼 꼬리나 흔들어대니까 남자애들이 너희를 우습게……."

나는 말을 멈췄다. 여시같이 생긴 여자애의 눈에 그토록 빨리 눈물이 괼 줄은 몰랐다. 여자애는 눈꺼풀도 깜박이지 않고 나를 쏘아보다가,

"넌 좀 다른 새긴 줄 알았지."

하더니 그대로 일어서서 카페를 나가버렸다.

횡횡횡횡, 부메랑이 허공을 가르는 소리가 들렸다. 부메랑은 황급히 뛰어나가는 여자애의 뒤를 쫓아갔다가, 문이 닫히자마자 되돌아와 내 가슴에 꽂혔다. 가슴이 아프다고 느꼈을 때 이미 소파 위에는 아무도 없었다.

푸르니에의 무반주 첼로만이 덩그러니 남아 있었다.

*

"야 이건 보통 판이 아닌데?"

'신나라 레코드'의 주인은 신난다는 듯 안경을 고쳐 썼다.

"그래요?"

"그럼, 줄잡아도 몇십 만 원은 하겠는데. 어서 구했니?"

설명하기가 쉽지 않았다. 판꽂이에 가득 꽂혀 있는 이천오백 원짜리 판들을 멍청하게 쳐다만 보았다.

"조심해서 가져가라."

"네 감사합니다."

부러워하는 아저씨의 눈빛을 등으로 받아내며 재빨리 레코드 가게를 나왔다. 18년 동안 왔다 갔다 했던 집 앞 거리를 허정허정 걸었다. 어째 구름 위를 걷는 것처럼 현실감이 없었다.

재킷 안에 공기를 불어 넣었다. 핀셋으로 커버글라스를 집듯 엄지와 검지로 원판을 조심스럽게 끄집어냈다. 약을 골고루 뿌리고 결을 따라 클리너로 닦아내니 유리처럼 매끈했다. 턴테이블의 먼지까지 꼼꼼히 제거한 다음 조심스럽게 레코드 위에 바늘을 올려놓았다. 잠시 후 푸르니에가 거만하게 걸어 나와 첼로를 잡았다. 카잘스보다 느린 듯 부드러웠다. 요요마보다 은근하고 영롱했다.

부메랑을 뽑고 나니 가슴 한복판에 외눈이 생겨 있었다. 녀석은 장님이었다. 앞도 못 보는 주제에 자주 눈을 깜박거렸다. 자꾸만 속눈썹이 면 티를 스쳤다. 명치에 힘을 주어 꼭 닫고 있어야 했다. 잠시라도 딴청을 피우면 녀석은 그새 눈을 떴고, 그러면 나는 손바닥까지, 발바닥까지 속살거려 미칠 지경이었다.

성빈에게 전화를 걸었다.

"지난번 만났던 애들 말야……."

"어, 누구?"

"힐탑에서 만났던 애들."

"어, 걔네들 왜?"

"어느 학교 애들이야?"

"내가 아는 애는 C고등학교. 나머진 몰라."

"그럼 다 C고인가? 한 명은 졸업반이라던데."

"글쎄, 지금은 잘 모르겠는데? 다음에 뚜 만나면 물어볼게."

성빈은 먼저 전화를 끊었다. 말투가 좀 이상했다.

짐승에게 전화했다. 짐승 엄마가 잠깐만, 하고 수화기를 내려놓더니 몇 분 뒤에 돌아와서는 딴소리를 했다.

"얘가 집에 있는 줄 알았더니 그새 나갔네. 메모 남겨놓을게."

입술도 전화를 받지 않았다. 병수에게 전화했다.

"이번 주말 시간 돼?"

"어, 어. 글쎄? 왜?"

"나이트에 한판 뜰라고."

"다른 애들도, 가는 거야?"

"다른 애들 누구?"

"성빈이랑…… 짐승 입술이랑……."

왜 애들 이름을 들먹거리며 하진만 빼먹는 것일까?

"아니, 이번에는 둘이 가자. 내가 좀 일이 있다."

병수는 머뭇머뭇했다.

"어떡하지? 내가 담배 피우는 걸 들켜서 용돈을 차압당해서…… 진짜 미안하다…… 이번 달은 좀 어려울 것 같은데."

괜찮다고 말하고 전화를 끊은 다음 3분쯤 후에 다시 걸었다. 병수네 집 전화가 통화중이었다. 입술의 집 전화도, 성빈의 집 전화도 마찬가지였다.

수화기 저편의 뚜 뚜 뚜 소리를 들으며 나는 상황을 간파했다. 토사구팽이라더니. 너희들이 지금 물을 끓이고 있다 이거지? 나는 너희들을 위해 내 존재를 거머리에게 노출시킨 데다 치명적인 약점까지 저당 잡혀야 했는데, 너희들은 그렇게 간단하게 배신한다 이 말이지?

상상 속에서 성빈이가 대답했다.

'이름도 없는 새끼 그 정도 키워줬으면 됐지.'

나는 하나마나 한 질문을 했다.

'앞으로 사고 치면 누가 해결해주고?'

'학기는 끝났어, 반도 새로 배정받을 거고. 사고는 안 치면 그만이지.'

'내 뒤에는 세한이 있어. 무섭지 않아?'

'너한테 해코지한단 말은 안 했어. 더 이상은 친하게 안 지낼 거라이 말이지. 너랑 친하게 안 지낸다고 세한이가 우리를 때릴까? 아니면친하게 지내라고 때릴까?'

그래. 성빈이었다. 쪼가리라는 굴욕적인 별명이 붙을 만큼 자신의서열이 낮아진 것에 앙심을 품고 그 요망한 혓바닥으로 아가리들의 속을 긁었을 것이다. 너넨 그따위 촌닭 쫄다구나 하고 싶냐? 아가리들이란 소리까지 들어가면서…… 너넨 뻘도 없냐?

애들과 끊어지면 나만 손해였다. 성빈에게는 잘나가는 애들과의 연줄이, 하진에게는 외모가, 아가리들에게는 힘이, 병수에게는 돈과 권력이 있었다. 나는 스스로 갖고 있는 게 아무것도 없었다.

여자애의 말이 맞았다. 나는 권력에 기생하는 기능인에 불과했다.그러나 모두 옳지는 않았다. 나는 그들과 결코 같은 부류가 아니었다.아무리 발버둥 쳐도 나는 감귤일 뿐, 그들처럼 상등품 오렌지가 될 수없었다.

새벽녘까지 나는 잠들지 못했다. 명치의 눈이 점차 다른 것이 돼가고 있었다. 눈꺼풀은 부풀어 올라 붉은 꽃잎으로 도드라졌고, 속눈썹은안으로 파고들어가 날카로운 가시로 돋았으며, 가시에 찔려 만신창이가 된 안구는 핏덩이로 스러졌다가 극피동물로 거듭났다. 내가 잠들어있는 동안에도 끊임없이 오물거리는 그것은 가슴에 뚫린 입이었다. 나는 밥맛을 잃었으나, 가슴만은 내내 허기졌다.

하루 종일 가슴만 들여다보며 지냈다. 그것은 눈인가 싶으면 입이었고, 입인가 싶으면 눈이었다. 나의 명치는 끊임없이 깜박이며 무언가를 탐했다. 위장이 가슴으로 치어 올라와 심장을 삼켜버린 모양이었다. 박동하는 위장이 자꾸만 피를 게워내고 있었다. 나는 가만히 앉아 있지를 못했다. 책상 위를 휘저어 엉망으로 만들어놓았다. 책장의 책을 뽑아 바닥에 내던졌다. 찬장의 음반도 죄다 끄집어냈다. 멍하니 앉아 있다 녀석을 발견했다. 아마도 형이 사두었을, Guns N' Roses의 앨범이었다.

〈Appetite for destruction〉

바늘을 내려놓자마자 〈Welcome to the jungle〉이 흘러나왔다. 음악을 듣는 내내 가슴에서 창창! 이빨 부딪치는 소리가 났다.

In the jungle
Welcome to the jungle
Watch it bring you to your knees, knees
I wanna watch you bleed

정글에
정글에 온 걸 환영해
네가 무릎 꿇는 걸
지켜볼게, 지켜볼게
네 피도 좀 보고 싶어

Two-Toe Pedaling

좋은 교육을 받는다는 건 별게 아니다. 남들은 죽도록 노력해야 얻는 것을, 어떤 이들은 놀면서 터득하게 된다는 뜻이다. 그게 노는 물이 좋다는 말의 진짜 의미였다.

X고에는 미국 시민권자가 꽤 많았다. 시민권을 유지하려면 방학 때마다 미국에 다녀와야 했다. 그 애들은 나갔다 올 때마다 한국에서는 들을 수 없는 음악을 사오거나 녹음해왔다. 시민권자와 친하고 소형 카세트 레코더가 있는 애들만이 그 음악을 들을 수 있었다. 환경은 선천적인 재능이었다. 90년대 초반에 한국 최초의 힙합 그룹을 결성한 가수와 이십대에 한국의 음반 시장을 좌지우지하게 된 엔터테인먼트계의 큰손이 모두 강남 8학군에서 나온 건 우연이 아니었다.

민주주의 사회는 공평했다. 종과 유를 막론하고 동일한 게임을 해야만 했다. 일테면 포유류거나 어류거나 똑같이 수영 실력으로 평가받는 것이다. 포유류는 목숨을 걸어야 하지만 어류는 하던 대로 하면 그만이다. 자유경쟁이란 게 원래 그런 거 아냐?

해박한 인문학적 교양은 뭐고 뛰어난 예술적 소양은 무슨 소용이냐. 세계 명작보다 일본 만화가 위대하고, 미국의 팝이 러시아 클래식보다 예술적이며, 영혼의 깊이보다 메이커의 가격이 더 가치 있다는 게 어류들이 지배하는 세상의 기준이었다.

억울하면 고래가 되는 수밖에.

내가 아는 유일한 고래인 외삼촌을 찾아갔다. 외삼촌은 안무가였다. 열일곱에 학교를 뛰쳐나와 무작정 춤을 추기 시작했다. 배를 곯고 때로는 노숙자처럼 잠을 자며 눈동냥과 숨은 고수들의 사사(師事)만으로 다양한 춤을 섭렵했다.

어린 시절 삼촌 집에 놀러 가면 이십대 초반의 늘씬한 여자들을 실컷 볼 수 있었다. ㄱ자로 된 작은 개량 한옥의 별채에는 항상 몇 명의 아가씨들이 더부살이를 하고 있었다. 댄서가 되겠다는, 아니면 가수가 되겠다는 꿈 하나로 무작정 상경한 소녀들.

대낮이 되면 연습생들과 외할머니는 의상에 반짝이를 달았다. 손톱만 한 비닐 조각을 물고기 비늘처럼 촘촘하게 옷에 다는 일은, 구경만 하고 있어도 그만 죽어버리고 싶을 정도로 지루해 보였다. 바느질도, 연습도 하지 않을 때면 연습생 누나들은 화투를 치거나 TV를 보았다. 가끔씩은 나를 이유 없이 꼭 안아주곤 했다. 그들의 마른 가슴에서는 본드 냄새가 났다.

이후에는 뮤지컬 연출가가 되었지만 당시 삼촌은 잠실에 연습실을 차려놓고 가수와 댄서를 키우고 있었다. 이미 대자본을 가진 엔터테인먼트 회사에 밀리고 있는 판이었지만. 공교롭게도 이후 삼촌의 회사에 직격탄을 날린 것은 중학교 때부터 나를 벌레 보듯 했던 X고 동창이 창립 멤버인 회사였다.

"애는, 고등학생이 공부를 해야지."

삼촌은 시큰둥했다.

"취미도 있어야죠."

"애는, 춤이 뭐 별거라고. 넘어지지만 않으면 그게 춤이지 뭐."

고개를 돌려 연습실을 돌아보았다. 제자들이 죄다 땅에 누워 빙빙 돌고 있었다. 브레이크댄스가 유행하던 시절이었다. 삼촌의 말이 도통 이해되지 않았다.

삼촌은 한 가지 동작만 가르쳐줬다. 한 발을 들고 제자리에서 도는 스핀. 당시 유행하던 토끼춤도, 웨이브도 아닌 발레의 기본이었다.

"머리를 먼저 틀고 가슴, 배, 다리의 순으로 쫓아가. 몸이 다 돌았을 때 머리를 한 번에 돌려주는 거야. 이렇게 한 발로 뛰면서 도는 거야, 이렇게. 균형은 팔로 잡고, 이렇게."

"한 발로 뛰어오를 때의 직선운동을, 온몸을 나선형으로 비틀면서 회전운동으로 바꿔라, 이 말이죠?"

나는 꿀밤을 한 대 맞았다.

"애는, 머리를 고정하는 게 중요하다니까. 연습생들 방해 말고 조용히 연습해."

오전 내내 돌기만 했다. 넘어지지만 않으면 된다더니, 나는 한 바퀴도 못 돌고 넘어지기만 했다.

오후에는 독서실에 갔다. 영어만 팠다. 겨울방학 내로 『성문종합영어』를 통째로 외워버릴 계획이었다.

야밤에는 아버지의 차를 훔쳤다. 하진이 차를 샀기 때문이었다. 하진은 자신의 꿈이 레이서라고 말한 적이 있었다. 하면 되잖아? 내가 반문하자 하진은 설핏 웃었다. 나한테는 이룰 수 없는 꿈이야.

종로서적에서 차에 관한 책을 뒤졌다. 레이싱 전문 서적을 읽다가 투-토 패들링(two-toe pedaling)이라는 걸 알았다.

보통 커브를 만나면 브레이크를 밟아 속도를 줄인다. 그렇게 하지 않으면 원심력 때문에 차가 튕겨져 나가기 때문이다. 커브가 끝나면 기어를 2단쯤에 물리고 엑셀을 밟아 다시 가속하는 게 일반적인 주행법이다.

투-토 패들링은 다르다. 오른발을 모로 꺾어 액셀과 브레이크를 함께 밟는다. 커브 전에는 발가락으로 브레이크를 깊이 밟고 후에는 발꿈치를 사용해 액셀로 중심을 옮긴다. 속도는 줄이되 높은 엔진 회전수를 유지하는 것이 관건이다. 클러치와 사이드브레이크를 적절히 이용하면 꽁무니가 미끄러지면서 애초의 원심력이 구심력으로 전환된다. 적절한 때 브레이크를 놓고 깊게 액셀러레이팅을 하면 차는 아슬아슬하게 균형을 잡으면서 빠른 속도로 튀어 나가게 된다.

주의사항. 드리프트는 스틱 후륜구동에서만 가능하다.

미쓰비시와 기술 제휴한 현대가 주 생산 라인을 오토매틱 전륜구동으로 전환한 때였다. 하진의 차는 도요타 셀리카. 2000시시 145마력 엔진에 수동 6단 미션이었지만 FF(전륜구동) 방식이라는 약점이 있었다.

아버지의 차는 녹슬기 시작한 로얄 XQ. 1500시시 88마력 엔진에 4단 수동이었다. 윈도도 핸들도 수동이었고 에어백은커녕 에어컨도 없는 쇳덩어리였다. 완전 기계식이라 일발시동은 한 번도 된 적이 없었고 겨울철에는 최소 15분은 예열해야 움직일 수 있었다. 유일한 강점은 후륜구동이라는 것.

모두가 깊이 잠드는 새벽 두시경까지 기다렸다. 2층 창문을 통해 밖으로 빠져나가 사이드를 풀고 핸들을 잡은 채로 그 무거운 차를 큰길까지 죽을힘을 다해 밀었다. 엔진 소리가 탱크여서 큰길까지 조용히 옮기지 않으면 가족 포함 옆집 사람들까지 다 깨울지 몰랐다.

몇 분만 달려가면 고수부지가 있었다. 경찰도 안 오는 썰렁한 공터였다. 무면허 운전 연습에는 안성맞춤이었다.

운동을 못하는 내가 신기하게도 운전에는 타고난 재능이 있었다. 나는 몇 시간 만에 아웃스티어링에 성공했다. 그리고 한국의 자동차 기술이 발전하지 않는 것은 아무도 드리프트를 하지 않기 때문임을 알았다.

XQ는 세계에서 제일 힘없는 중형차였다. 투-토 패들링을 하면 심하게 쿨렁거리거나 시동이 꺼져버렸다. 브레이크 압력을 견디며 RPM을 유지하기에 88마력은 역부족이었다. 차는 속절없이 미끄러지다 강과 강둑의 경계에 아슬아슬하게 멈춰섰다. 강물이 하얀색 진눈깨비를 받아먹으며 괴물의 아가리처럼 검실거렸다. 나는 차에서 내리지도 못 하고 벌벌 떨며 그 거뭇한 어둠을 들여다보았다.

목숨을 건 대가로 한 가지는 확실히 배웠다. 로얄 XQ로는 드리프트가 불가능하지만 슬라이딩 파킹은 된다는 거. 충분히 연습한 다음 하진에게 전화를 걸었다.

"너 슬라이딩파킹 할 줄 알아? 내가 가르쳐줄 수 있는데."

"너 면허 있어?"

"당연히 없지."

"걸리면 2년 동안 면허 못 따."

"2년 내로 차 살 일 없어."

하얗게 쌓인 눈이 속치마를 깔아놓은 것 같았다. 타이어 자국이 하나도 없는 처녀지였다. 나는 XQ를 몰고 거칠게 강을 향해 질주했다. 정면으로 주행하다가 투-토 패들링, 코너를 도는 척 슬라이딩하여 차가 75도쯤 기울어졌을 때 사이드브레이크를 잡았다. 차는 정확히 90도 각도로 주차되었다. 하얀 바닥에 타이어 자국이 어지럽게 나 있었다.

하진은 몹시 흥분했다. 바로 실습에 들어갔지만 당연히 나를 따라 할 수는 없었다. 아웃스티어링은 됐지만 너무 미끄러져서 차가 회전하기 일쑤였다. 나는 하진에게 전륜과 후륜의 차이에 대해 설명해주지 않았다.

하지만 하진은 전륜구동에 알맞은 슬라이딩파킹 법을 알아냈다. 후진으로 가속하다 90도를 돌아 측면 주차하는 방법이었다. 나는 아예 후진으로 180도를 회전해 곧바로 전진하는 주법을 선보였다.

하진은 나에게 완전히 반해버렸다. 나는 한 달여 만에 하진의 베스트프렌드가 되었다. 대단할 건 없었다. 다른 남자애들이 농구공을 갖고 나누는 우정을 우리는 차를 갖고 했달 뿐이었다. 차에 관한 한 하진은 몹시 말이 많았다. 연습이 끝나면 우리는 보닛 위에 앉아 캔 맥주를 마시며 수다를 떨었다. 고수부지에 낮은 안개가 이불솜처럼 깔리던 어느 날 하진이 말했다.

"아무래도 성빈이가 널 견제하기 시작한 모양인데⋯⋯."

"응. 알고 있어."

하진은 뜸을 들였다 말했다.

"잘나간다는 건⋯⋯ 아무것도 아니야."

나는 아무 말도 하지 않았다. 드디어 기회가 왔음을 직감한 건 본능이었다.

"어릴 때 큰 사고가 났어. 인터스테이트를 달리던 컨테이너가 바로 앞에서 전복됐어. 아빠는 즉사했고 나는 중상을 입었어."

"⋯⋯."

"얼굴이 망가져서 성형수술을 다섯 번이나 했어. 심장이 파열돼서 심장 수술도 여러 번 했고. 사고가 나지 않았다면 내가 어떤 모습이었을지 궁금해. 내 눈이 외국인처럼 깊이 들어간 건 사고로 안구가 함몰돼서 그런 거야. 턱뼈가 일부 소실돼서 얼굴도 갸름하지. 비쩍 마른 것도 심장 때문이야. 나 돈 많이 든 애야. 어쩌면 육백만 달러쯤?"

하진의 얼굴에 보조개가 잡혔다. 각지고 매끈한 뺨에 아기살처럼 접히는 보조개.

"엄마는 날 정상으로 만들려고 안 해본 일이 없어. 뼈 빠지게 번 돈으로 서울에 와서 물장사를 시작했어. 애들은 내가 재벌 2세라도 되는 줄 알지. 10프로쯤은 사실이야. 우리 엄만 재벌의 이거였으니까."

하진이 곧게 폈던 새끼손가락을 접으며 실소했다. 머릿속에서 정전기가 일었다. 그래서 세한이가 너는 안 때리겠다고 했구나. 부모가 동종업계에 있는 걸 알았던 게야.

목덜미에 돋아난 소름으로 하진이 어려운 고백을 하고 있음을 감지했다. 하지만 하진이 애처롭다는 마음은 들지 않았다. 설사 만들어진 얼굴이라 해도, 엄마가 술집 마담이라 해도, 네가 일제차를 몰고 다니는 미국 시민권자라는 사실은 바뀌지 않지.

"알고 있었어."

"뭘?"

"너희 엄마."

"어떻게?"

"세한이가 너를 왜 안 때리겠다고 했는지 궁금했거든."

세한에게서 들었다는 뉘앙스는 풍겼지만 세한이 말해줬다고는 안 했다.

"내가 널 좋아하는 건 네가 킹카이기 때문이 아니야."

"……."

"네가 병신이나 성빈처럼 부모 믿고 까부는 애였다면 난 널 경멸했을 거야. 말은 하지 않지만 너도 나처럼 속물들을 경멸하지. 너는 너의 침묵으로 항상 말하고 있어. 진심이 아니면 접근하지 말라고. 너는 여자한테 관심이 없는 게 아니라 너라면 사족을 못 쓰는 속물들이 싫은 거지. 하나같이 겉보기만 따지는 깡통들이니까. 안 그래?"

하진은 귀엽다는 듯 내 뒤통수를 쓰다듬었다. 기대했던 반응은 아니었지만 기분이 나쁘지 않았다. 알량한 자존심보다 하진의 마음을 샀다는 사실이 더 중요했다. 물안개가 서서히 걷혀가고 있었다. 나는 적절한 타이밍에 브레이크에서 발을 떼듯, 너무 빠르지도 늦지도 않게 목적했던 말을 슬며시 꺼내놓았다.

"그래서 하는 말인데…… 네가 나 좀 도와줄 수 있을까?"

하진이 진지하게 고개를 끄덕였다.

"물론이지. 무엇이든."

*

성빈에게 맞서려고 하진을 포섭하지 않았다. 싼티를 찾아내려고 한 달씩 공을 들이지 않았다. 하지만 두 가지 다 하진 없이는 못 할 일이었다. 싼티 건을 부탁한 것은 신뢰를 얻자는 측면이 컸다. 성빈 얘기부터 꺼냈다면 하진은 친구로서의 내 진정성을 의심했을 것이다.

뚜를 싫어하는 데다 자칫하면 '강남 조각'의 체면이 깎일 수 있는 일인데도 하진은 선뜻 나서주었다.

하진이 뚜를 경멸하는 데는 이유가 있었다. 뚜는 원래 퀸카들의 애완견이었다. 하도 아부하는 게 불쌍해서 퀸카들이 몇 번 노는 자리에 껴줬다. 그랬더니 이년이 이래저래 쓸모가 많았다. 눈치 좋게 남자 잘 물어오지, 분위기 띄운다고 나서서 망가져주지, 예의 없이 까부는 놈 있으면 생지랄을 해서 처단해주지, 속으로는 하고 싶어도 퀸카 체면이라 참는 것들을 뚜가 도맡았다. 그러다 보니 필수품이 되고, 필수품이 되니까 헤게모니가 역전되는 아이러니가 발생한 것이었다. 퀸카는 여러 명이지만 뚜는 한 명뿐이니까.

현재 뚜는 킹카·퀸카 그룹의 핵심이었다. 킹카·퀸카는 다 뚜가 관리한다고 할 정도였다. 뚜랑 친하면 잘나가는 애들에게 인정받았지만 거꾸로 찍히면 매장되는 건 순식간이었다. 멀쩡한 애를 변태나 걸레로 둔 갑시키는 건 일도 아니었다. 뚜는 잘나가는 애들 사이의 미디어 권력을 장악한 셈이었다.

그런 뚜가 무시당하는 걸 뻔히 알면서도 하진한테는 꼼짝을 못 했다. 아마도 뚜는 하진을 짝사랑했을 것이다. 아니면 주둥이 따위로 넘어뜨릴 수 있는 상대가 아님을 일찌감치 깨달았든지.

쌘티는 최근 뚜의 손아귀에 들어온 신입 멤버였다. 이름은 신아. 신아는 요즘 뚜가 나이트에 올 때마다 동행한다고 했다. 성빈이 뚜를 추적한 건 때문이었다. 하진은 나이트클럽 웨이터들에게 전화해 뚜가 나타나면 연락해달라고 그물을 쳐놓았다.

그사이 나는 삼촌의 연습실에서 돌고, 돌고, 또 돌았다. 수없는 실패 끝에 나는 투-토 패들링의 정신을 춤에 접목했다. 중심을 잡으려면 일단 그것을 잃어봐야 했다. 나는 360도 턴에 성공했다.

"내일부터 안 나와도 되겠다, 얘."

"네? 이제 춤을 배워야죠."

"얘는. 춤은 넘어지지만 않으면 된다니까."

삼촌은 비밀스러운 수미상관의 어법을 구사한 다음 바쁘다며 나가버렸다. 제자들이 깍듯하게 인사하더니 삼촌이 사라지자 일제히 바닥으로 넘어졌다. 그제야 보였다. 브레이크댄스의 모든 동작이 갖고 있는 균형이. 그들은 넘어져 있는 게 아니라 머리로, 손으로, 신체의 온갖 부위로 '서' 있는 것이었다.

뚜가 '단코'에 떴다는 전화가 왔다. 그냥 지나가다 들른 것 같은 차림으로 단코에 갔다. 웨이터가 뚜 일행이 룸 안에 들어가 있다고 일러주었다. 같이 있는 남자애들은 누구예요? 글쎄, 언뜻 보기에는 대학생들 같던데.

"짱박힌 거면 안 되는데."

"설마."

주말의 단코는 만원이었다. 한참 기다려서 룸을 잡았다. 뚜 일행이 눈에 띄기를 기다리며 '보디가드 춤'을 추었다. 마주 서서 스텝만 맞추고 고개를 좌우로 돌려 괜찮은 여자가 없는지 사주경계하는 춤. 절제된 동작으로 리듬만 타고 있다가 가끔씩만 고난도 스킬을 보여주는 게 포인트였다.

"쟤 괜찮지 않냐?"

"누구?"

"빨간 블리치."

"싸 보여. 그 옆에 가죽 치마는?"

"쟨…… 몸만 예쁘다."

"너 춤 좀 늘었는데."

"누구 친군데. 이 정돈 해야지."

뚜 일행은 쉽게 나오지 않았다. 쓸데없는 여자애들의 시선만 끈끈해졌다. 두 번째 블루스 타임. 어디 있는지 뻔히 아는데 손 놓고 있어야 하다니. 낚시감도 없는 낚시 놀이에 지쳐 난파선 모양 찌그러져 있었다. 일부러 만나러 온 게 티 날까 봐 웨이터에게 뚜를 불러내달라고 할 수도 없었다.

"벌써 아홉시야."

"너무 오래 안 나오는데. 밴드 불러 노는 거 아냐?"

그런 것도 있어?

"한 시간 정도만 더 기다려보고 아니면 접자."

그러기는 싫었다. 웨이터에게 뚜 일행이 있는 룸의 위치를 알아냈다. 작전 지역의 지도를 입수한 것처럼 든든했다. 작전명도 금세 잡혔다. 투-토 패들링. 성빈의 모략도 제거하면서 동시에 쌘티도 만날 수 있는 방법, 이 있었다. 공중전화 부스에 들어섰다. 번호 하나를 누를 때마다 가슴에서 펑, 펑 장미꽃이 피어났다. 가시가 잔뜩 돋친 덩굴이 내주위를 화려하게 호위하고 있었다.

첫 번째 타깃은 짐승이었다. 집에 없다는 어머님의 차가운 대답이 되돌아왔다. 입술은 전화는 받았지만 과외가 있어서 바쁘다고 했다.

"너는 과외가 있구나. 나한테는 선물이 있는데."

"무슨 선물?"

"거머리한테 줄 선물. 자꾸 죄책감이 생겨서 거머리한테 사진을 넘길까 해. 그럼 거머리가 너희들한테 어떻게 할까?"

입술은 30분 만에 달려왔다. 어디에서 찾았는지 짐승도 데리고 왔다. 나는 일목요연하게 설명해준 다음 요약까지 해주었다.

"쉬워. 그냥 무조건 까고 튀기만 하면 돼."

아가리들은 불만이 가득한 얼굴로 미적거렸다. 하진이 뭐라고 뭐라고 설명하자 그제야 표정이 바뀌어서는 옆자리에 놓여 있던 야구 모자를 훔쳐 쓰고 뚜 일행이 있는 룸으로 걸어갔다. 하진에게 물었다.

"뭐라고 했는데?"

"오늘 전부 퀸카랑 미팅시켜준다고 했지."

"뭐라고?"

"두 시간 내로 전부 데리고 맥줏집으로 간다고 했어. 프럼 나우, 잇츠 업 투 유 올."

나는 자신만만하게 웃어 보였다.

뚜 일행과 함께 있던 대학생들은 두 명의 고삐리에게 난데없는 습격을 당하고 혼비백산했다. 한 명은 제대로 얻어맞아서 잠시 기절했고 다른 한 명은 쌍코피가 터졌다. 예상한 대로 대학생들은 잡히기만 하면 죽여버린다고 큰소리치며 우르르 길거리로 뛰쳐나갔다. 놈들이 돌아올 확률은 거의 없었다. 왜냐고? 여자를 꼬드길 때는 스타일이 생명인데 그걸 아주 제대로 구겼으니까.

물주를 잃은 여자애들이 죄다 밖으로 나왔다. 밖에는 자리가 없어서 어정쩡하게 서 있어야 했다. 하필 그때 화장실에 갔다 오다가 그들을 우연히 발견한 게 하진과 나였다. 뚜는 호들갑을 떨며 하진과 인사를 나눴다.

"합석해드릴까요?"

웨이터는 눈치가 빨랐다.

"어머, 우리 자리 잡을 때까지만 합석해도 돼?"

뚜는 약삭빨랐다.

"그러지 뭐."

하진은 경우가 발랐다.

신아는 나를 본 척 만 척했다. 뚜는 하진과만 얘기했다. 옆에 앉은 여자애가 나를 눈짓하며 속삭였다. (쟤는 누구야?) 뚜가 인상을 쓰며 답했다. (몰라, 상대하지 마, 스타일 구리다.) 나는 그 대화를 입모양으로 다 알아들었다.

상관없었다. 나는 뚜를 만나러 온 게 아니었으니까. 비장의 360도 턴만 보여주면 신아는 나에게 반하고 말 거다. 하지만 뚜는 은근슬쩍 나를 신아와 가장 먼 구석에 앉혔다. 모든 여자애들이 뚜처럼 행동했다. 불러도 못 들은 척하기, 은근슬쩍 나만 빼놓고 건배하기, 말하는데 중간에 잘라먹기 등등. 결코 노골적으로 무시하지 않았다. 가끔씩 친절한 한마디를 던져 화낼 수도 없게 했다. 그 덫에 걸리면 몸부림칠수록 조일 뿐이다. 아무도 나를 보지 않는데 나는 모두의 눈치를 보게 된다. 혼자 술 마시는 것도 쉽지 않다. 내 잔만 자꾸 비고, 직접 따르려 해도 술병은 닿지 않는 곳에 있고, 잔이 엎어져도 하필 내 바지에만 술이 떨어지고, 담배라도 피워볼라치면 라이터마저 켜지지 않는다. 왕년에 다 당해봐서 익숙한 상황이었다. 그러나 모두에게 반말하는 뚜가 하진이 화장실에 간 틈에 나에게 던진 존댓말은 익숙할 수가 없었다.

"이름이 뭐예요?"

"노준우인데요."

"준우? 준우? 못 들어본 이름인데? 하진이랑은 무슨 관계예요?"

"친군데요."

"아아…… 네에……."

그래 놓고선 고개를 돌려버렸다.

한 달 동안 연습한 춤이고 뭐고 다 귀찮아졌다. 지난번처럼 다짜고짜 신아의 손목을 낚아채고 무작정 입구 쪽으로 잡아끌었다. 신아는 의외로 별 저항 없이 내 뒤를 따라왔다. 나를 방해한 건 뚜였다. 신아의 팔짱을 끼고, 뭐 하시는 거예요? 나에게 눈을 부라렸다. 신아에게 귓속말을 했다. (언니, 제발 아무랑 놀지 말랬잖아.)

나는 한쪽 뺨만으로 웃었다. 신아에게 물었다.

"말해봐. 이 속물이랑 같이 있을래, 아님 나랑 나갈래?"

험악해진 뚜의 얼굴이 멧돼지 같았다.

"언제 봤다고 누구한테 속물이래? 너 도대체 뭐 하는 애니?"

못 들은 척하고 신아에게 물었다.

"어쩔래. 나 같은 사람이랑 나갈래, 아님 이 멧돼지랑 같이 있을래?"

신아가 풋, 웃음을 터뜨렸다. 뭐가 그렇게 웃긴지 상체까지 수그리는 통에 멧돼지와의 팔짱이 풀렸다. 멧돼지는 열받은 주전자처럼 쉭쉭대더니 드디어 뚜껑이 열려서는 소리 질렀다.

"뭐 이런 게 다 있어? 갈 테면 혼자 가. 여기서 너 따라갈 사람 있을 줄 알아?"

하자마자 하진이 걸어와서 뚜의 어깨에 손을 짚고는 말했다.

"우리도 다 같이 나가기로 했어."

그리고 나를 보고 물었다.

"2차는 맥줏집으로 갈 거지?"

우리는 택시를 나눠 타고 우르르 압구정동 맥줏집으로 향했다. 미리 약속한 맥줏집에서 자리를 잡아놓고 있던 아가리들이 내가 나타나자마자 벌떡 일어나 기립박수를 쳤다. 나에 대한 아가리들의 공손한 태도에 여자애들의 보는 눈이 바뀌었다. 술 한 모금을 마실 때마다 웃음꽃이 피었다. 두 번째 잔을 시킬 무렵에는 자리가 장미 정원처럼 풍성해졌다. 뚜만이 온몸에 가시를 박은 채 뚜, 하고 앉아 있었다.

세한이 개포동으로 나오라고 전화했다. 도착했을 때는 이미 소주 한 병이 비어 있었다.

"난 엄마가 셋이다. 첫 번째 엄마가 형님을 낳았다. 딴 집에서는 큰아버지 부인을 큰엄마라고 하지만 우리 집에서는 그분을 큰엄마라고 한다. 큰엄마는 돌아가셨고 나를 낳은 두 번째 엄마는 집 나가서 코빼기도 안 비친다. 몇 달 전에 갑자기 생긴 작은엄마는 무슨 놈의 엄마가 나랑 여덟 살밖에 차이 안 난다. 그럼 씨발 내 엄마는 뭐라고 불러야 되냐? 중간 엄마?"

세한이 잔을 넘겼다. 나는 못 마시는 소주를 군말 없이 비웠다.

"큰엄마만 빼놓고 다 빠순이다. 왜 하필 남자를 낚아도 아버지 같은 깡패를 낚았는지 모르겠다. 아니지. 우리 아빠가 하필 왜 우리 엄마를 찍었는지 모르겠다."

잔을 되돌렸다.

"친엄마는 어디 계시는데?"

"모른다. 형님 말로는 아버지가 괜찮은 술집 하나 내줬다 하더라. 밑천 홀라당 까먹지 않았으면 지금쯤 빠순이질 안 하고 살겠지."

녀석은 담배 연기로 풍차를 몇 번 돌렸다.

"세상에서 제일 못난 새끼가 어떤 새긴 줄 아나?"

"모른다."

나는 나도 모르게 녀석의 말투를 따라 했다.

"여자한테 지는 새끼다. 두 번째는 아나?"

"모른다."

"여자한테 이기는 새끼다. 세 번째는 아나?"

"모른다."

녀석은 풍차를 한 번 더 돌리고 말했다.

"여자한테 주먹으로 이기는 새끼다."

녀석의 눈시울이 붉어졌다.

"더 좆같은 건 뭔지 아나? 엄마가 집을 왜 나갔는지 이제야 알았다는 거다."

녀석의 주먹이 양철 테이블 위로 쾅, 하고 떨어졌다. 잔뜩 긴장하고 있던 나는 테이블 밑으로 떨어지는 소주병을 한 손으로 받아내는 초능력을 발휘했다. 녀석의 눈에 불이 붙더니 이내 촛불처럼 휘청거렸다.

"아들한테 깔이 생기면 보통 꼰대들은 용돈을 주거나 콘돔을 사주잖아."

금시초문인데?

"꼰대는 나를 지 가게로 끌고 갔다. 양주를 먹이더니 아가씨를 붙여줬다. 한 번에 죽여주려면 연습이 충분해야 한다는 거다. 어떻게 하면 성병에 안 걸리는지, 깔이 임신을 하면 처리하는 방법까지 다 가르쳐줬다. 그게 아빠냐?"

앞뒤 꽉꽉 막힌 아빠보다는 낫지 않을까?

"작은엄마…… 그년이 맞든 말든 상관없다."

하더니 한 잔 마시고,

"엄마가 맞았든 말든 상관없다."

하더니 또 한 잔 마시고,

"그럼 뭐가 상관인데?"

물었더니 두 잔을 연거푸 비운 다음,

"그년이 맞을 때마다 엄마도 저래 맞았겠지 생각하면 미치겠다."

작게 읊조리더니 녀석은 촛농처럼 진한 눈물 한 방울을 흘렸다. 눈물조차 멋있어 보이는 깡패의 고백.

그 순간 내가 느낀 감정은 뜻밖에도 질투였다.

하진은 재벌 2세의 첩이었던 엄마와 죽음의 위기를 여러 번 넘긴 몸을 갖고 있다. 세한의 아빠는 깡패 두목이고, 엄마는 빠순이 출신이다. 드라마다. 영화로도 손색이 없다. 나에게는 무엇이 있나. 윤리적인 아버지. 평범한 엄마. 사건도 내력도 없는 텅 빈 시간의 유년. 초라하고 굴욕적인 이지메의 기억. 외로웠다면서, 몇 번씩이나 자살을 고민했다면서, 그럴듯한 상처 하나 내세울 게 없는 놈이 나였다.

"그래서, 나한테 바라는 게 뭐냐."

세한은 나를 무섭게 노려보았다.

"내가, 꼰대를 죽이지 않게 해줬으면 좋겠다."

어디까지나 사적인 일을 해결해주겠다는 거였다. 단란주점을 여러 개 갖고 있는 걸 보면 한때 정치깡패로 한몫을 단단히 잡았음이 분명한 일급깡패를 쥐락펴락해줄 수 있다는 얘기는 아니었다. 내가 무슨 수로 세한의 아버지를 더 이상 새엄마를 때리지 않도록 조종한단 말인가?

부모님 전상서라도 한 장 써놓고 짐을 싸는 게 옳았다. 하지만 나는 내가 가진 지식을 총동원하여 해결 방법을 고심하고 있었다. 사나이의 약속을 지키기 위해서가 아니었다. 조폭한테 맞아 죽나 세한에게 맞아 죽나 죽기는 마찬가지여서도 아니었다. 운명적인 삶을 살고 싶었다. 내가 존경해 마지않는 반 고흐도, 슈베르트도, 기형도도 모두 불행하게 살다 죽지 않았는가.

성공하면 평생 든든한 깡패 친구 하나 두는 거고, 실패하면 이 기회에 내세울 만한 사연 하나 챙겨 가지는 거다. 목숨을 건 투쟁. 불꽃같은 젊음. 이 몸이 이래 봬도 소싯적엔 이름 석 자면 다 알 만한 조폭 두목과 맞장 떴던 놈이올시다. 몇 년 뒤 어느 어촌에서 소주잔을 거우르며 나는 세상에서 가장 아름다운 창녀에게 말하고 있으리라. 어차피 스물아홉까지만 살다 죽을 거였다. 진정으로 무서운 건 비운의 죽음이 아니라, 남들처럼 평범하게 살다 늙어 죽는 삶이었다.

그거였다. 제아무리 깡패라도 무서운 건 있겠지.

"가오 떨어지는 거다. 쪽팔린 거 말이다."

"그거뿐이야?"

"또 있다."

"뭔데?"

"전쟁이다. 조직 간의 큰 전쟁. 사람들은 깡패가 싸움을 좋아하는 줄 알지만 실은 안 그렇다. 싸움은 평화를 유지하기 위해 할 수 없이 하는 거다."

"싸움이 무서운데 어떻게 싸움을 직업으로 선택해?"

세한이 반문했다.

"넌 화가가 되고 싶다고 했던가?"

"응."

"하긴…… 그럼 그릴 때는 무서울 일이 없겠네."

천만에. 있었다. 머릿속 그림이 종이에 옮겨지지 않을 때. 그리고는 싶은데 무엇을 그려야 할지 막막할 때. 내가 표현하고 싶은 '그것'의 정체가 베일에 싸여 있을 때.

해결 방법은 세한이 한 말 속에 이미 다 들어 있었다. 세상에서 제일 못난 놈은 여자한테 주먹으로 이기는 새끼고, 깡패는 쪽팔린 것과 조직 간 전쟁을 가장 무서워한다. 내가 덧댄 것은 오직 한 가지뿐.

"세상에서 세 번째로 무서운 적이 뭔지 아나?"

나는 세한의 말투를 세한에게 되돌렸다.

"뭔데?"

"눈앞의 적이다. 두 번째는?"

"모르겠다."

"등 뒤의 적이다. 그럼 세상에서 제일 무서운 적은 뭔지 아나?"

"자꾸 묻지 말고 그냥 말해봐라."

"눈 뒤의 적이다. 알 수 없는 적 말이다."

내가 생각해도 너무 멋진 말이었다. 하지만 세한은 고개를 갸웃했다.

"그게 뭐냐?"

한 번에 한 가지씩 처리하는 건 적성에 맞지 않았다. 이번 일의 적임자는 성빈이었다. 본인이 내 밑에 있다는 걸 분명하게 인식시킬 기회이기도 했다. 나는 성빈에게 전화해서 목소리를 깔았다.

"비디오카메라 좀 빌려줘야겠다. 노조키 찍는 법도 좀 가르쳐주고."

"내가 왜 그래야 하는데?"

성빈은 노골적으로 퉁겼다. 참으로 은혜를 모르는 놈이었다. 괜찮았다. 모르는 건 가르쳐주면 되니까.

"글쎄? 너희 아빠 때문이 아닐까? 그분…… 혹시 아들이 찍은 비디오는 보셨다니?"

우리는 현대아파트 놀이터에서 만났다. 나는 성빈을 보자마자 거두절미하고 말했다.

"아무것도 묻지 말고 넌 기계랑 방법만 지원해. 나머지는 우리가 할 테니."

세한이 물었다.

"깜깜해도 잘 찍히나?"

"필터 빼내면 안 될 거야 없지만……"

"그래서 된다는 거야, 안 된다는 거야."

"된다는 겁니다. 기계도 다 갖고 왔어요."

설치와 촬영 방법을 자세히 들었다. 의외로 간단했다. 적당한 곳에 카메라를 숨기고 사람이 들어오기 전에 미리 켜놓는다. 사람이 나가면 테이프를 수거해 원하는 것이 찍혔는지 확인만 하면 된다. 성빈은 소형 비디오카메라를 두 대 놓고 갔다. 하나는 밝은 데 용, 또 하나는 어두운 데 용.

성빈을 보내고 나자 세한이 물었다.

"뭘 찍을 건데?"

"난 안 찍어. 네가 찍을 거야."

"그니까 뭘?"

"꼰대한테 불리한 거."

"그게 뭔데?"

"뭐든지. 네 새엄마 때리는 거. 아님 룸에서 빠순이들 따먹는 거."

"그다음엔?"

"꼰대한테 보내야지."

"엄창이 아니고?"

"새엄마가 그걸 갖고 뭘 어쩌겠어."

"대체 무슨 소린지 통 모르겠다."

나는 세한에게 성빈 일행의 비디오 사건에 대해 말해주었다. 특히 내가 담임과 벌인 일전에서 어떻게 승리했는지에 대해. 이번에도 똑같이 익명의 소포를 보내자는 거지. 그제야 세한은 알겠다는 표정을 지었다.

강남의 노른자위를 차지할 정도로 성장한 조폭 두목이라면 원수가 많을 거다. 누군가 일거수일투족을 감시하고 있는 것처럼 꾸미면 그는 평생 동안 만든 적을 죄다 떠올리게 되겠지. 평화의 시대가 드디어 가고 큰 전쟁이 다가오고 있다는 불안을 심어주는 게 관건이다. 나는 프로이트의 '전이'라는 심리 현상을 설명해주었으나 당연히 세한은 알아듣지 못했다.

"베트남에 갔다 온 군인들이 전쟁 후유증으로 가족들을 괴롭히는 것과 같아. 꼰대는 요즘 생활이 너무 평안해진 나머지 자신의 공격 본능을 충족시킬 데가 없어진 거라고. 과거의 적들에게 관심을 쏟게 만들면 자연스럽게 집에서 폭력을 쓰는 일이 없어질 거야. 거꾸로 가족들에 대한 보호 본능이 증폭돼서 아내에게 잘해줄지도 모르지."

이해도 못 했으면서 세한은 무작정 나를 얼싸안았다. 나를 영원한 지도자로 모시겠다고 추켜세우더니 일이 잘되면 크게 한턱 쏘겠다고 했다. 만약 잘못된다면? 그럴 일은 없었다. 공범인 이상 세한은 꼰대에게 이실직고하지 못할 테고, 발신인이 익명인 이상 조직에서 나를 찾아낼 가능성은 제로에 가까웠다.

큰 적이어서 오히려 다행이었다. 큰 적들은 큰 고기만 상대하니까. 그들이 아무리 사방에 그물을 쳐놓고 포위망을 좁혀온다 한들, 피라미인 나는 유유히 성긴 그물코 사이로 빠져나오면 그만이었다.

어차피 인생은 투-토 패들링이었다. 미끄러질 줄 아는 자만이 미끄러지지 않을 수 있었다. 넘어지는 걸 두려워하지 않는 자만이 균형을 얻을 수 있듯이.

내 머릿속에 카메라

어떤 카페. 처음으로 시도한 진지한 대화.

"차이코프스키 바이올린협주곡 D단조 알아?"

신아가 3악장을 흥얼거렸다.

"폰 메크 부인과의 플라토닉러브도 알아? 14년 동안 서신 교환만 했대. 멋있지 않아?"

"뭐가 멋있어? 그 아저씨 동성연애자라서 그런 거잖아."

깎아내리는 버릇은 여전했다.

"그럼 슈베르트의 현악사중주 〈죽음과 소녀〉도 알아?"

신아가 1악장을 흥얼거렸다.

"실제로 죽어가면서 썼대. 본인의 상황을 소녀의 죽음에 추체험한 거지."

'추체험'이라는 용어는 헤밍웨이 『누구를 위하여 종을 울리나』의 해설에서 익혔다. 〈죽음과 소녀〉 재킷의 해설을 인용해서 계속했다.

"마지막 악장은 놀라워. 죽음과 소녀가 완전히 합일하는 대목을 왈츠로 표현했잖아. 죽음은 소녀는 죽일 수는 있어도, 소녀의 발랄함은 죽일 수 없었다."

신아가 재떨이에 담배를 톡, 던져 넣었다.

"소녀가 아니라 창녀겠지. 걔 창녀랑 놀다가 매독 걸려 죽었잖아."

"그렇긴 하지만……."

"그년한테 복수하고 싶었던 것 같지 않아? 너는 소녀일 때 죽었어야 했어, 뭐 이런 거?"

하자마자 스피커에서 흘러나오는 댄스 음악에 앉은 채로 춤을 추는 신아. 세기의 명장을 '아저씨' 내지는 '개'라며 맞먹는 그녀는 나르시스의 요정 에코. 뭐든지 따라 하지만 본래의 의미는 바람결에 날아가 버리고 없지. 아니면 신아는 온몸이 기워진 '프랑켄슈타인'의 신부. 화장 안 한 얼굴은 '제인 에어'. 건강한 팔다리는 '테스'. 말괄량이 심장은 헤밍웨이의 단발머리 소녀. 그리고 밤만 되면 변신하는 그녀의 붉은 입술은 존 스타인벡의 악녀 '캐시'.

그녀는 죽순이. 평소 죽 때리는 장소는 바 겸 카페인 'Black & White'. 안쪽의 검은 대리석 바에 앉아 병나발을 부는 그녀는, 바깥쪽의 하얀 카페에서 블루마운틴을 마시며 해맑게 웃던 신아가 아니었다. 항상 조명이 내리쬐는 반대쪽으로 고개를 기울임은 목에서 어깨로 이어지는 매끄러운 선을 내비치기 위함이지. 고독을 즐기기 위해 일부러 사람들이 안 보이는 곳에 앉는다는 건 뻔뻔스러운 거짓말이었다. 그녀는 가게 안의 누구라도 자신의 다리를 훔쳐볼 수 있는 자리에 앉는 거였다. 끝까지 혼자인 날은 거의 없었다. 혼자일 때도 그녀는 사방에 있는 남자들의 눈빛과 함께였다.

사흘 동안 저녁을 굶어야 커피 두 잔 값이 겨우 생겼다. 매혈을 한 기분으로 카페에 가보면 신아는 그 돈으로는 턱도 없는 수입 맥주나 양주를 마시고 있었다. 그 옆에는 신용카드와 자동차 키를 갖고 있는 남자들. 또 그 옆에는 그들의 어깨에 기댈 듯 말 듯, 파인 가슴과 드러난 허벅지로 웃는 신아. 신아는 남자들에게 매번 나를 아는 동생이라고 소개했다. 남자가 자리를 비운 사이, 내가 왜 동생이니? 쏘아붙이면 신아는 속삭였다.

"남자친구라고 하면 술값 안 낸단 말야."

"술값이 문제야?"

"그럼 네가 내든지."

"내가 지금 돈 얘기 해?"

"그럼 뭔데?"

"다른 놈 좀 꼬여대지 말라고."

"오는 걸 어떡해."

"앉지 말라고 하면 되잖아."

"그럼 술값은 어떡해?"

그것은 내가 세상에서 제일 싫어하는 순환논증. 내가 화를 참지 못해 바를 주먹으로 내리치면 신아는 또각또각, 단 두 번의 하이힐 소리로 바닥에 내려서서는,

"역시 넌 안 되겠어."

"뭐가?"

"여자한텐 연하가 안 좋다더니. 수준이 안 맞아서 못 놀겠다고."

쏘아붙이고는 밖으로 뛰쳐나가기를 반복했다. 따라 나가려는 나를 주인은 매번 붙잡았고, 돌아온 남자들은 하나같이 그녀가 마신 술값을 나에게 미루고 자리를 옮겨버렸다.

나는 진지하게 신아와의 이별을 결심했다. 다음 날에는 숨 쉴 때마다 한 번씩. 며칠 뒤에는 두세 시간마다 한 번씩. 하지만 일주일쯤 지나 하루에 한 번도 결심을 안 하게 된 나는 신아가 친누나를 사칭하여 독서실로 전화하면 모르는 척 수화기를 건네받았고,

"보고 싶어 죽을 것 같은데 일루 와주면 안 돼? 넌 내가 죽어도 상관 없지?"

난간 끝에 선 것 같은 목소리를 들었고, 그녀가 정말 죽을까 봐 부랴부랴 달려갔고, 그러면 신아가 자살은커녕 신용카드와 자동차 키를 가진 남자 옆에서 교태를 부리는 꼴을 다시 보게 되고야 말았다.

"그동안 진짜 합석 안 했다니까? 오늘은 네가 온다니까 기분이 좋아져서……."

분노의 개념조차 삭제해버리는 그것은 순환논증의 순환논증. 반박하면 반박할수록 말려들게 되는 악마의 논리학.

데이트다운 데이트의 정착이 시급했다.

그리하여 대낮의 논현동 '시네하우스'. 짧은 모피를 걸친 여자애들. 신형 자동차에 그런 여자애들을 태우고 주차장으로 출입하는 남자애

들. 고가의 캐주얼 양복과 화려한 명품으로 포장된 거만한 눈빛의 남녀들. 그 한가운데 제발 그만 입으라니까 빨강에서 갈색으로 톤만 바꾼 그놈의 초미니 체크 치마로 나타난 신아. 이문열이 누구인지도 모른다는 그녀가 선택한 영화는 〈추락하는 것은 날개가 있다〉. 영화를 보고 난 후 간 곳은 압구정동으로 질러가는 로데오 뒷골목. 굵은 컬 헤어와 올 블랙의 각선미를 무스탕으로 마감한 여인들의 거리에서 신아는 단연 군학일계. 헤매다 찾아간 올 화이트 인테리어의 카페에서도 단연 시선집중. 그런 신아를 쳐다보기 싫은 사람은 유일하게 나뿐인 것 같았다.

'일'이라는 카페였다. 'Ill'이라는 이름이 기묘해서 내가 물었다.

"왜 카페 이름이 '일'일까?"

"……."

"아프다가 아니라 악하다, 일까?"

"……."

"이름은 '악하다'인데 인테리어는 올 화이트라."

했더니,

"첫 글자가 대문자인 걸 보니 일리노이의 약자네. 주인이 일리노이에 유학 갔다 왔나 보지."

딱 잘라 말하는 신아는 종잡을 수 없는 계집애. 꽤 유식하단 말야, 다시 볼라치면 느닷없이 죽순이로 돌아가 버리는.

"근데 정말 미국 남자가 한국 남자보다 그게 커?"

하필 그것도 점원이 커피를 내려놓을 때 말했다. 점원이 설핏 웃는 것도 눈치 못 채고 스스럼없이 계속했다.

"그럼 여주인공은 큰 거 찾아 미국까지 간 거야?"

아주 찢어버리고 싶은 그녀의 입. '악하다'와 '아프다', '일리노이'와 '큰 것' 사이에 벌어진 검은 구멍. 그 속에서는 문학 작품과 음담패설, 클래식과 댄스 음악, 예술적인 삶과 세속적인 가십이 평등했다. 이지적인 윗입술과 육감적인 아랫입술 사이의 그 틈은 그러나 치명적으로 아름다웠다.

'III'의 2층 발코니 좌석에 허벅지를 드러내고 앉아 그녀는 자꾸만 1층에 곁눈을 두었다. 그녀의 시선을 쫓아간 자리에 고급 양복을 입은 중년 남자가 앉아 있었다. 그는 잡지를 보는 척 신아를 힐끗거리더니 카페 앞에 세워둔 벤츠 S클래스에서 서류봉투를 하나 꺼내왔다. 재력을 과시하려는 수작인 게 뻔했다.

"나가자."

"왜?"

"그냥 나가."

"어디 가게?"

"저녁 먹자."

"다섯시에 저녁?"

"맥주 마셔 그럼."

"그래 그럼."

신아는 순순히 일어났다. 하지만 내가 허리에 팔을 두르자 몸을 돌려 뺐다. 그녀의 손목을 거칠게 잡았다. 카페 맞은편에 있는 비싸 보이는 맥줏집으로 그녀를 끌었다. 메뉴판을 펴자마자 객기 부린 걸 후회했다. 국산 맥주 가격이 다른 곳의 두 배였다.

"하이네켄 두 병 주세요."

내가 머뭇거리는 사이 신아가 주문했다.

"안주는 바비큐."

그래 놓고는 화장실에 갔다. 30분이 넘도록 돌아오지 않았다.

이른 시간인데도 자리가 꽤 차 있었다. 죄다 대학생 같았다. 하나같이 호텔이 아니면 안 묵을 것 같은 복장들이었다. 명동에서 세일로 산 반코트가 신경 쓰여 작게 접은 다음 안쪽 의자에 숨겨놓았다. 계산서를 힐끔거리다가 민망해져서 최대한 폼 나게 다리를 꼬고 앉아보았다. 영 브랜드 구두의 하얗게 까진 코가 거슬려 화장실에 갔다. 휴지에 물을 묻혀 구두를 대충 닦고 돌아오다가 창문으로 보았다. 신아가 아까의 그 중년 사내와 실랑이하고 있는 것을.

밖으로 나가려는데 사장이 나를 가로막았다.

"두 명 다 나가시면 안 되는데요."

"제가 돈 안 내고 도망갈 사람처럼 보여요?"

"죄송한데 신분증 좀 볼 수 있을까요?"

그러는 사이 신아는 벤츠에 올라탔다. 사장을 밀치고 입구로 뛰쳐나갔다. 신아를 태운 벤츠는 벌써 저 앞에 달려가고 있었다. 거리를 가득 메운 희붐한 햇살에 눈이 아렸다.

나를 쫓아 나온 사장을 노려보며 자리로 돌아와 앉았다. 하진에게 돈을 좀 갖고 와달라고 전화하려다가 신아가 놓고 간 핸드백에 눈이 갔다. 혹시나 해서 지갑을 꺼내 열어보았다.

십만 원짜리 수표가 있었다. 황금색 신용카드가 있었다.

'원조교제' 문화가 있었다면 편했겠지. 그랬다면 그녀를 다시 만나지 않았을 테니까. 머리부터 발끝까지 고급스러운 정장으로 바뀐 모습을 보자 더군다나 말을 길게 섞고 싶지 않았다. 도대체 무슨 짓을 하고 돌아다니는 건지만 확인할 참이었다. 한시라도 빨리 끝내고 집에 가고 싶어서 그냥 길거리에서 물었다.

"그 남자 누구야?"

"누구?"

"벤츠 몰고 다니면 핸드백도 팽개치고 쫓아가는 애였니 너?"

"그런 거 아냐."

"나이 든 남자가 좋니?"

"그런 거 아냐."

"뭐야 그럼?"

"아무것도 아냐. 신경 쓰지 마."

"그래? 아무것도 아냐? 그래서, 한 번에 얼마나 받는데?"

신아의 눈이 커졌다. 빌어도 시원찮을 판에 피식거렸다.

"지갑 봤으면 알 거 아냐."

먼저 흥분하면 지는 건줄 알면서도 손이 나갔다.

"떳떳하냐?"

침이라도 뱉어주려는데 핸드백이 날아왔다. 얼뺨에 댔다 뗀 손에 피가 묻어나왔다.

"해결사 주제에 어따 손을 대."

감히 나를 노골적으로 비웃고 있었다. 주먹으로 그 비웃음을 뭉개주었다.

"몸 팔아서 돈 버니까 좋니 이 창녀야?"

창녀가 내 조인트를 걷어찼다.

"공짜로 개날라리들 뒤나 닦아주는 너보단 나아."

정강이를 잡고 껑충껑충 뛰다가 배때기를 딱 한 대만 때려주었다.

"좆 까고 있네 씨발년."

배를 꺾고 있던 씨발년이 그 자세 그대로 치마를 찢었다. 무슨 짓일까 했는데 사타구니로 발이 날아왔다. 고환을 찢고 발사된 폭죽들이 머리끝까지 솟구쳐 올라왔다.

"좆 까서 미안하다 씨발놈아."

펑, 펑. 내 머릿속에서 화려한 불꽃놀이가 진행되는 동안 신아는 찢어진 치마를 휘날리며 총총 가버렸다. 가벼운 뒷모습을 보니 몹시 아쉬웠다. 어떻게든 붙잡아서 더 때려줘야 하는 건데. 그랬다면 그년한테 미안해졌겠지. 내 가슴에게, 내 자존심에게, 많지도 않은 그놈의 기억들에게 미안하지는 않았을 거다.

"그니까 가시나랑 원타치를 했다는 거 아이가."

"원타치가 뭔데?"

"상대가 쓰러질 때까지 한 대씩 교대로 때리는 거 말이다. 니가 마지막으로 맞았으니까 니가 졌네?"

세한이 요란하게 웃었다. 웃어줘서 다행이었다. 호루라기 같은 웃음소리를 듣다 보니 퍽 싱거운 일을 치른 양 홀가분해졌다.

"괜않다. 여자한테는 져도 된다."

세한과 나는 비디오카메라를 설치하는 중이었다. 룸에서 찍기 전에 집에서 먼저 시도해보자는 아이디어는 세한이 냈다. 새엄마가 꼰대한 테 얻어맞는 장면을 찍어놓겠다고 했다. 조폭 두목의 집치고는 평범했다. 보디가드도, 일본도도, 커다란 가훈 액자도 없었다. 새엄마의 취향일 꽃무늬 벽지에, 꼰대가 걸어놓았을 비키니 달력의 부조화만이 눈에 띄었다. 나는 한겨울에 반나체로 웃고 있는 비키니 모델의 눈동자를 자꾸만 훔쳐보며 장롱 위에 있던 드레스 박스의 한쪽 모서리에 구멍을 뚫었다. 몇 번씩이나 다시 찍어보고 위치를 조정한 뒤에야 최적의 촬영 각도를 확보할 수 있었다.

영화 〈슬리버(Sliver)〉가 4년 뒤에 나왔다. 〈이경규의 몰래카메라〉가 6년 후에 시작되었다. 영상으로 누군가를 훔쳐볼 수 있다는 사실 자체가 현기증 나는 일이었다. 사적인 공간에 카메라를 설치하고 나자 내 머릿속에도 카메라 하나가 심어졌다. 1년 전 〈9시 뉴스〉 촬영장에 잠입해 "내 귀에 도청장치"를 호소한 정신병자 아저씨가 친근하게 여겨질 지경이었다.

나의 카메라는 하루 종일 신아의 미니스커트를 뒤쫓고 있었다. 하지만 카메라에 담기는 것은 신아가 아니라 신아에 대한 나의 상상일 뿐이었다. 그녀가 희미해질수록 상상은 더 정교해졌다. 현실보다 더 선명한 상상. 미행을 결심한 건 그녀를 다시 보고 싶어서가 아니었다. 그 지긋지긋한 상상을 마침내 죽여 없애기 위함이었다.

3일째 되는 날, 그녀가 'Black & White'에 나타났다. 몇 명의 남자가 합석을 시도했지만 거절했다. 시계를 자주 확인하는 걸 보면 누군가를 기다리는 듯도 했으나 아무도 오지 않았다. 그녀는 세 시간 만에 자리를 털고 열시쯤 바에서 나와 택시에 올랐다.

택시는 한참 달렸다. 충무로가 내가 아는 마지막 장소였다. 도심을 벗어나고도 택시는 계속 달려 급기야 변두리 바깥의 구불구불한 산길을 오르기 시작했다. 그때쯤 택시 요금이 내가 가지고 있던 돈을 초과해버렸다. 나는 깜깜한 산길의 중턱에 내려 걸어갈 수밖에 없었다.

눈이 어둠에 익자 도로 밑으로 조야하게 얽혀 있는 슬레이트 지붕들이 하나둘 드러났다. 작은 고개를 하나 넘자 검은 덩어리 하나가 눈앞을 막아섰다. 어둠 속에 불빛 몇 개가 보였다. 무언가를 찾았다고 생각했으나 무언가의 일부를 발견했을 뿐이었다. 고개를 들자 엄청난 덩치의 구조물이 나를 굽어보고 있었다. 절벽처럼 가파른 산 한쪽을 통째로 뒤덮고 있는 그것은 판자촌이었다. 돌아섰다. 처음에는 조금 빠른 걸음이었을 뿐인데 어느새 전속력으로 산길을 내리닫고 있는 나의 희미한 그림자가 보였다.

판자촌은 거대한 공룡 같았다. 아니면 맹수의 무리 중 몇 마리가 안광을 빛내며 망을 보고 있는 것 같았다. 잠시라도 지체하면 모두 눈을 뜨고 우르르 뛰어내려와 나를 포위할 것 같았다. 차갑고 날카로운 어둠의 이빨들이 나를 갈가리 찢어 자취도 없이 삼켜버릴 것 같았다.

나의 모든 상상은 판자촌에서 가로막혔다. 이거 안 하면 쟤네들이 뭐 하겠냐? 식순이? 공순이? 세한이 내 귀에 대고 자꾸만 속삭였다. 그러자 진심으로 궁금해졌다. 판자촌 사는 스무 살내기를 탐하는 것들은 과연 어떤 것들일까?

신아가 집에 가지 않는 날을 기다렸다. 그 먼 곳까지 따라갈 택시비도 없었지만 뻔뻔한 족속들의 면상을 보고 싶다는 마음이 더 컸다. 사진기를 챙겨 미행을 계속했다. 어느 날 신아가 카페에 앉은 지 10여 분도 안 돼 택시를 탔다. 주말의 늦은 오후였다. 왠지 집에 갈 것 같지 않아 택시로 뒤쫓았더니 학동 사거리를 조금 지나 내렸다. 예전에는 7단지라고 불리던, 우리 집에서 도보로 10여 분 거리의 동네였다.

신아는 체크무늬를 흔들며 7단지 쪽 골프연습장 앞으로 걸어갔다. 풍선껌을 연신 터뜨리며 천막에 난 작은 구멍으로 아저씨 아줌마들이 드라이브샷 하는 것을 구경했다. 잠시 후, 낯익은 벤츠 S클래스가 나타났다.

전속력으로 뒤쫓았다. 아는 곳인 데다 눈에 띄는 차라서 놓치지 않을 수 있었다. 벤츠는 집에서 5분쯤 떨어진 주택의 주차장으로 들어갔다.

시영주택 두 채를 터서 만든 저택이었다. 우리 집보다 훨씬 컸지만 기본적인 골격은 같았다. 대문과 벽의 구조는 매우 흡사했다. 간단히 담을 넘었다. 나로 말하자면 조폭 두목과 맞장 뜨는 사람. 이 정도를 못한다는 건 말이 안 되었다.

정원은 대문보다 한 층쯤 높은 위치에 있었다. 정원에는 겨울장미 넝쿨이 무성했다. 현관으로 가는 돌계단을 올라 낮은 자세로 정원을 통과했다. 참새 몇 마리가 포르르 날아올랐다. 건물 벽에 달라붙어 천천히, 정원으로 열린 거실의 전면 창으로 접근했다. 일단 거실부터 탐색한 다음 1층을 돌아 수로나 외곽 계단을 타고 2층으로 올라가봐야지. 그런데 이것들이 안이 훤히 내다보이는 거실에 있었다. 지난번에 본 사십대 남자가 아닌, 머리가 하얗게 센 남자의 뒤통수가 보였다. 신아는 그 앞에서 눈을 살포시 감고, 고개를 45도쯤 위로 들고, 플레어스커트

안의 다리를 한껏 벌리고 있었다.

황금색 아름다운 살결. 묵직한 부피와 황금비율을 가진 곡선. 창밖으로도 선명하게 들리는 저음의 신음 소리. 소녀의 발랄함, 혹은 창녀의 음부를 가리고 있는 그것은 내가 사랑해 마지않는 첼로였다.

컹컹컹컹컹.

정원에 육중한 개 짖는 소리가 울렸다. 사자만 한 사냥개는 건물의 측면에서 나타났다. 뒷마당에 풀어놓은 개가 있을 수 있음을 미처 계산하지 못했다. 담 쪽으로 뛴다는 게 장미 덩굴 속으로 몰리고 말았다. 개가 따라 들어오지는 않았지만 담은 너무 높았고 덩굴은 매우 오밀조밀했다.

도둑이야! 가정부로 보이는 여자가 먼저 나와 외쳤다. 그 뒤를 벤츠 S클래스를 몰던 사십대 남자가, 머리가 하얗게 센 거실의 장년 신사가 뒤따랐다. 마지막으로 나온 신아가, 준우야! 하고 내 이름을 부르더니 내 머리를 손가락질했다. 이마가 아려왔다. 눈두덩과 뺨에 피가 줄줄 흐르는 게 느껴졌다. 급하게 피하다가 덩굴 가시에 긁힌 모양이었다.

'스토커'라는 말이 있었다면 나는 곧장 경찰서로 끌려갔을 것이다. 점잖은 인상의 백발 신사는 나와 신아를 번갈아 쏘아보더니 이내 잔잔하게 웃었다. 고개를 두어 번 끄덕이더니 말했다.

"그 나이엔 그럴 수도 있다."

'그 나이'라는 말에 가정부, 사십대 남자도 고개를 끄덕였다. 사냥개까지 자리에 앉아 꼬리를 흔들었다. '그 나이'인 신아만이 팔짱을 끼고 미간을 웅그린 채 나를 쏘아보고 있었다.

의사가 콧노래를 흥얼거리며 이마를 꿰매는 동안 나는 눈을 감고 신아와의 지난 일들이 도미노처럼 넘어지는 광경을 지켜보았다. 도미노들은 넘어지면서 한 번도 짐작해보지 못했던 색깔과 무늬로 거듭나고 있었다. 그러고 보니 모든 것은 내 머릿속 카메라의 소행일 뿐. 그녀는 자신이 어떤 사람이라고도, 어떤 사람이 아니라고도 말한 바 없었다. 치료를 마치고 밖으로 나왔을 때 신아와 비슷하게 생긴 어떤 낯선 여자를 보았다. 생전 처음 보는 그녀에게 이별을 선언했다. 더 이상 그녀에 대해 아무것도 궁금하지 않았다.

*

겨울방학이 끝나고 학교에 가보니 거머리가 우리 패거리를 한 반에 몰아놓았다. 성빈과 입술은 물론이고 다른 반이었던 하진과 짐승까지 3학년 3반에 배정돼 있었다. 반 배정을 할 때에는 뭉쳐 다닌다 싶은 애들을 적당히 찢어놓는 게 관례였다. 왜 이러시나?

3학년 담임의 이름을 확인하고 나서야 상황 판단이 되었다. 그의 별명은 '지랄.' 역사 담당인 그는 X고등학교의 역사적인 개였다.

가장 유명한 일화. 2년 위 선배가 지랄에게 맞다 못해 건물 옥상에서 자살 소동을 벌였다. 선배는 "가까이 오면 뛰어내릴 거야"를 외치며 난간 위에 아슬아슬하게 걸터앉아 있었다. 선생들과 교감, 교장은 물론 경찰까지 옥상으로 나가는 문 앞에 집결했다. 제일 늦게 나타난 지랄은 그들을 죄다 밀쳐내고 옥상으로 나가 외쳤다.

"여기는 5층이다. 건물 밑에는 나무가 빽빽이 심어져 있다. 떨어져서 안 죽으면 나한테 맞아 죽는다."

실제로는 아마도 이렇게 말했겠지. 개처럼 코를 킁킁거리면서, 칠면 조처럼 고개를 두어 번 꺾으면서.

"여, 여기 5, 5층이야. 미, 밑에 나무 많아. 떠, 떨어져서 안 죽으면 너, 나한테 마, 맞아죽어. 그, 그니까 뛰어. 빠, 빨리 안 뛰어?"

맞기 싫어서 죽으려던 선배는 맞아 죽기 싫어서 난간에서 내려왔고, 내려오자마자 학생지도실로 끌려가서는 딱 죽기 직전까지만 맞았다는 후문이었다.

끝까지 치사하고 비열한 거머리. 내가 네 이럴 줄 알았다.

숲 속에 모인 애들은 심상한 척했으나 불안을 감추지 못했다. 입술이 침을 탁, 뱉었다.

"씨발. 하필 담임이 지랄이고 지랄이라냐."

짐승이 정색했다.

"야야야, 너네 지랄이 왜 지랄인줄 알아?"

"뭔데?"

"대학 다닐 때 운동권이었는데 지랄탄을 잘못 맞아서 사이코가 됐대."

한마디 안 해줄 수가 없었다.

"닥쳐. 지랄탄 개발된 지 몇 년이나 됐다고 담임이 지랄탄을 맞아?"

지랄탄 세대는 확실히 아니었지만 운동권 냄새가 나기는 했다. 지랄은 첫 시간부터 역대 대통령들을 '개새끼'로 칭하면서 수업 시간을 온통 욕으로 도배했다. 前대통령도 예외는 아니었다. 제5공화국 국회의원의 아들이 다니는 학교에서 감히 全대통령한테 쌍욕을 해? 하지만 마무리는 생뚱맞았다.

"호, 혹시 오해할까 봐 하는 말인데, 나, 난 전교조 아냐."

대통령도 안 무서운 사람이 전교조로 찍히는 건 무서웠을까? 전교조가 뭔지도 잘 모르는 애들 앞에서? 색깔이 불분명한 역대 정권 비판의 숨은 의도는 다른 데 있었다. 아버지 믿고 까불어봤자 나한테는 안 통한다, 이거였다.

그런 지랄이 새 학기 정기 상담의 첫 번째 타자로 호출한 게 나였다. 장소가 교무실이 아닌 학생지도부였다. 말이 상담이지 지랄은 과묵한 몽둥이찜질로 악명 높았다. 어차피 잘못할 거니까 미리 맞아라, 지랄의 억지논리는 유행어였다.

두 번째 학생지도부 출입은 모욕적인 일이었다. 오렌지들에게 학생지도부는 딴 나라 얘기였다. 사소한 일들은 교무실에서 끝났고, 큰 잘못을 저지르면 부모 동반으로 교장실 행이었다. 설사 탱자라도 거물급이면 특권을 누렸다. 학생부의 단골은 단연 집시 멤버들이었지만 그들의 두목인 최는 한 번도 안 맞았다.

잘못했다는 말은 안 하기로 결심하고 학생지도부의 문을 열었다. 담임은 학생기록부를 내려다보고 있었다. 아버지의 직업란과 집주소란을 볼펜 끝으로 동그라미 치는 시늉을 하더니 다짜고짜 책상부터 내리쳤다.

"무, 문제아들은 차라리 나아. 죽도록 패면 정신 차려. 이것들이 비뚤어진 데는 이, 이유가 있어. 워, 원인만 제거해주면 만사 오, 오케이. 한마디로 문제아일수록 교, 교화가 쉽다 이 말이야!"

"……."

"문제가 어, 없는데도 무, 문제아 흉내를 내는 새끼들이 있어. 이 새끼들은 미, 미꾸라지 같아서 자, 잘 안 걸려. 걸려도 교, 교묘하게 빠져나가. 이것들을 때린다고 다, 달라질 것 같아? 앞에서는 자, 잘못했다고 하겠지. 하, 하지만 뒤에서는 더 교묘하게 나, 나쁜 짓을 일삼을 거라 이 말이야!"

지랄은 어이없게도 책상 서랍에서 양주를 하나 꺼내더니 몇 모금 벌컥벌컥 마셨다. 좀 살 것 같다는 표정으로 담배 한 대를 피우더니 말투를 바꾸었다. 어중간한 사투리였는데 웬일인지 한마디도 더듬지 않았다.

"난 말여 사람만 때린다앙."

"……."

"긍게 너는 안 때릴 거라 이 말이여."

담임은 세 가지 조건을 제시했다. 첫 번째, 성적을 떨어뜨리지 말 것. 두 번째, 무슨 짓을 하건 걸리지 말 것. 세 번째, 세력을 확장하지 말 것.

수긍도 부정도 하지 않았다. 그냥 담임의 사투리 때문에 웃음이 터지려는 걸 참고 있었다. 밖에 나와 봄 햇살이 정원의 풀포기 하나하나를 날카로운 음영으로 갈라놓고 있는 것을 보고 나서야 웃음이 가셨다. 그래, 나한테는 문제가 없지. 청담동에 살고, 공인회계사 아들이면 문제가 없어야만 하지. 그러는 당신은? 전라도 출신 운동권이라는 분명한 문제를 갖고 있지. 별 볼일 없는 XX 출신들도 다들 출세하는데, 훨씬 잘난 당신은 오십이 되도록 고삐리나 상대하고 있지. 그런데 왜 당신은 전교조일 수 없지? 선천적인 말더듬이도 아닌데 왜 그 덜떨어진 서울말을 고집하는 거지?

"지랄이 평생 안 때리겠다고 한 건 너뿐일 거다."

입술이 진심으로 감탄하는 표정을 지었다.

"동급 최강이다."

짐승이 엄지손가락을 세워 엘란트라 선전을 흉내 냈다. 우리는 숲속에서 고기를 구워 먹고 있었다. 슈퍼에서 사온 활성탄의 열기를 받아 고기는 석쇠의 무늬를 고스란히 아로새기고 있었다. 고기 한 점에 소주 한 잔씩을 나눠 마시며 애들이 희희낙락하는 동안 나는 문제없는 나의 문제를 생각했다. 가난하지 않은 나의 가난과 상처 없는 나의 상처에 대해. 첫사랑은 이루어지지 않아서가 아니라 교환이 안 돼서 슬픈 거였다. 왜 하필 내 것은 불량품이어야 했나. 왜 나는 투르게네프의 블라지미르를 깊은 비탄에 빠지게 만들고, 괴테의 젊은 베르테르를 자살로 몰아넣은 그런 위대한 첫사랑을 할 수 없었단 말인가. 하찮고, 속물스럽고, 요망하기 짝이 없는 여자애가 내 첫사랑을 완전히 망쳐놓았다.

"나는 네가 있는 그대로의 나를 봐주는 게 좋았어."

신아는 생전 처음 타보는 벤츠 뒷좌석에서 나에게 말했다. 있는 그대로의 네가 누군데? 강남 퀸카들한테 꼽사리 끼기 좋아하는 강북 싼 티? 푸르니에의 명반을 갖고 있는 나이트 죽순이? 사십대 졸부와 잠자리를 같이 하는 판자촌 소녀?

'있는 그대로의 나' 같은 건 없었다. 그런 게 있다면 그건 그녀가 내

가슴에 남겨놓은 구멍 같은 거라고 생각했다. 첫사랑이란 가슴에 모양틀을 뚫는 일이었다. 삼각형으로 뚫리면 삼각형으로, 동그라미로 뚫리면 동그라미로, 별 모양으로 뚫리면 별 모양으로, 평생 동안 감정이란 반죽을 잘라내게 되는 거였다.

나는 내가 만든 부메랑 모양의 과자를 세상의 모든 여자들에게 나눠주기로 결심했다. 그 뒤로 한동안 나는 여자를 만나지 않았다. 거기서 거기인 구멍들만 만났다. 어떤 여자애건 상관없었다. 오직 그들의 가슴에 뚫려 있는 구멍의 모양만이 중요했다.

성적이 상위 20퍼센트 안에 들어야 야간자습실에 들어올 수 있었다. 한 번이라도 그 안에 앉아보고 싶어서 안달 난 애들은 얼마든지 많았다. 틈만 나면 그 얼간이들에게 자리를 양보하고 나이트로 출동했다. 귀찮다는 듯 춤을 추었다. 권태로운 표정으로 여자들을 굽어보았다. 딱 너 정도 구멍을 오늘 아침에도 호텔 침대에다 버리고 왔다는 듯.

예쁜 여자한테는 관심 없었다. 자신이 예쁘다고 생각하는 여자한테 관심 있었다. 웨이터들은 그녀들에 대해 잘 알고 있었다. 나는 웨이터가 제공한 정보에 따라 여자들을 배급했다. 쟤는 풀코스야, 안 준 적이 없어…… 하면 병신 거. 쟤는 변신 로봇이야, 평소에는 얌전한데 침대에서는…… 하면 아가리들 거. 쟤는 에베레스트야, 아무나 못 올라가…… 하면 하진이 거. 쟤는 철의 장막이야, 뚫었다는 놈을 못 봤어…… 하면 내가 맡았다.

입으로 말하지 않았다. 눈빛으로 말했다. 눈빛으로, 그냥 나는 구멍이라고 말하는 거였다. 나는 구멍이지만, 누구의 관심도 애정도 필요 없는 구멍이라고 말하는 거였다. 그러면 구멍들의 시선이 모여들게 마련이었다. 자신은 구멍이 아니라고 생각하는 이상한 구멍들.

　나는 그들의 부메랑일 뿐 아무도 아니었다. 아무도 아니어서 누구든 될 수 있었다. 외제를 좋아하는 애 앞에서는 외교관의 아들이었고, 교양 있는 척하는 애 앞에서는 첼로를 연주하는 재벌 2세였고, 허영심으로 가득 찬 애 앞에서는 국회의원의 아들이었다. 생긴 건 다 달라도 구멍들의 속성은 비슷했다. 외교관 아들은 좋아해도 외교 얘기는 싫어했다. 첼리스트는 멋있어 해도 클래식에는 무지했다. 실례지만 아버지가 국회의원 누구세요? 예의 없는 구멍이 말하면, 얘는…… 이런 데서 그런 얘기 하겠니? 예의 바른 구멍이 아는 척을 했다. 그러면 나는 그녀를 은근히 바라보았다. 예의를 아는 여자애는 오랜만이라는 듯.

　예의 따위 신물 나면 아무에게나 반말을 했다. 이커 뭐야? 미쿡에 이런 거 없어…… 하면 하나같이 열심히 설명해주었다. 이, 이건 그러니까, 드라이 피시? 화자앙시일 어디 이써? 하면 오우, 레스트룸! 같이 가요 같이 가. 뭐든지 챙겨줘야 하는 재미교포는 대 인기였다. 영어 잘하는 어린애. 미국에서 온 진정한 구멍. 취한 척하면 가까운 모텔까지 친히 데려다주었다. 두유 원트 미? 오우, 아이 러브 코리아.

　나는 여자들과 자지 않았다. 그들과 잔 건 재미교포나 첼리스트, 국회의원이나 외교관의 아들이었다. 의심 많은 여자애도 주민등록증의 주소지를 확인하고 나면 나긋나긋해졌다. 나의 신분을 확신하게 된 그들에게 더 이상 내가 어떤 사람인지는 관심사가 아니었다. 어떻게든 오늘밤 '그'를 차지해 함께 놀러 온 친구들에게 자신의 우월함을 증명하는 것만이 중요했다. 그 사실을 안 뒤부터 나는 구멍과도 자지 않았다. 모텔 카운터까지 순순히 따라 들어오면 그 길로 차갑게 돌아서 버렸다.

뒤도 안 돌아보고 택시에 오르면 여자애는 나를 붙잡지도 못하고 길거리에 혼자 남을 수밖에 없었다.

딱 한 명은 길거리까지 쫓아 나와 내 소매를 붙잡았다.

"야, 너 뭐야. 여기까지 와서."

딱히 할 말이 떠오르지 않아 대충 둘러댔다.

"니 다리가 두꺼워서 마음이 변했어."

여자는 좀 전과는 다른 목소리로 소리 질렀다.

"야 이 개새끼야, 넌 여자를 몸으로 만나니?"

이번에는 해줄 말이 분명하게 떠올랐다.

"니가 가진 게 몸 말고 또 뭐 있는데?"

나의 간절한 기대에도 불구하고 여자애는 아무 대답도 하지 못했다. 나는 여자애의 손을 가볍게 뿌리치고 택시에 올랐다. 그 사건 이후로 나는 나이트 출입을 끊었다. 구멍들에 대해 더는 아무것도 알고 싶지 않았다.

Welcome to the Jungle

"준우야, 킹카가 된다는 건 아무것도 아니야."

어느 날 하진이 말했다.

"알고 있어."

"네가 걱정돼서 그래. 우리 이제 고3이잖아."

하진의 말이 옳았다. 공부 캡은 반장이고, 싸움 캡은 최 모였지만 아무도 그들을 킹카라 부르지 않았다. 공부도 꽤 하면서 놀기도 잘하면 킹카였다. 잘 놀려면 돈이 필요했고 놀면서 공부를 잘하려면 돈이 더 필요했다. 돈만 있으면 별것 아닌 게 킹카였다. 내 목적은 킹카가 되는 게 아니었다. 맨몸으로 모든 걸 갖고 태어난 놈들을 이겨보는 거였다.

윤리 선생은 공부할 때는 공부에만 집중하고, 휴식 때는 규칙을 지켜 쉬어주는 게 대입의 최고 전략이라고 말했다. 나는 규칙적으로 나이트에 가면서 평일에는 공부에만 집중했다. 3년 동안 제일 열심히 파고 든 수학만 점수가 안 나왔다. 첫 번째 모의고사에서는 운 좋게 수학이 쉽게 출제되었다. 나는 모의 지원에서 전국예상석차 97등의 쾌거를 이룩했다.

아버지는 감전된 사람처럼 벌벌 떨었다. 누나가 쪼르르 달려와 잽싸게 거들지 않았다면 나는 아버지를 사망시킨 불효자가 됐을지도 모른다. 누나는 단 한마디로 아버지를 죽음의 문턱에서 구해냈다.

"에이, 예체능이네요."

웬만한 무기는 다 숨겨놓았다. 하지만 방 빗자루는 미처 예상 못 했다.

"환장이를 하겠다고? 환장했어?"

방 빗자루는 풀스윙 세 번 만에 부러졌다. 천만다행이다 싶었는데 아버지가 누나에게 말했다.

"가서 네 자루만 더 사와라."

나는 그날 방 빗자루가 세 개 더 부러질 때까지 맞았다. 정말 환장할 노릇이었다.

그로부터 십수 년 후, 아버지는 딸이 가수를 하고 싶어 해서 고민이라는 삼촌에게 덕담하셨다.

"너무 그러지 마라. 우리는 평생 자식들이 하겠다는 거 반대한 적 없다."

이쯤에서 작금의 청소년들에게 한마디. 부모가 반대한다고 해서 꿈을 포기해서는 안 된다. 당신의 꿈을 더 오래 기억할 사람은 부모가 아니라 바로 당신이기 때문이다.

일주일간의 협박(미대에 가면 등록금은 없다.)과 공갈(네 맘대로 하려면 집에서 나가라.)에 못 이겨 예체능에서 문과로 적성을 바꿨다. 두 번째 모의고사 전국예상석차는 대략 60,000등. XX의 유일한 가능성은 그렇게 내 품을 떠났다.

도미노는 한 개만 넘어지는 법이 없었다.

홧김에 그동안 그린 그림들을 죄다 찢고 있는데 세한에게서 전화가 왔다. 술에 취해 제정신이 아니었다.

"말해봐아라…… 어디까지 봐았는데?"

"그니까 뭘 보냐고?"

"솔직익하게 말해도 된다…… 어디까지 봐았는데?"

"……."

"왜 말이 없어 씨발, 비디오 보면서 딸딸이 몇 번이나 쳤냐는데."

"글쎄, 그러니까 무슨 비디오?"

"잡아떼면 그만이냐. 테이프 복사한 거 다 아는데?"

"비디오는 네가 찍었잖아? 꼰대한테 테이프 아직도 안 보냈어?"

세한은 한동안 침묵하더니 나지막하게 내뱉고 전화를 끊었다.

"몸조심해라아. 곧 피 볼 일이 생길 거다아."

실제로 죄가 있고 없고는 중요하지 않았다. 세한이가 죽이겠다고 나서면 죽을죄를 지은 거였다.

등하굣길이 살얼음판이 되었다. 야자까지 12시간에 달하는 살인적인 교내 생활은 점으로 압축되고, 40여 분간의 등하교 시간이 하루의 전부인 것처럼 확장되었다. 쓸데없는 과민증은 아니었다. 미행이 붙어 있었다. 나는 눈부시게 발전해가고 있는 계획도시의 반짝이는 유리와 쇠붙이를 통해 뒤돌아보지 않고도 그들을 볼 수 있었다. 한 놈이 아니었다. 메탈재킷을 입은 양아치, 배달용 오토바이로 위장한 청 커버, 평범한 고삐리인 척하는 무리도 있었다. 보나 마나 세한의 똘마니들이었는데 거기까지는 괜찮았다. 설마 아침부터 나를 어쩔 수는 없을 테고, 밤에는 하진의 차를 타고 귀가하면 안전했으니까. 그런데 어느 날부터인가 짙게 틴팅 된 소나타가 우리를 뒤쫓고 있었다. 양복을 입은 두 명의 남자는 언뜻 봐도 프로였다.

전문가를 나에게 붙일 사람은 세한의 아빠밖에 없었다. 이미 꼬리를 밟았거나, 밟을 꼬리가 있는지 없는지 탐색 중인 게 분명했다. 어떻게 알아낸 걸까. 혹시 세한이가 불어버린 게 아닐까.

간단하게 짐부터 싸두었다. 삶에 마침표를 찍듯, 부모님 전상서도 썼다. 조폭에게 쫓기고 있다고 쓸 수는 없었다. 어떻게 하면 그럴듯하게 보일까 고민하다가 나는 적었다. 미술을 하고 싶다고, 포기하려고 했지만 이 열정을 주체할 길이 없다고, 내가 미대에 가면 모든 지원을 끊겠다고 하시니 나는 독립해서 꿈을 이룰 방법을 찾아보려 한다고. 쓰다 보니 진심인 것 같았다.

막상 집을 나서려니까 무릎부터 꺾였다. 조폭 부자가 나를 포기할 때까지 도망 다니려면 얼마나 걸려야 할까? 5년? 설사 운이 좋아 끝까지 안 잡힌다 해도 나를 기다리고 있는 미래는 이십대 중반의 중졸이었다.

도미노는 두 개만 넘어지는 법도 없었다.

체육 시간이었다. 나는 스탠드에 앉아 애들이 농구하는 것을 지켜보고 있었다. 애들이 한바탕 몸싸움을 하고 나자 미세한 흙먼지가 마치 유령이 천천히 손을 뻗치듯 나에게 다가왔다. 숨을 멈추고 눈을 감았다 뜨니 성빈이 옆자리에 앉아 있었다.

"너네 아주 재밌는 짓을 했더라."

"너네?"

성빈이 가소롭다는 듯 웃었다.

"비디오를 찍으면 그다음엔 뭘 해야 되지?"

"……."

"뭘 생각해 병신아. 편집을 해야 할 것 아냐."

"그런데?"

"편집을 하려면 테이프에 있는 걸 테이프로 레코딩 할 수 있어야 되는데 그 기계를 가진 사람이 누구게?"

입안에서 작은 흙 알갱이들이 서걱거렸다. 세한이 이 바보 같은 자식.

"보려고 본 건 아니고 세한이가 편집하는 방법을 물어보기에 방 내주고 기계 내주고 신경 안 쓰고 있다가 우연히 보게 됐어. 근데 너희가 그런 짓 한 거 세한이 아빠는 알고 계시나 몰라?"

창의성 없는 자식. 내 아이디어를 그대로 반복하다니. 하지만 위력은 내가 했던 협박에 비할 바 아니었다.

"원하는 게 뭐냐?"

"그만 깝치고 원래 자리로 돌아가라. 국어 선생들 말 못 들었냐? 제일 중요한 건 주제 파악이야."

성빈은 폼을 잔뜩 잡은 자세로 스탠드를 떠났다. 흙먼지가 다시 날아왔다. 따뜻하다 못해 약간 더운 봄날인데도 팔에 소름이 돋아 있었다.

젠장. 이건 5년은커녕 10년짜리였다. 이십대 중반이 아니라 이십대 후반의 중졸이었다. 나는 스물아홉까지만 살겠다는 꿈을 그 순간 버렸다. 간곡한 질문 하나가 떠올라왔다. 과연 그렇게 늙은 나이에 인생을 다시 시작할 수 있을까?

"다시 시작하자."

어떻게 알아낸 건지 집 앞까지 찾아온 신아가 나에게 말했다.

"언제 시작한 적은 있어?"

"그러니까 이제 시작하자고."

내 마음을 흔든 건 그녀의 절실한 눈빛이 아니라 하얀색 스웨터 원피스 밑으로 뻗어 있는 그녀의 다리였다. 그래, 너는 너이기 이전에 하나의 몸이었다. 어디에 있건 남자들의 시선을 독차지하는 너는 첼리스트가 아니라 아름답고 음탕한 한 쌍의 다리. 견딜 수 없는 건 내 여자를 다른 놈들이 탐하고 있다는 사실이 아니었어. 누구나 원하는 것을 내가 갖고 싶어 한다는 거였지.

"분명히 말해두지만……."

진심으로 그녀를 위해서 말했다.

"나는 네가 가까이 하기엔 너무 위험한 남자야."

신아는 돌아섰다. 돌아서려고 다리를 조금 벌렸을 뿐인데 허벅지 안

쪽의 볼록한 살집까지 다 드러나 보였다. 슬픔에 잠긴 뒷모습에서도 숨길 수 없는 당당함이 느껴졌다. 다시는 저런 여자애를 만날 수 없겠지. 어느 섬마을에서 과거를 묻어버린 어부가 되어 나는 항아리처럼 생긴 해녀의 억센 허벅지 사이에 평생 엎어져서 지내게 되는지 몰라.

그냥 헤어졌다면 유종의 미라도 있었을 텐데. 그녀는 가던 걸음을 멈추고 몸을 반만 돌렸다.

"내가 알아봤는데, 가택 무단 침입도 몇 개월은 산다더라."

네 번째 도미노가 쓰러지는 소리가 들렸다.

"왜 이래. 병원까지 따라오고, 치료비도 네가 냈잖아."

그녀가 몸을 완전히 돌려 나에게 몇 발짝 다가왔다. 그녀의 눈동자가 판자촌 괴물들의 안광처럼 빛났다. 나도 모르게 뒷걸음쳤다.

"불법 비디오는 어때? 국회의원 아저씨까지 끌어들였다며. 변호사한테 다 알아봤어. 몇 개월은커녕 몇 년도 살게 만들어줄 수 있다더라."

성빈의 것이 네이팜탄 수준이었다면 이건 아예 대륙간 탄도미사일이었다. 스위치 이론 같은 건 통할 리 없었다. 신아가 일방적으로 단추를 누르는 순간, 성빈도, 병신도, 아가리들도, 병신의 아버지와 거머리까지도……. 눈앞에 번쩍, 섬광이 일었다. 버섯구름이 피어올라 시야를 까맣게 가려버렸다. 앞길 창창한 평범한 고삐리가 조폭 두목과 조폭 아들과 경찰과 검찰에게 골고루 쫓기게 되느니 그래, 그럼 다시 시작하자, 말하려 했으나 신아는 이미 손을 흔들며 저 앞에 걸어가고 있었다.

먹먹해진 눈으로 몇 분을 더 서 있다가 방으로 들어왔다. 막장에 도달하면 마음이 오히려 차분해지는구나. 싸둔 짐을 둘러메고 책상 위에 부모님 전상서를 막 올려놓으려는 순간 전화가 왔다. 어머니가 아래층에서 세한에게 전화가 왔다고 외쳤다. 받았어요 어머니, 하자마자 딸깍, 수화기 내려놓는 소리가 들렸고, 그러자 어머니가 계신 아래층 전부가 먼 우주로 사라져버린 것 같았다. 지구에 혼자 남아 세한이 하는 말을 잠자코 들었다. 앞뒤 다 필요 없고, 죽기 싫으면 열시까지 현대아파트 놀이터로 나와라.

왜 고속버스터미널로 직행하지 않았을까. 그토록 벗어나고 싶었던 나의 진부한 일상이 지금은 무엇보다 소중하게 여겨졌다. 한 번쯤은 목숨을 걸고 지켜보는 게 과거에 대한 예의가 아닐까. 비겁하게 사느니 떳떳하게 죽자. 요행히 살아남는다면 최소한 수치의 기억은 면할 수 있을 테다.

날아오는 칼로부터 주요 장기를 보호하는 동작을 반복 연습했다. 실전은 연습과 다를 터이므로 가방을 앞뒤로 메어 갑옷처럼 둘렀다. 시간에 정확히 맞춰 놀이터에 나갔을 때 세한은 벤치에 걸터앉아 고개를 잔뜩 처뜨리고 있었다. 옆에는 내용물을 알 수 없는 종이봉투가 입구가 막힌 채 놓여 있었다. 세한은 세 번이나 이름을 불리고 나서야 고개를 들었다. 초점 없는 눈으로 웃더니 어정쩡하게 서 있는 나를 억지로 끌어다 앉혔다. 옆으로 붙으면 위험하다는 것을 알면서도 세한의 손을 뿌리치지 못했다. 내 어깨에 손을 올리고 머리를 쓰다듬는 세한의 온몸에서 묵은 담배 내와 농익은 술 냄새가 풍겼다. 정체불명의 노래를 흥얼거리며 나를 곁눈으로 지켜보는 눈빛이 귀살스러웠다. 마침내 세한이 봉투를 열었다. 투명한 소리를 내는 반짝이는 물체가 그 안에서 나왔다. 나는 그것이 무엇인지 확인할 새도 없이 자리에서 튀어 일어났다. 세한은 어이없다는 표정을 지으며 소주병과 소주잔을 벤치 위에 올려놓았다. 안 앉아? 죽을래?

초긴장 상태가 되어 세한이 따라주는 소주를 연거푸 받아 마셨다. 잔이 오가는 동안 한마디도 않던 세한이 소주 한 병이 비자 이가 모조리 빠질 것처럼 크게 웃더니 말했다.

"새애끼 장난 좀 친 것 갖고 쫄기는…… 그 가방은 또 뭐냐 이 붕신 새끼야."

*

다 잘됐다, 고맙다 씨발놈아, 하는 말만 반복할 뿐 세한은 아무것도 설명해주지 않았다. 내가 자초지종을 알고 모르고는 중요치 않았다. 세한이 잘 해결됐다면 그냥 그런 거였다. 그럼 나를 미행했던 양아치들과 그 소나타는 다 뭐야? 그냥 나의 착각이었다고? 아무래도 미심쩍었지만 묻지 않았다. 모쪼록 세한의 말마따나 모든 것이 나를 골려먹기 위한 장난이었기를 바랄 뿐이었다.

집안 문제가 해결된 기념으로 세한이 모두에게 한턱 쏘겠다고 했다. 하진은 바쁘다고 했고, 성빈은 제했고, 병신은 필요 없었다. 아가리들만 불러서 네 명이 만나기로 한 맥줏집에 나는 좀 일찍 도착했다. 하필 구석자리에 신아가 앉아 있었다. 언제나처럼 죽순이 포즈로 앉아 혼자 맥주를 홀짝거리고 있었다. 협박 좀 받았다고 피하는 건 멋없었다. 협박해봤자 눈 깜짝할 상대가 아니라는 이미지를 심어주는 편이 현명했다. 어차피 공격당할 거, 폼이라도 실컷 잡자. 나는 신아의 앞자리를 덥석 차지하고 앉아버렸다.

"누가 너보고 거기 앉으래?"

"늑대 소녀."

"뭐야 그건 또?"

"기회만 나면 늑대 나타났다고 뻥치다가 늑대한테 잡아먹힌 양치기 소녀 얘기를 하나 아는데. 듣고 싶지 않아?

"그건 늑대 소년이지. 늑대 소녀는 소녀가 하는 말 안 믿었다가 동네 사람들이 죄다 잡아먹히는 얘기야. 모르고 있었니?"

계속 받아주자니 유치했다. 신아의 담뱃갑에서 담배 한 개비를 꺼내 들었다.

"담배 안 피우잖아?"

"늑대는커녕 여우 노린내가 진동해서. 담배라도 피우면 나아지지 않을까?"

말 끝나기가 무섭게 여우가 얼굴 앞에 라이터를 들이댔다. 체면상할 수 없이 불을 붙인 담배는 썼다. 능숙한 척 연기를 들이마시려니 목구멍에 거미 한 마리가 기어들어 오는 느낌이었다. 기침을 가까스로 참으며 찡그린 표정을 감추느라 고개를 돌렸다. 놈과 시선이 마주친 건 그때였다. 상어지느러미처럼 머리 한가운데에 무스를 발라 치켜 올린 녀석이었다. 상어지느러미는 유유히 실내를 가로질러 다가와서는 침을 뱉듯 말했다.

"뭘 째리냐?"

"네?"

"뭘 야리냐고, 여우 눈깔처럼 생겨갖고 확 그냥."

신아가 품, 웃었다. 그 웃음이 나를 자극했다. 힘겹게 표정 관리를 하며 담배 한 모금을 더 빨았다.

"니 머리 말야."

"내 머리가 뭐?"

"꼭 닭 벼슬 같다."

나는 의자와 함께 뒤로 넘어졌다. 바닥에 머리를 부딪히고 나서야 통증이 느껴졌다. 광대에서부터 콧잔등까지가 대체로 얼얼했다. 어정쩡하게 일어서면 스타일이 안 살 것 같았다. 가볍게 웃으며 반쯤만 일어나 앉았다. 최대한 폼 나게 바닥에 걸터앉은 다음 목소리를 가다듬었다.

"너희는 그게 멋있다고 생각하겠지."

"뭐? 이 씨발놈아?"

"보아하니 강 너머 양아치들 같은데 남의 동네에서 촌발 좀 날리지 마라."

놈이 눈을 크게 부라렸다.

"야! 이 새끼가 우리보러 좆나 촌발 날리는 양아치란다."

저쪽에서 남자애 넷이 호들갑스럽게 웃었다. '빵'에 몇 번은 들어갔다 나왔을 것 같은 인상들이었다. 체인이나 칼 같은 걸 소지하고 있을 법한 생양아치들. 가오 잡다 명을 줄인 꼴이었지만 이제 와서 무릎 꿇을 수는 없었다. 5대 1이니까 내가 맞는 게 당연한 거다. 아무리 아파도 끝까지 멋있게 맞는 수밖에는…….

"여긴 내가 알아서 할 테니까 너는 꺼져라."

신아는 듣는 둥 마는 둥 꿈적하지 않았다.

"깔은 안 깔 건데 네 걱정이나 하지. 깔은 씨발 나중에 배 밑에 깔아야 제맛이지."

꿈적 안 할 거면 완벽하게나 하지 입은 또 함부로 꼼작거렸다.

"배때기 통째로 십창나서 순댓국 끓이고 좆 죄다 잘려서 줄줄이 비엔나 만들고 싶으면 재주껏 한번 덮쳐보든지."

"이런 씨발년이 입에 좆 무는 게 취민가."

지켜보던 술집 주인이 은근슬쩍 중재에 나섰다.

"학생들, 영업장에서 왜 이래. 싸울 거면 나가서 싸워."

"아저씨가 뭔데 간섭이야?"

"소란 피우지 말고 어른 말 들어, 경찰 부르기 전에."

"경찰이고 나발이고 어른은 애들 노는데 빠지세요, 좀 씨발."

그 틈을 타 머릿속으로 동선을 그렸다. 일단 오른발로 상어지느러미 거시기를 까고 뒤에 있는 오백 잔 두 개를 잡아서 오른쪽 놈 쌍다마를 깨고 사인 코사인으로 뒷놈의 주먹을 피한 다음 돌려차기로 왼쪽 놈 아구창을……까지 전개했는데 마침 입구 쪽에서 익숙한 목소리가 들려왔다.

"요즘 동네 수질이 영 이상하다. 뭐다냐 이 장구벌레들은?"

"그러게 말야. 근데 장구벌레가 뭐다냐?"

"생물 시간에 안 배웠냐? 모기 아그들이잖어. 아우 그냥 아주 드러운 데서만 사는 것들."

제시간에 나타난 아가리들이었다. 역시 끝까지 존심 지키기를 잘했다. 주인이 경찰 운운한 데다 쪽수까지 비등해졌으니 잘 눙치면 피 볼 일은 없었다. 상어지느러미가 입술에게 던진 말까지만 해도 마무리 설전 분위기였다.

"넌 뭔데 입술이 그렇게 두껍냐? 토인이냐?"

신아가 피식 웃었다. 나는 웃지 말라는 뜻으로 신아의 손을 잡아 눌렀으나,

"넌 머리가 왜 그러냐? 키세스 초콜릿 직원이냐?"

입술이 받아치자 신아는 송곳에 찔린 풍선처럼 펑 터져버렸다.

"푸하하 키세스래. 저렇게 못생긴 키세스 누가 먹어."

상어지느러미가 선빵을 날린 건 세상의 정한 이치였다. 입술이 입술을 정통으로 얻어맞자마자 짐승은 테이블 두 개로 바리케이드를 쳤다. 뒤로 나동그라졌던 입술이 잽싸게 일어나더니 테이블로 도움닫기 하여 비상했다. 짐승이 맥주병 두 개를 깨서는 나와 신아에게 건넸다.

"위로 들어오면 찌르고 밑으로 들어오면 발로 까."

그사이 입술이 착지했고 두 명이 그대로 나가떨어졌다. 시작만 그랬을 뿐이었다. 그림 같은 활극은 1분도 안 지나서 개싸움으로 변질되었다. 손님들이 술집을 뜨기 시작할 즈음에는 거의 난장이었다.

그럼에도 불구하고 상어패는 나를 한 대도 못 때렸다. 정신없이 맞으면서도 짐승과 입술은 필사적으로 나를 보호했다. 그것은 다름 아닌 지랄의 힘이었다. 두 번째 조약, 무슨 짓을 하건 걸리지 말 것. 내 얼굴의 스크래치는 곧 평화협정의 결렬을 의미했으니까.

옆 테이블에서 맥주를 집어와 신아에게 따라주었다. 신아는 거만한 표정으로 건배에 응했다. 누가 봐도 우두머리로서의 위상이 곧추서는 아름다운 풍경이었다. 세한이 다급히 뛰어 들어와 늑대들의 출현을 알리기 전까지는.

"짭새다! 짭새다!"

싸움을 말리려는 연극인줄 알았다. 세한을 따라 뒷문을 향해 올라가면서도 나는 웃고 있었다. 계단을 반쯤 올라갔을 때 문이 펑, 하고 열렸다. 곧 철컥, 철컥, 금속음이 잇달았다. 당황스럽게도 장전하는 소리였다. 확성기가 울려 퍼졌다.

"너희는 포위됐다. 싸움을 중지하고 투항하라, 투항하라. 다시 말한다……."

세한이 계단 옆에 있던 담배 자판기를 쓰러뜨려 통로를 봉쇄했다. 테이블을 끌어오며 외쳤다.

"뭐해 이 씨발놈들아! 빨리 빨리 안 거들어!"

개싸움의 피날레는 오월동주. 오나라 개들과 월나라 개들이 너나없이 힘을 합쳐 테이블과 의자를 던져 쌓았다. 칼빈을 든 경찰 두 명이 바리케이드 뒤에서 허둥대는 사이 개떼는 넘어진 적군까지 부축해 앞문으로 튀었다. 하지만 앞문에도 무장한 경찰 두 명이 있었다.

세한은 나와 신아를 여자 화장실로 끌었다. 바지에서 만능키를 꺼내더니 '관계자 외 출입금지' 칸의 자물쇠를 땄다.

"들어가라."

"같이 가자."

"싫다."

세한은 우리를 강제로 밀어 넣고 밖에서 자물쇠를 채웠다. 문 밑으로 만능키를 던져 넣고는 사라져버렸다. 도대체 안에서 어떻게 문을 열라는 건지는 알 수 없었지만.

'관계자 외 출입금지' 칸은 청소 도구와 잡동사니로 가득 차 있어 우리는 딱 붙어 서 있어야 했다. 한동안의 소란 끝에 주위가 잠잠해졌다.

경찰의 진압이 끝났다는 의미였다. 구둣발 소리가 시멘트 바닥을 울렸다. 화장실 문이 하나씩 하나씩 열렸다 닫혔다. 주책없이 또 웃으려는 신아의 입을 틀어막았다. 마침내 옆 칸이 열렸다. 지퍼 내리는 소리가 났다. 푹 하고 라이터 켜는 소리, 스으읍 첫 모금 빠는 소리, 쏴아아 오줌 싸는 소리…… 오줌발이 잦아들고도 구둣발은 나가지 않았다. 한동안의 정적 끝에 후우 마지막 담배 연기를 내뿜는 소리가 났다. 치익 담뱃불이 꺼지고 나서야 지퍼 올리는 소리가 났다. 문이 닫혔고, 구둣발 소리가 우리가 든 칸을 그대로 지나쳐 피아니시모, 피아니시시모로 작아졌고, 그리고 그 규칙적인 데크레셴도의 어느 지점에서 뚝, 주위의 모든 빛이 소멸했다. 갑자기, 세상에서 가장 큰 소리가 되어버린 너와 나의 숨소리. 이윽고, 두 번째로 큰 소리가 되어버린 너와 나의 박동 소리.

"솔직히 말해. 우연히 만난 거 아니지."

"우연히 만났다고 한 적 없는데?"

"어떻게 알고 왔어."

"돈 주고 미행했지."

그녀가 나를 미행했다는 말이 왜 그렇게 짜릿하게 들렸을까.

"얼마 줬는데."

"왜? 말하면 네가 갚을래?"

"얼만데?"

"백……"

그녀의 입속은 촉촉했다. 그녀의 소름 돋은 허벅지는 탄탄했다. 짧은 원피스 안의 팬티는 부드러웠다. 팬티 위로 느껴지는 그녀의 엉덩이는 탄탄했다. 팬티를 벗기는 내 손가락 위로 스쳐 지나가는 종아리와 발등의 감촉이 매끄러웠다. 감히 내 혁대와 바지 지퍼를 풀어헤치는 그녀의 손짓은 익숙했다. 익숙한 손짓에 팬티로부터 해방된 내 성기는 터질 것 같았다. 터질 것 같은 내 성기를 천천히 받아들인 그녀의 입은 억셌다. 그녀의 억센 놀림에 신음 소리를 내버린 나의 그것을 갑자기 내버린 그녀는 냉정했다. 냉정하게 일어서서는 등을 돌리고 내 손과 입술을 요리조리 피하는 그녀의 몸짓에 나의 성기는 약 올랐다. 나는 힘으로 그녀의 앙탈을 제압했으나 모닥불이 숨겨져 있을 그녀의 동굴을 쉽게 찾아내지 못하는 나의 약 오른 성기는 무능했다. 무능한 나로부터 술래 자격을 빼앗아 플라스틱 바스켓 위에 앉힌 나의 그것을 천천히 호위해 들어오는 신아의 몸짓은 음탕했다. 다시는 음탕한 짓을 못 하게 단단히 혼내줘야겠다고 결심한 나의 반격은 거칠었다. 거칠게 그녀의 동굴 안을 습격하는 데 마침내 성공한 나의 성기는 비겁했다. 겁에 질려 동작을 멈추었는데도 나의 뱃속 깊은 곳까지 파고드는 감각의 날카로움은 도발적이었다. 솔직히 말해봐, 너 처음 아니지? 내가 언제 처음이라고 했어? 거만하게 맞받아친 그녀는 나의 본격적인 반격이 시작되자 처음처럼 아파했다. 손과 팔꿈치로 내 가슴을 밀어내는 척 비명과 울음 사이를 오가는 그녀의 신음 소리는 가증스러웠다. 그녀의 가증스러움에 분노가 가득 치밀어 오른 나는 그만 조루했다. 조루해버린 나의 눈앞 어둠속에 오랫동안 화려하게 펼쳐진 것은 만화경이었다. 내가 만화경을 보는 동안에도 간헐적으로 몸을 떨며 오르가슴에 도달한 척하는 그녀의 연기는 어설펐다. 어설프게 떨리는 그녀의 몸속에서 다시 커진 나의 성기는 더 이상 비겁하지 않았다. 용감해진 나의 성기에 이번에는 제대로 혼난 그녀가 마침내 터뜨린 것은 울음. 왜 우냐고 묻자 옷을 추스르고 울음을 멈춘 다음에야 그녀가 고백한 말은 사랑해. 제대로 혼나고 나서야 나를 사랑한다는 사실을 깨닫고 진정으로 몸을 떨기 시작한 그녀를 품속에 다시 안아 내가 속삭인 말은 그러나.

미안해, 넌 내 첫 번째 여자가 아니야.

*

"너 코가 달라졌다."

하진이 말했다. 교실 뒤편에 있는 거울을 함께 들여다보았다.

"이거 봐. 약간 오른쪽으로 휘어 있었는데 지금은 똑바른데?"

진짜였다. 매부리는 조금 더 심해졌지만 코는 확실히 바로잡혔다. 선빵 맞을 때의 장면을 곱씹어보았다. 상어는 왼손잡이였다.

뜻밖의 수확은 또 있었다. 이번 건은 또 어떻게 해결하나 고민하고 있었는데, 손 댈 틈도 없이 문제가 말끔하게 처리되었다.

경찰이 소총까지 동원해 과잉 진압한 이유는 황당했다. 최근 조직 간 전쟁이 잦아 우리를 조폭으로 오인했다는 거였다. 수개월 후 노 대통령은 조폭을 상대로 '범죄와의 전쟁'을 선포했는데 글쎄, 세한은 당시 조폭이 최고의 평화기를 누리고 있다고 말했으니 이상한 일이었다.

더 황당한 것은 경찰서에 찾아온 세한 꼰대를 경찰이 환대했다는 제보였다. 입술의 표현을 빌리자면 꼬리가 없어서 못 흔들었다뿐 고기 냄새를 맡은 강아지들과 다를 바 없었다.

꼰대를 모르는 경찰은 없어 보였다. 꼰대는 그중 직위가 제일 높은 경찰과 반갑게 악수했다.

"애들 싸움인데 쉽게 갑시다."

경찰이 보는 앞에서 상어패의 뒤통수를 죄다 후려갈겼다.

"쌍방과실이니까 느네는 얘네가 물고, 얘네는 느네가 무는 거다. 알 겠냐?"

화가 잔뜩 난 술집 주인도 한마디로 평정했다.

"게임장 값은 내가 냅니다, 그라도 되겠지요?"

하지만 청소년법 위반에 의한 벌금형과 영업 정지는 술집 주인의 몫 이었다. 상어패들 역시 부모님이 오셔서 합의하기 전까지는 철창 신세 를 져야 했다. 반면 세한과 아가리들은 그 자리에서 훈방이었다. 경찰 서 구경을 못 해본 내가 다 아쉬울 지경이었다.

"남자끼리 같이 있어봤자 모하냐. 여자랑 단둘이 갇히면 또 모를까."

세한이 한쪽 눈을 찡긋, 했다. 역시 세한의 우정은 자신의 이익이 걸 렸을 때만 발휘되는 아가리들의 그것과는 수준이 다른 것이었다. 세한 을 통해서 나는 진정한 의리란 힘 있는 자만이 가질 수 있는 미덕임을 새삼 확인했다.

"이상한 게 있다."

세한이 담배를 탁탁 치며 말했다.

"뭔데?"

"조서를 쓰는데 그 새끼들이 네 얘기를 싹 빼더라."

"왜?"

"그러게 말이다. 우리야 당연히 너를 숨겼지만 그 새끼들까지 그러는 게 어째 영 수상하더라."

"어떤 놈들인데?"

"보면 모르나 양아치들이지. 전과는 없는데 퇴학에 가출에, 지들끼리 알바 해서 먹고살았던 모양이더라."

"고삐리가 알바 할 게 뭐가 있어?"

"이 새끼 학바리 티 내네. 썄다 아이가. 신문 우유 이런 거 있고, 웨이터, 조만한 경양식집, 단란주점, 크면 나이트 이런 데, 주유소에서 기름 넣고, 잘 뛰면 전단지 돌리고, 오토바이 타면 배달…… 당구장 청소, 하우스 막내……."

배달용 오토바이에 앉아 있던 양아치의 얼굴이 클로즈업 되었다. 천천히 뜯어보니 그 생김새가 상어머리를 닮아 있었다. 두 팀의 미행이 있었다는 판단은 틀리지 않았다. 세한이 나를 미행한 게 아니라는 사실도 확실해졌다. 그렇다면 대체 누가 왜?

세한이 상어머리의 주소를 입수했다. 상어머리의 서식지는 해발 몇백 미터는 될 것 같은 창신동 산동네의 지하 단칸방이었다. 코딱지만한 봉제 공장들이 있어서 섬유와 실 따위가 아무렇게나 쌓여 있는 미로 같은 복도를 지나자 손바닥만 한 방이 나왔고, 그 방의 문은 열려 있었다. 방바닥과 벽지에 곰팡이꽃으로 새겨진 세계지도 위에 폐허처럼 널브러진 몇 안 되는 잡동사니와 잡동사니의 일종으로 보이는 초삐리거나 중삐리인 여자애가 있었다. 여자애는 만화책을 보며 연신 기침을 했다. 방구석의 작은 책꽂이에 유일하게 잘 정리돼 있는 마이신들을 보자 숨을 쉰 게 후회되었다. 누구야? 하고 묻는 여자애의 얼굴에 결핵균처럼 퍼져 있는 피곤과 무심을 보자마자 나는 돌아섰다.

놈은 해가 서서히 이울기 시작할 즈음에야 나타났다. 석양을 받으며 나타난 상어머리는 더 이상 상어머리가 아니었다. 군데군데 헤진 추리닝에 무질서한 더벅머리를 한 전형적인 강북 탱자였다. 녀석은 우리를 보자마자 오던 길로 내달렸으나 세한에게 금방 붙잡혔다.

"다 끝났는데 왜 이래 씨발."

"다 끝났는데 왜 튀어 씨발."

세한이 놈의 머리통을 주먹으로 후려갈기자 우습게도 탱, 하는 소리가 났다.

"왜 때려 씨발."

탱 탱.

"합의했잖아 씨발."

탱 탱 탱.

"그만 때려 씨발."

탱 탱 탱 탱.

적나라한 탱 소리가 안쓰러워서 세한을 말렸다. 세한에게 놈을 잡고 있으라고 한 다음 내가 심문을 맡았다.

"네가 나 미행한 거 다 알고 있어."

"……."

"아직 모르는 모양인데 미행해서 사람을 때리면 단순 폭행이 아니야. 더군다나 무기까지 갖고 있었으니까 살인미수죄가 적용될 수도 있어. 10년도 넘게 감방에서 너 혼자 썩어볼래?"

녀석의 눈빛이 속절없이 흔들렸다. 나는 녀석이 들고 있는 검은 비닐봉투 안의 쭈쭈바 두 개를 보고 난 후였다.

"너 감옥 가면 동생을 어떡할래? 약값도 꽤 들 텐데, 동생 폐병으로 죽어도 상관없냐?"

녀석의 눈에 눈물이 고였다. 녀석은 씨발…… 하더니 이내 울기 시작했다. 땟물이 묻어 더럽게 흘러내리는 눈물을 보자 어릴 적 친구인 연호가 떠올랐다. 식구가 전부 결핵에 걸려 있고, 미술에 천부적인 재능을 갖고 있었지만 일찌감치 미술을 포기한 연호. 연호를 떠올리게 한 죄로 나는 녀석을 딱 한 대만 때려주었다.

그뿐이었다. 나는 놈을 그냥 보내주었다. 모든 걸 자백했기 때문이 아니라 내 비뚤어진 코를 바로잡아준 놈이기 때문이었다. 잘못하지 않았기 때문이 아니라, 진짜 벌을 받아야 할 놈은 따로 있기 때문이었다.

세한이가 꼰대에게 얻어맞아 병원에 입원했다는 정보를 병신에게 흘렸다. 그 정보가 제일 먼저 누구에게 가게 될지는 뻔했다. 그런 다음 입원은커녕 소주 세 병을 까먹고도 말짱한 세한에게 부탁했다.

"성빈이한테 껌 좀 붙여줘."

"그런 다음?"

나는 세한을 흉내 내어 한쪽 뺨만으로 웃었다.

"그냥 따라다니기만 하면 된다."

신아한테도 일렀다.

"이왕 쓴 거, 나를 위해 심부름센터 몇 번만 더 써라. 대신 이번엔 내가 아니라 성빈이다."

"뭐하러?"

"나중에 보면 알아. 양복에 선글라스 끼고 최대한 티 나게 미행해달라고 해."

나는 곧장 공격을 개시했다. 점심시간에 할 말이 있다며 성빈이를 스탠드로 불러냈다. 꼭 스탠드여야만 했다. 스탠드에 앉자마자 녀석에게 어깨동무를 했다.

"들었니? 세한이가 꼰대한테 말했다더라."

"뭐…… 뭘?"

"글쎄…… 뭘까?"

"……"

"네가 꼬셔서 찍었다고 했다더라. 너의 감독 경력에 대해서도 소상히 말씀드리고……. 안 혼나려고 그랬던 건데 되려 아주 쎕창이 났다더라. 씨발놈 죽으려면 혼자 죽지 왜 하필 너까지 말려들게 했는지 모르겠다. 내가 너한테 아주 미안해 죽겠다. 아직은 별일 없지?"

녀석은 짐짓 가소롭다는 표정을 지었다.

"네가 뭔가 큰 착각을 하고 있구나. 내가 한마디 당부해두자면 해방 이후로 조폭 따위가 외교관 아들을 건드린 적은 아직 없다."

하지만 표정과 달리 목소리는 떨리고 있었다. 어깨동무를 풀며 녀석의 등을 탁, 쳤다.

"그러게. 넌 외교관 아들이니까 괜찮을 거야. 세한이 100대 맞을 거 90대쯤으로 줄여줬다고 생각해라. 좀 티격태격하긴 했지만 그래도 친구 좋다는 게 뭐냐."

나는 체육복을 탁탁 털고 자리를 뜨는 시늉을 했다. 녀석이 다급하게 내 옷소매를 붙잡은 것은 턴 체육복에서 먼지가 나는 것만큼이나 자연스러운 일이었다.

"그럼 너는 괜찮아? 아무 일도 없어?"

못 이기는 척 자리에 앉았다.

"내가 왜 괜찮지 않아야 하는데?"

"조폭이 바보야? 아무리 세한이가 구라를 쳤어도 지금쯤이면 비디오 건에 너도 연루되어 있는 거 다 알아냈을 텐데. 넌 무슨 배짱으로 그렇게 여유 있어?"

성빈이 묻지 않았다면 아쉬웠을 비장의 카드를 꺼내놓았다.

"해방 이후로 조폭이 대통령 친척을 건드린 적도 없거든."

"뭐?"

"몰랐어? 우리 아버지가 현직 대통령이랑 오촌이야. 노 씨는 본이 하나밖에 없는 거 알지?"

나는 녀석의 마지막 남은 여유가 흙빛으로 완전히 덮이는 것을 보았다.

"아 참, 내 깔 본 적 있던가? 걔가 XX물산 딸인데 이번에 술집에서 따까리 붙었을 때 같이 있었거든. 그냥 우발적인 사건 같지 않다고 누가 벌인 일인지 꼭 찾아내고 말겠대. 아빠한테 부탁하면 쥐도 새도 모르게 병신 만들 수 있다면서. 걔가 대체 왜 그렇게 쓸데없는 일에 정력을 낭비하는지 모르겠다. 부탁이 있는데, 시간 있으면 내 깔 좀 말려주라."

다음 날부터 녀석의 얼굴은 눈에 띄게 수척해져 갔다. 인사만 해도 깜짝깜짝 놀랄 정도로 황폐해지더니 순식간에 명태처럼 말랐다. 녀석은 결국 학교를 안 나오기 시작했는데 얼마 지나지 않아 녀석이 학교를 아예 관뒀다는 정보가 귀에 꽂혔다. 미행이 시작된 지 3주가 채 지나지 않은 시점이었다.

외교관 아들은 무슨 짓을 해도 상관없다는 믿음이 영 헛방은 아니었는지 고등학교를 중퇴하고도 녀석은 인생을 망치지 않았다. 부모를 어떻게 구워삶았는지는 모르지만 녀석은 일본으로 도피하는 데 성공했다. 일본 Y대 경영학과를 졸업하고 일본 업계 1위인 T은행에 취직했다는 얘기는 먼 훗날 들었다.

하지만 녀석은 서른셋쯤 되어 한국으로, 정확히 말하면 압구정동으로 돌아왔다. 녀석이 왜 잘나가는 일본 은행가의 삶을 포기하고 한국의 그저 그런 은행에 취직했는지는 이해가 갈 듯도 말 듯도 하다. 녀석은 환향하자마자 여기저기 들쑤시고 다녔으나 인맥이 잘 생기지 않자 친하지도 않은 동창 한 명에게 애걸복걸하다시피 해서는 8학군 출신 또래들이 만든 야구팀에 입단했다. 애들에게 잘하려고 노력하고 잘난 척도 안 한다는 걸 보면 철 좀 든 모양이지만 그는 현재 그 야구팀의 유일무이한 은따다. 겉으로는 착해만 보이는 그가 십수 년 전에 무슨 짓을 했는지를 야구팀 회원들에게 소상하게 일러바친 사람이 누구인지는 정말이지 모르겠다. 하지만 녀석이 영문도 모르는 채 따 당할 때마다 뭐라고 되뇌고 있을지는 대충 알 것 같다. 아마도 이럴 거다. 너희들이 몰라서 그렇지, 내가 한때는 검찰과 조폭과 재벌과 안기부의 관심을 한 몸에 받을 정도로 잘나가던 놈이라고, 고작 너희들 따위에게 무시당할 사람이 아니라고.

나는 녀석의 '정신적 지주'로서의 역할은 끝까지 해준 셈이다.

We're the un

지랄이 나를 불렀다.

"그, 그러니까 너는 패싸움이랑 사, 상관없다?"

"네."

두 번째로 나를 부른 사람은 최종 결정자인 학생주임, 거머리였다.

"최악의 경우 두 명 다 퇴학이다. 혹시 부당하다고 생각하나?"

거머리가 짧게 물었다. 짧게 대답했다.

"아니요."

내 한마디에 심장병 엄마의 아들에게는 무기정학이, 대한민국 교육 공무원의 자제에게는 퇴학이 선고되었다.

짐승과 입술을 살려줄 복안도 없지는 않았다. 술집에서 패싸움한 애들이 퇴학이면 돈을 써서 폭력을 사주한 애들은 어떻게 해야 하는 걸까요? 한 명은 외교관 아들이고 또 한 명은 국회의원 아들인데 사회적 동물이신 학생주임님은 어떻게 하시겠어요?

지랄도, 거머리도 무섭지 않았다. 기회를 엿보고 있었다뿐, 나는 한 번도 성빈과 아가리들이 빠순이들에게 저지른 일을 용서한 적이 없었다. 죄를 지었으면 죗값을 치러야 한다. 학교에서도 사회에서도 그걸 해주지 않는다면, 개인이 하는 수밖에.

병신은 하수인이었다. 앞으로도 반란을 주도할 인물이 못되었다. 안전한 데다 쓸모도 많았다. 관대하게 용서하면 보다 높은 충성심을 얻을 테니 패스.

성빈의 쿠데타는 단 한 발의 총성도 없이 진압되었다. 나는 심리전 만으로 불온분자들을 숙청하고 나의 공화국을 재정비하는 데 성공했다.

나는 지랄과의 세 번째 조약을 잊지 않았다. 세력을 확장하지 말 것. 그래서 나간 자리만 채웠다. 신아와 세한, 그리고 하진이가 데려온 예은을 새 멤버로 영입했다. 예은은 최초로 하진의 나르시시즘을 해제한 여자애였다. I여대 1학년인데 부모님은 미국에 있고 한양아파트에 혼자 산다고 했다. 통성명도 하기 전에 왜 애를 골랐는지 알겠다고 생각했다. 신아가 파카 크리스탈이라면 예은은 와인잔이었다. 파카 크리스탈에는 뭐든 담을 수 있지만 와인잔에 와인이 아닌 다른 것을 담으면 이상하지. 쉽게 깨질듯해서 하룻밤서기는커녕 같이 여행을 가도 지켜주게 될 것 같았다. 종종 우리가 하는 말을 못 알아듣는 것도 매력이었다.

무리를 재정비하고 나니 이름을 붙이고 싶은 마음이 들었다. 하지만 우리의 본질을 어떻게 규정해야 할지 감이 오지 않았다. 유일하게 있는 단어라고는 '잘나간다'뿐이었는데 그것은 하진이 말한바 '아무것도 아닌 것'이었다.

무엇이 되고 싶지는 않았다. 정치가나 기업가나 의사나 검사나…… 어른들이 훌륭하다고 말하는 것에는 취미 없었다. 잘나간다는 미명하에 평생을 고리타분하게 살아가는 바보들. 그렇다고 아무것도 아닌 존재로 남고 싶지는 않았다. 한참을 궁싯거리다 'un'이라는 접두어를 떠올렸다. 그 무엇도 '아닌', 하지만 아무것도 아니지는 '않은'.

"유엔?"

병신이 말했다. 세한이 퍽, 병신의 뒤통수를 후려갈겼다.

"에라 이 성냥갑 같은 새끼야."

내가 중재에 나섰다.

"왜? 국제연합, 괜찮잖아? 세계와 인류의 평화를 위해 살자."

신아가 적절하게 지적했다.

"그것도 뭔가가 되는 거잖아?"

하진이 날카롭게 정리했다.

"un-UN을 하면 되지. 그런 의미에서 우리는 소문자로 가자."

세한이 복잡하다고 짜증을 냈다. 내가 앞장서서 눈높이교육에 나섰다.

"쉽게 설명해줄게. 세한이 너는 강남 부르주아, 그니까 강남에 사는 부자잖아. 그렇지?"

"당연빠따지."

"동시에 빠순이들 등쳐먹는 조폭이지."

애들이 세한이 눈치를 보다가 신아가 웃음을 터뜨리자 따라 웃었다.

"반면 하진은 진정한 강남 킹카지. 미국 시민권자이기도 하고."

애들이 고개를 끄덕이고는 다음 말을 기다렸다. 하진의 눈동자를 들여다보며 시간을 끌었다. 하진의 눈빛은 어디 한번 비밀을 말해보라는 듯 도전적이었다. 치킨게임(두 명의 경쟁자가 도로의 양 끝에서 상대를 향해 전속력으로 돌진하는 게임)의 팽팽한 긴장이 느껴졌다. 충분히 기다린 다음 핸들을 살짝 꺾었다.

"하지만 된장찌개를 좆나 좋아하지. 저 새끼가 왜 말을 안 하는 줄 알아? 미국에서 마늘 냄새 날까 봐 입 다물었던 게 버릇이 돼서 그래."

애들이 세한 때보다 좀 더 크게 웃었다. 하진의 얼굴에서도 긴장이 풀렸다.

"그럼 나는?"

병신이 새치기를 했다. 한 문장으로 정리해주었다.

"국회의원 아들 중에 밥맛은 너밖에 없을 거다."

애들이 까르르 웃으며 와르르 병신의 등에 인디언밥을 했다.

"신아는 재벌 2세이기 이전에 강북 죽순이."

모두 끄덕끄덕. 신아도 끄덕끄덕.

"나는 아무것도 아니지만 너희들의 정신적 지주."

모두 대충 회피. 신아만 도리도리.

"그럼 성빈이랑 아가리들은?"

때와 장소를 가리지 않고 눈치 없는 병신.

"걔네는 뭣도 아니고."

모두 전격 동의. 하진이 고개를 갸웃하더니 물었다.

"예은이는 어쩌지?"

신아가 발군의 센스를 발휘했다.

"우리는 un이니까. un 아닌 un도 있어야지."

신아가 계속 말했다.

"축하 세리머니가 필요해."

"어떻게?"

준비해둔 것처럼 답이 나왔다.

"여장하고 백화점 한 바퀴 돌기 하자."

참으로 un-interesting한 세리머니라고 생각하고 있는데 세한이 박수를 치며 호들갑을 떨었다.

"그거 재밌겠다. 그냥 하면 재미없으니까는 내기하자."

"어떻게?"

"여장한 놈이 아무한테도 남자인 거 안 들키면 나머지가 한턱내고, 들키면 본인이 내고……."

"그럼 여장한 사람이 손해잖아. 여섯 명이니까 세 명씩 나눠야지."

예은이 처음으로 대화에 끼어들었다.

"알겠다. 그럼 편은 어떻게 나누는데?"

"그 전에 여장할 사람부터 정하는 게 순서 같은데?"

예은이 장난스럽게 주위를 휘둘러보았다. 뻔한 얘기였다. 세한이 빼고는 키들이 너무 컸다. 병신이 185, 하진이 182, 나는 178.

"아무래도 네가 적격인데?"

내가 세한이를 가리켰다. 세한이 피식 웃더니 바지를 걷었다. 털이 영장류 수준이었다.

"털이야 밀면 그만이지."

세한이가 이번에는 긴팔 티를 걸었다. 겉으로는 말라 보여도 근육이 이소룡이었다. 예은의 시선이 나에게로 돌아왔다. 하진이 말했다.

"노갈이 다리 예쁘지."

"피부도 좋은데?"

"허리도 잘록해."

다들 한마디씩 거들었다. 병신만이 이의를 제기했다.

"내가 하면 안 될까?"

신아의 선제공격을 필두로 또 한 번의 인디언밥이 있었다.

"자, 그럼 편은 어떻게 정할까?"

세한이 내 의견은 물어보지도 않고 말했다. 신아가 혀를 날름거렸다.

"남자 편 여자 편 해야지."

"그럼 여자들이 무조건 유리하다. 2대 4라서 쪽수도 안 맞잖아."

예은이 현명한 해결책을 내놓았다.

"그럼 신아랑 내가 준우 편 하면 되겠네."

신아가 나중에 하면 못·한다고 고집을 피워서 곧바로 예은의 아파트로 몰려갔다. 세한만이 남우세스러워 못 보겠으니 결과만 통보하라며 이탈했다. 없는 게 없는 집이었다. 예은이 열 벌이나 되는 옷을 가져와 검은색 샤넬라인 원피스를 최종으로 정했다. 신아가 여성용 면도기라는 물건으로 내 다리털을 꼼꼼히 밀었다. 예은이 브래지어와, 역시 처음 보는 패드라는 물건을 잔뜩 챙겨와 건넸다. 신아가 브래지어와 팬티 스타킹의 모양을 잡았다. 옷차림이 끝나자 둘이 한꺼번에 달려들어 장장 두 시간여에 걸친 메이크업을 진행했다. 가발 씌우는 작업 때문에 30여 분이 더 걸렸다. 거실로 나갔더니 피곤에 지쳐 있던 하진과 병신이 브레이크 댄서들처럼 넘어져서는 한데 굴렀다.

"뭐야, 어째 저기 좀 튀어나왔잖아."

예은이 압박붕대를 찾아왔다. 신아와 함께 방에 들어가 팬티 주변에 둘렀다.

"미국에서 잘못 보낸 신발인데 60쯤 돼. 샌들형이라 대충 맞을 거야."

힐을 신고 나니 죄다 내려다보였다. 신아가 턱을 받치고 나를 살폈다.

"화장하니까 눈 더 찢어져 보인다. 가려야겠다."

예은의 보잉 선글라스를 쓰고 나니 완성이었다.

전신거울 앞에 서니 생면부지의 내가 눈앞에 있었다. 여자들은 따라올 수 없는 길이와 남자라고는 믿기 힘든 각선미가 공존했다. 백인 여자의 시원시원한 골격이 동양인의 피부로 덮여 있었다. 나는 혼혈의 외모를 가진 이십대 초반의 여성과, 그녀를 바라보며 야릇해지는 열아홉 살짜리 남자애로 자꾸 분리될 것 같지만 분리되지 않는 하나의 몸으로 존재했다.

1990년이었다. 새로 시작한 연대의 봄과 여름의 경계였다. 나는 하진의 연인이 되어 그와 함께 백화점을 돌았다. 만약 당신이 압구정동의 한양백화점에서 제임스 딘처럼 잘생긴 남자와 팔짱을 끼고 대낮의 아이쇼핑을 즐기는 시고니 위버처럼 생긴 여자를 보았다면 미안하지만 그건 열아홉 살의 나였다.

시선을 약간 깔고 무릎을 쭉 뻗어야 한다. 넓적다리를 스치면서 약간 안쪽으로, 수영할 때처럼 발을 세워 힐의 앞과 뒤가 동시에 닿는다는 기분으로. 자신 있게 걷되 서두르지 않는다. 리듬을 타되 뒤뚱대지 않는다. 가장 중요한 건 시선이다. 사방에 골고루 분배하되, 아무도 쳐다봐주지 말 것.

한 층을 다 돌기도 전에 나는 신아의 훈수를 이해했다. 남자들이 어디를 훔쳐보는지 여자들은 다 알게 마련임도 알았다. 자기만족을 위해 꾸민다는 말은 타인의 시선들을 통해 나 자신을 바라본다는 뜻이었다. 누군가 나를 보고 있음은 눈이 아니라 피부로 느낄 수 있었다.

피부 위로 눈이 생겼기 때문이었다. 오랫동안 곪아터져 있던 가슴의 눈구멍이 소리 없이 아물면서, 온몸에 오징어 빨판 같은 눈들이 돋아나기 시작했다. 익명의 시선들이 와 닿는 다리의 살갗으로부터, 내 안의 숨겨진 존재로부터, 톡톡거리며 증발하는 탄산수, 썰물 때 갯벌 위로 뚫리는 숨구멍, 식어가는 화강암에 패는 기포 자국처럼, 그것들은 은밀하면서도 고통스럽게 구멍을 열었다.

그 수많은 눈들로부터 나는 보았다. 하나하나의 시선이 닿을 때마다 조금씩 또렷해지는 어떤 하나의 이미지. 그것은 나를 바라보는 사람들의 모습도 아니고, 사람들이 바라보는 나의 모습도 아닌, 신아와 함께 어둠 속에서 느꼈던 나의 밀집된 덩어리, 오래전부터 있어왔던 내 안의 완전한 존재였다.

눈물이 날 것 같았다. 저 앞, 희붐하게 빛나는 출구 앞에, 신아가 투명하게 빛나는 눈동자로 웃고 있었다. 나는 하진의 팔짱에서 벗어나 신아에게로 뛰어갔다. 신아의 손을 잡아채 수백의 시선들이 내 피부 위에

서 따끔거리는 거리로 뛰쳐나갔다. 그리고 키스했다. 이제 너를 이해할
수 있겠어, 사랑해.

*

거리에는 카메라가 있었다.

한양백화점 앞에, 그 맞은편의 맥도날드 앞에, 맥도날드 오른편의
카페 거리와 그 뒤편의 시장 골목에 그것들이 있었다. 나이트에, 술집
에, 가라오케에 있었다. 자동차 안에, 모텔 방 안에, 냄새나는 실내포차
의 푸세식 화장실 안에 있었다. 압구정동과 청담동과 논현동과 강남역
과 신촌역과 신사역에만 있는 게 아니었다. 장충동 족발 골목에도 왕십
리 곱창 골목에도 신당동 떡볶이 골목에도 있었다. 항상 그곳에 있는
게 아니었다. 우리가 갈 때만 그곳에 존재했다.

우리는 타고난 유전자가 정점에 도달하는 스무 살 무렵을 살고 있었
다. 잡티 하나, 흠집 하나 없는 순결한 피부. 쓸모없는 살은 한 점도 갖
고 있지 않은 완벽한 몸매. 무슨 옷이건 맞춤처럼 피팅되는 축복받은
옷걸이. 청바지의 워싱라인을 잘라낼 필요가 없는 1미터 이상의 하체
와 무릎 부분이 꺾이지 않는 일자형의 다리 라인. 작은 얼굴과 높은 코
와 긴 손가락과 가는 발목을 갖고 있었다.

우리는 신세대가 아니라 신인류였다.

여유 있으면서도 당당한 워킹을 보여줘야 했다. 사소한 동작 하나하나에도 앵글과 틸트와 각도를 고려해서 움직였다. 거리에 서면 우리를 바라보는 사람 수만큼의 렌즈들이 온몸에 돋아났다. 우리는 그 렌즈를 통해 그들의 눈에 비친 우리 자신의 모습을 보았다.

그해 초여름 나는 신아가 선물한 리바이스 501버튼플라이를 입었다. 하이웨이스트 세미디스코의 물결 속에서 미국에서 직접 사온 로우웨이스트 스트레이트 핏은 단연 돋보였다. 하진이 준 직수입 버버리는 흔해빠진 폴로 티셔츠에 비할 바 아니었고, 예은이 구해다준 튀지 않는 디자인의 웨스턴슈즈는 첨단 패션의 세련된 마침표였다.

엄마가 기죽지 말라고 사준 금목걸이와 스와치는 액세서리 축에도 못 끼었다. 나의 진짜 액세서리는 거추장스럽다거나 무겁다는 핑계로 신아가 일부러 나에게 맡기는 자동차 키와 모토로라 핸드폰이었다. 겨우 워크맨이나 메이커 옷 얘기로 시간을 죽이는 양아치들을 잠재우는 데는 두 마디면 족했다.

"얘는 왜 60킬로만 넘어가면 꺼지나 몰라. 카폰으로 바꿀까?"

가입자 5만 명 시대에 핸드폰을 갖고 다니는 나는 설명이 필요 없는 사람이었다. 꽤나 고상한 척하는 논현동 카페의 여주인은 메뉴판을 영어로 설명해주었고, 상대가 중년이건 연예인이건 여자건 가릴 것 없이 입만 열면 '씨'을 내뱉는 청담동 실내포차의 욕쟁이 할매는 유독 나에게만 욕을 하지 않았으며, 일본 손님이 없을 때만 일어를 씨부렁거리는 압구정 로바다야끼의 주방장은 넌지시 아버지가 뭘 하시는 분이냐고 물어오기도 했다. 그들의 시선 속에서 우리는 그들의 구멍이었다. 그들의 허영을 채우고 있는 공포와 선망의 투사체.

신아와 나는 언제나 가장 많은 사람들이 우리를 관찰할 수 있는 자리에 앉았다. 대단한 이야기를 나누고 있다는 듯 심각한 표정으로 속삭였다.

"쟤가 너 쳐다본다."

"가다마이 입은 애?"

"역시 다리 쪽이군."

"깔이 가슴만 크거든. 깔도 나 보는데?"

"예뻐서 보는 게 아니라 궁금해서 보는 거야."

"뭐가?"

"대체 어떤 년들이 나 같은 남자애를 만나는지."

"넌 참 그런 게 맘에 들어."

"그런 게 뭔데?"

"쥐뿔도 없는 게 좆나 건방진 거."

세상 사람들이 모두 우리의 비밀경찰이었다. 반면 우리는 그들에게 관심이 없었다. 아무 감정 없이 쳐다보기만 했다. 그러면 그들은 스스로를 감시하기 시작했다. 시선을 피하거나 자세를 고쳐 앉았다. 심한 경우에는 얼굴을 붉히다가 누군가에게 쫓기는 사람처럼 은근슬쩍 자리를 떴다.

"누가 떡볶이 먹자고 하면 한 명이 와서 그래. 불량식품 먹어도 괜찮겠냐고. 좀 후진 집에 가면 미안하다는 듯이 자리를 열심히 닦아줘. 나랑 조금만 친해지면 다른 사람들한테 함부로 대하기 시작하고……."

신아가 차 안에서 말했다.

"뚜처럼 말이지?"

"고2 땐가 압구정동에 처음 와봤는데 너도 나도 폴로를 입고 있는 거야. 그때쯤 친구 소개로 뚜도 만났는데 내가 여긴 왜 이렇게 폴로가 많아? 놀라서 물었더니 뚜가 뭐랬는줄 알아?"

"모르지."

"미안해, 사람들이 너무 촌스럽지, 이러는 거야. 지난번엔 뭐라는 줄 알아? 내가 변했대. 내가 점점 거리를 두려는 것 같다나? 그게 혹시 집 안 차이 때문이냐고 묻더라. 그러면서 기회만 나면 수준 차이 나는 것 들이랑 상대하지 말라고 난리지."

"나랑도 놀지 말라고 했잖아, 나이트에서."

신아가 쿡쿡거렸다.

"네가 멧돼지라고 했을 때 통쾌했어. 너는 나한테 뚜처럼 안 해서 좋 아."

"재벌인 거 처음부터 알았으면 나도 알랑방구 뀌었을걸?"

신아가 반은 웃고 반은 찡그리며 말했다.

"그러지 마. 재벌은 무슨 재벌이야. 달랑 무역회사 하나 있을 뿐인 데."

무슨 말씀을. 달랑 무역회사 하난데 성북동에 있는 수백 평 저택에 서 살아?

신아네는 60년대 후반부터 성북동에 살았다. 식민지 시대부터 부호 였던 가문은 아니었지만 삼백산업(三白産業)기에 한몫 단단히 잡은 신 흥 재벌임은 확실했다.

신아는 어린 시절 성북동 저택을 혼자서 벗어나지 못했다. 한번은 고개 너머에 있는 만화방에 갔다가 아빠한테 종아리가 부러지도록 맞았다. 엄마는 그곳을 '절대로 가서는 안 되는 곳'이라고 불렀다. 신아는 택시를 타면 '절대로 가서는 안 되는 곳'을 꼭 거쳐서 집에 갔다. 내가 보았던 판자촌이 그곳이었다.

떡볶이집도 구멍가게도 한 번 못 가봤다. 학교에 있는 시간이 제일 좋았다. 학교가 파하면 단 한순간도 혼자일 수가 없었다. 부모의 돈을 받는 누군가가 항상 신아와 함께 있었다. 내가 거실을 가득 채우고 있는 텅 빈 시간 때문에 죽고 싶었을 때, 신아는 빈틈없이 짜여 있는 스케줄을 소화하느라 죽고 싶었다. 내가 심심함에 지쳐 플라톤의 『공화국』을 읽기 시작할 무렵, 신아는 전 과목의 과외는 물론이고, 골프, 펜싱, 승마 등의 갖가지 것들을 배우고 있었다. 신아의 풍부한 교양과 근육질의 몸매는 가문에 의해 철저하게 만들어진 것이었다.

딱 한 번 신아의 집에 놀러 가본 적이 있었다. 인상 깊게 남아 있는 공간은 주차장에서 거실로 올라가면서 본 지하 1층이었다. 계단을 중심으로 한쪽은 거대한 냉장 창고였고, 다른 쪽은 집안일에 고용된 사람들이 쓰는 공간이었다. 굳게 닫혀 있는 여러 개의 방문과, 서민들의 아파트 크기와 맞먹을 냉장 창고의 입구를 바라보며 나는 다 알아버렸다. 내가 설사 수백 년을 산다 해도, 그리고 그동안 아무리 성공한다 해도, 신아가 태어나면서부터 가진 것의 10퍼센트도 가질 수 없으리라는 것을.

그 외의 공간은 흐리마리하다. 거실로 햇살이 쏟아지게 만들어놓은 3층 높이의 천장이 떠오른다. 한쪽에는 어항이 있고 다른 쪽에는 원형의 창문이 달려 있어 꼭 잠수정 안을 걷는 것 같았던 복도도 있었다. 신아의 방은 예상보다 크지 않았다. 가정부가 나로서는 이름조차 알 수

없는 과일들을 가져다주었다. 신아가 옷 몇 개를 가져와서 나에게 대보
곤 안 받아주면 화낼 거라고 억지를 부렸다. 고급스러운 원목 책상에
걸터앉아 마지못해 알았다고 대답하는 나에게 신아가 뜬금없이 딥키
스를 하고는 속삭였다.

"이 방에 CCTV 있다? 언젠가 이 장면을 아빠가 볼지도 몰라."

깜짝 놀라 신아를 밀쳐냈다. 신아는 배시시 웃으며 티셔츠의 한쪽
어깨를 내리더니 나에게 다가와 한 번 더 키스했다.

"미쳤어?"

"무서워?"

"누가 무섭대?"

"걱정 마. 우리 아빠 너한테 아무 짓도 못해."

"그걸 니가 어떻게 알아?"

"그러면 나도 가만 안 있을 거니까. 나도 아빠 비밀을 좀 알고 있거
든."

신아는 목소리를 좀 높여서 말했다. 한시라도 빨리 신아의 집에서
나가고 싶어졌다. 지금 당장 다른 데로 가지 않으면 옷을 받지 않겠다
고 신아를 협박했다. 신아는 순순히 고개를 끄덕이더니 마침 맥주가 먹
고 싶어졌다고 했다.

압구정동까지 운전해 가는 동안 신아는 아빠가 용돈으로 신용카드
만 줘서 짜증이 난다고 했다. 언제, 어디에서 돈을 썼는지 죄다 감시한
다는 것이었다. 신아가 왜 공짜 술 얻어먹기를 좋아했는지 이해가 갔
다. 국산 에스페로를 선택한 것도 아빠 때문이었다. 외제차는 눈에 띄
어서 운전기사의 미행을 피하기 어렵다는 거였다.

"그럼 너희 아빠가 나 만나는 것도 알겠네?"

"아마도?"

"만나지 말라고 안 해?"

"나한테 켕기는 거 있어서 그렇게 못 해."

진부한 질문은 딱 질색이었지만 묻지 않을 수 없었다.

"너는 나를 왜 만나?"

"좋으니까."

"왜 좋은데?"

"다른 애들이랑 다르니까."

"뭐가?"

"얘기했잖아. 넌 좆나 건방져서 좋다고."

"그게 뭐가 좋아?"

"내가 가진 건 다 아빠 거야. 하지만 네가 가진 건 다 네 거잖아. 난 네가 똑똑하고 그림도 잘 그려서 좋아. 혼자 노력해서 그런 능력을 갖게 됐다는 게 더 맘에 들어. 난 죽었다 깨어나도 그렇게는 못 할 거야. 넌 건방져도 돼. 건방질 자격 있어."

싸늘해진 가슴으로 웃었다. 정말 감정에도 자격이 필요하다면, 나에게는 건방질 자격만이 유일한 거지. 너를 사랑할 자격도, 너를 가질 자격도, 심지어는 너를 버릴 자격도 없는 거지. 건방질 자격으로 뭘 할 수 있을까. 차 가진 사람을 비웃을 수는 있어도 차는 못 가지겠지. 돈밖에 모르는 속물을 경멸할 수는 있어도 그가 누리는 것들을 경험할 수는 없는 거야.

나는 부자란 아무것도 아니라고, 남들보다 먼저 가지는 사람들일 뿐이라고 마음을 돌리려 애썼다. 부자들의 현재는 그보다 못한 자들의 미래다. 신아에게는 어렸을 때부터 일상이었던 카메라로 훔쳐보기를, 성빈은 중학교 때 알았고 나도 최근에 경험하게 되었듯이, 몇십 년 뒤에는 나도 딸의 방을 CCTV로 훔쳐보고, 또 몇십 년이 더 지나면 모든 국민이 서로를 카메라로 감시하고 있을 거라고 상상해보았다. 그러자 기분이 좋아졌다. 그렇게만 된다면 그 누구도 행복할 수 없을 것 같았다.

*

하진의 생일파티가 있었다. 두 번째 모의고사 전날이었다.

친해지기 위한 과정으로 서로의 비밀을 털어놓자고 제안한 사람은 신아였다. 하지만 센 이야기가 나올 때마다 원샷으로 술잔을 비우자고 정한 사람은 딱히 없었다. 비슷한 경험이 있으면 그 사람들끼리 러브샷을 하자는 규칙도 얼결에 생긴 거였다. 술자리는 점점 더 비밀의 공유라기보다는, 누가 누가 더 특이하게 살았나, 경쟁하는 분위기로 흘러갔다.

"씨발, 나는 꼰대랑 룸살롱도 가봤다."

버릇처럼 건배를 하려는데 신아가 잔을 들지 않았다.

"여자가 어떻게 룸살롱을 가냐?"

"그러니까 마셔라."

"열 살에 생리했다, 스타킹 신는다…… 그럼 너희가 다 먹을래?"

예은이 수줍게 웃었다. 규칙이 하나 더 생긴 거였다.

"알았다. 그럼 난 꼰대한테 야구방망이가 부러질 정도로 맞은 적도 있다."

똑같이 성차별이잖아? 하려는데 신아가 세한에게 건배를 청했다.

"너도 그런 적 있어?"

"드라이브샷 휠 정도로 맞았으면 된 거 아냐?"

"여자애가 뭘 잘못을 했기에?"

"몰라. 흑인 애들이랑 어울렸다고 그냥 맞았어."

세한과 신아가 원샷을 했다. 다 죽여버릴 아이디어가 떠올랐다.

"난 아침에 일어나서 내 방에 얼음 언 것도 본 적 있다."

"왜?"

"아버지가 돈 아껴야 된다고 보일러 꺼서."

없겠지? 했는데 세한이 이마에 주름을 잡으며 잔을 들었다.

"그 정도로 되겠나? 가족까지 죄 지방으로 피신 갔을 때 매일 냉방에서 칼잠 잤다 아이가."

원샷을 또 하고 나니 욕지기가 날 것 같았다. 신아가 모두에게 새 잔을 돌리더니 말했다.

"난 헬리콥터에서 오줌 싼 적 있어."

폭탄주 다섯 잔이 깨끗하게 비었다. 너무 세한이랑 신아만 하는 거 아냐? 내가 트집을 잡았더니 예은이가 한 번도 안 했다는 지적이 나왔다. 예은이는 꽤 시간을 끌었다.

"사랑하는 사람과 아직 못 자봤다."

애기하자마자 두 손으로 얼굴을 가렸다.

"뭐야, 하진 실망인데?"

"우와, 진짜 비밀다운 비밀이네."

다 마실 줄 알았더니 세한이 예은에게 잔을 들이댔다.

"뭐야, 말이 돼?"

"나는 빠순이랑만 자봤다 아이가. 깡패는 빠순이 사랑 안 한다."

하진의 얼굴이 석고처럼 굳어 있었다. 왜 저러지? 예은이 술을 많이 마시게 돼서 신경 쓰이는 걸까? 나는 예은에게 뻗어 있는 세한의 잔을 슬쩍 밀어냈다.

"뻥 치지 마라. 너 꼰대랑 룸살롱 간 거 애인 따먹는 방법 배우러 간 거였잖아. 네가 아무리 꼰대를 욕해도 그렇지 설마 배운 걸 안 써먹었을까."

"씨발놈. 눈치는 빨라갖고."

예은 빼고 다 마셨다. 다 마시고 나니 이상했다.

"야 병신, 너 여자랑 자본 적 있어?"

"이, 있지!"

"누구랑? 버스에서 뒤통수 맞은 여자애?"

"걔 아냐!"

"그럼 누구?"

"하튼 있어!"

세한이 병신의 뒤통수를 짝, 하고 때렸다. 병신이 잘못했다고 불었다. 거짓말한 죄로 병신에게 두 잔의 벌주를 안겼다.

'un'이라는 이름은 실로 적합한 것이었다. 게임이 진행될수록 우리는 서로가 'un-similar'하다는 사실만 확인하고 있었다. 플로리다 해변에서 대여용 자전거를 훔치거나, 부모의 하수인들에게 시시때때로 미행당하거나, CCTV가 설치된 방 안에서 보란 듯 자위한 경험을 신아 이외의 누가 가질 수 있었겠는가. 세한은 깡패니까 한마디도 잔소리지만, 아빠가 금지옥엽으로 키워서 자전거도 스케이트도, 심지어는 놀이기구 한 번 타보지 못했다는 예은의 'un-experience'도 예사롭지는 않았다. 임신 중에 물혹으로 오인당했거나, 독서금지령을 당한 나의 경험도 유니크하기는 했다.

공통점은 애먼 데서 찾아졌다.

"아빠가 첩질 좀 안 했으면 좋겠다."

술에 취한 병신이 세게 나왔다.

"첩질은 인간미라도 있지, 룸에서 빠구리 뛰는 건 그냥 씹질이다."

세한이 시니컬하게 받았다. 병신이 갑자기 주먹으로 테이블을 쳤다.

"그런 아빠 차라리 없었으면 좋겠어, 씨발."

예은이 깜짝 놀라 달랬다.

"왜 그래, 훌륭하신 분이잖아."

하진과 눈이 마주쳤다. 하진의 얼굴은 아까보다 더 굳어 있었다. 하진의 심사를 알 리 없는 병신은 계속하려고 했다. 오랜만에 주목을 받아서 신이 난 모양이었다.

"아빠만 아니었으면……."

나는 병신의 말을 싹둑, 잘랐다.

"아빠 아니면 넌 더더군다나 아무것도……."

내 말은 다시 신아에게 잘렸다.

"돈 때문에 자는 년들 다 죽여야 돼."

결국 하진까지 대화에 가담했다.

"오입하는 유부남들은 괜찮고?"

신아의 눈 끝이 날카로워졌다.

"죽여야지. 특히 영계 밝히는 것들."

세한이 안 해도 될 질문을 했다.

"누가 영계를 밝히는데?"

"누구긴 누구야. 우리 집 웬수지."

"얼마나 어린데."

"뭐, 있을 건 다 있겠지. 나보다 어린 것들이라 문제지만."

와 세다, 오늘 것 중에 제일 센 것 같다. 병신이 깝죽댔다.

"센 거면 마셔야지. 신아 빼고 다 원샷."

분위기를 전환할 겸 나는 건배를 청했다. 아무도 호응하지 않았다. 하진과 나의 눈이 허공에서 다시 마주쳤다. 급히 고개를 돌렸지만 신아가 그 장면을 포착했음을 나는 알았다. 예은의 귀가 빨갛게 달아올라 있었다. 테이블 밑으로 몰래 하진의 손을 누르고 있었다. 제발 말하지 말라는 뜻인 것 같았다. 하지만 하진은 예은의 손을 뒤집어 잡더니 무언가를 결심한 듯 입을 열었다.

"예전에 엄마가……."

"엄마야!"

예은이 원피스 위로 잔을 놓쳤다. 정확히 말하면 예은이 먼저 일어나고 그다음에 잔이 깨졌다. 일어서 있는 예은의 원피스가 젖어 있었다. 웨이터를 불러 깨진 잔을 치우게 했다. 하진이 아무 말도 하지 않아서 다행이라고 안심하고 있는데 이번에는 세한이 입에서 폭탄이 터졌다.

"씨발놈아, 우리 엄마는 나랑 잠도 잔다 아이가."

세한이 절규하듯 말했다. 어쩌자고 하진을 보며 '씨발놈들'이 아니라 '씨발놈'이라고 발음한 것일까. 신아의 눈빛이 반짝, 했다.

"고마해라."

내가 단호하게 제지했으나 세한은 막무가내였다.

"꼰대가 또 출장을 다니기 시작했거든? 꼰대는 출장을 갈 이유가 전혀 없는 사람이거든? 뻔한 얘기지만 맞을까 봐 이년이 말도 못 하고 꼰대 없는 밤마다 지 혼자 양주를 까는 거다."

꼰대가 출장 가면 형도 꼭 외박했으므로 술자리는 깊어졌다. 두 병째 먹고 있다 보니 젊은 엄마와 다 큰 아들이 거의 너나들이를 하는 사태가 발생했다. 하나님이 예절 교육을 시키려고 그랬는지 갑자기 비가 내리고 번개가 쳤다. 젊은 엄마가 무섭다고 하셨다. 무서우면 들어가 자라고 했더니 혼자 자는 게 무섭다고 했다. 그럼 같이 자냐고 했더니 울기 시작했다. 명색이 엄마인데 한 번도 엄마 노릇을 해주지 못해서 미안하다고 했다. 엄마 노릇이 뭐냐고 했더니 젖 주고 품어주고 뽀뽀해주고 얼러주는 거라고 했다. 그 대목에서 예은이 고개를 외로 꼬았다. 세한은 예은의 귀를 향해 목소리를 높였다.

"이년 가슴이 보기와는 달리 좆나 빵빵한 거다."

예은의 얼굴이 숫제 이지러졌다. 그럴수록 세한은 신이 나는 모양이었다.

"우리 아가, 하면서 내 머리를 지 가슴에 척 갖다 대는데 쫄깃쫄깃 야들야들한 게……."

일부러 경멸조로 말했다.

"그래서 좋았냐?"

"좋았다 씨발."

"그래서 계속 좋을 거냐?"

"꼰대 출장 가기만 기다리고 있다 씨발."

세한의 위악적인 발언과 함께 두 병째 양주가 작살났다. 신아가 당연한 일이라는 듯 세 병째 양주를 시켰다. 신아는 집요한 폭탄주 공세로 하진의 비밀을 캐내려고 했다. 마침내 하진이 입을 열었다.

"나, 사실은 육백만 불의 사나이야. 어렸을 때 다쳐서 성형수술을 여섯 번이나 했어. 지금도 한쪽 뺨에는 감각이 별로 없어."

잽싸게 예은과 세한의 얼굴을 살폈다. 두 사람 모두 얼뺨을 맞은 듯한 표정이었다. 신아 또한 그 표정을 보고 있었다.

Origin, Original, Originality

나는 복잡하게도 단순하게도 말할 수 없다. 무엇이 처음이라고도 끝이라고도 말할 수 없다. 그것이 사실이라고도 추측이라고도 말할 수 없다.

나는 하진의 딱 한 가지만 독점하고 싶었다. 신아는 그걸 공개시켜 내 독점을 깨려고 했다. 하진과 나만의 비밀을 질투하는 거였다. 하진은 하진대로 자신만 숨기는 게 찔렸는지 비밀을 실토하려 들었다.

예은이 일부러 잔을 떨어뜨려 하진의 발설을 막았다. 새엄마와의 비밀을 털어놓은 걸 보면 세한도 알고 있는 게 분명했다. 나만 아는 게 아니었다. 신아 빼고 다 알고 있었다. 가슴이 허우룩해졌다. 몹시 실망스러웠다.

신아는 관심사에 대해서만큼은 날카로운 애였다. 세 명 다 무언가 알고 있음을 눈치챈 신아가 하진의 비밀을 듣고 어벙해진 세한과 예은의 표정을 그냥 넘겼을 리 없었다. 진짜 비밀은 따로 있다는 결론을 내렸겠지.

하지만 다 안다면, 왜 입 밖에 꺼내놓을 수 없었던 것일까? 알지만 아무도 말하지 않는 것, 그것의 은밀하고도 노골적인 힘을 신아는 언제 어디서 터득하게 된 것일까? 신아는 농담 한마디로 잽싸게 하진의 가짜 비밀과 손잡아버렸다.

"인조인간이면 어때. 겉보기 등급은 연예인인데."

신아의 말은 순식간에 새끼를 쳤다.

"십대랑 하면 어때. 딸이랑은 안 하잖아."

세한이 신아에게 말했다.

"아빠가 바람 좀 피우면 어때. 아들은 엄마랑도 하는데."

병신이 세한에게 말했다.

"나랏돈 훔치고 주색잡기 좀 하면 어때. 그래도 재선 의원인데."

하진이 병신에게 말했다.

하진은 어느새 심각하지 않았고, 신아는 더 이상 집요하지 않았고, 세한은 웬일로 병신에게 폭력적이지 않았고, 병신은 처음으로 아빠에 대해 위선적이지 않았다. 아빠가 비리정치인이면 어떻고 유아성애자면 어때. 엄마가 창녀건 빠순이건 무슨 상관이야. 모두 서로의 상처가 하찮다고 놀렸다. 하찮아진 상처는 유쾌했다. 유쾌한 상처가 없어서 나는 아팠다. 상처 없는 나의 아픔은 신기루. 오리진 없는 오리지낼리티.

"비밀도 다 텄으니까, 이제 우리 사이에 격은 없는 거다."

신아는 여자친구 외에는 스킨십을 꺼리는 하진에게 종종 팔짱을 꼈

다. 하진이 은근슬쩍 팔을 뺄라치면,

"왜? 나한테 뭐 숨기는 거 있어? 비밀 다 얘기한 거 아니었어?"

뻔뻔스런 얼굴로 종알거렸다. 심리적인 격이 없으면 신체적인 격도 사라져야 한다는 억지였다. 그 말도 안 되는 논리가 그러나 바보스러울 정도로 순수한 구석이 있는 하진에게는 먹혔다. 남다른 양심 덕택에 하진은 결백을 증명하기 위해 신아의 가벼운 스킨십을 용인해야 하는 기묘한 처지에 놓였다. 나는 예은에게 어깨동무를 해서 맞불을 놓았으나 신아는 눈썹 한 올 떨지 않았다. 혹시나 싶어 예은에게 물었다.

"괜찮지?"

예은은 어깨를 으쓱하더니 대답했다.

"그럼. 미국에선 친구끼리 뽀뽀도 하는데 뭘."

모두가 괜찮았다. 심지어는 엄마와도 격이 없는 세한조차 괜찮았다.

"어제는 세 번 했다."

"좋았냐?"

"엄창 말이 내가 너무 잘한단다. 이제는 손만 대도 질질 싼다."

"좋겠다."

하지만 격이 없다 못해 인류이기를 포기한 세한의 혀는 괜찮지 않았다. 술만 마셨다 하면 세한은 새엄마와의 지난밤을 지나치게 직설적으로 묘사했다. 애들의 표정이 굳어지면 굳어질수록 세한의 이야기는 점점 더 구체화될 뿐이었다. 애들은 적당히 고개를 틀고 앉아 있다가 이내 핑계를 대고 하나둘 자리를 떠버렸다. 세한에게 모종의 책임을 느끼지 않을 수 없는 나는 차마 그럴 수 없었다. 그게 더 화근이었다.

"같이 보자."

"싫다니까."

"격 없기로 했다 아이가."

오랜만에 들른 현대아파트 놀이터에서 세한의 요구는 막장으로 치닫고 있었다. 얘기로도 모자라 꼰대와 엄창의 비디오를 같이 봐줬으면 좋겠다는 거였다.

"격 없는 거랑 그거랑 다르지."

"뭐가 다른데?"

"얘기로 듣는 거랑 눈으로 보는 건 다르다."

"뭐가 다른데?"

"몰라서 묻냐?"

내가 목에 힘을 주어 눌러 말하자 세한은 어린애처럼 칭얼대기 시작했다.

"네가 찍으래서 찍었다 아이가. 네가 보게 만들었으니까, 너도 봐야 한다. 그게 의리 아이가."

세한의 눈동자를 점령하고 있는 건 순전히 공포였다. 공포 외에는 아무것도 가지지 않은 눈동자의 중심에 내가 있었다. 세한의 눈빛이 떨릴 때마다 놀이터의 모래바닥이 흔들렸다. 흔들리는 지구의 한 구석에 내가 서 있는 것인지, 나의 몸 떨림이 지구 전체를 흔들고 있는 것인지 구분할 수 없었다.

"미안하다. 나는 갈게."

놀이터를 빠져나와 무작정 집 쪽으로 걸었다. 세한이 고함을 치기 시작한 건 막 아파트 단지를 빠져나왔을 때였다. 고함 소리를 듣자마자 나는 뛰었다. 세한이 쫓아오고 있지 않다는 사실을 알고서도 뛰었다.

뛰면서 생각했다. 제아무리 부자라고 해도 깡패는 깡패일 뿐이라고. 제아무리 같은 동네에서 살고 있다 해도 깡패 아들과 공인회계사 아들 사이에는 넘을 수 없는 계급의 벽이 존재하게 마련이라고.

과연 그게 비디오 때문이겠어? 아무리 씻으려고 해도 씻을 수 없는 너희들의 그 천한 근본 탓이겠지.

*

하진에게 전화가 온 것은 며칠 후였다. 하진은 무서우리만치 침착하게, 사실과 추측과 소문을 구분해서 말했다. 자초지종을 다 설명하고 나서 물었다.

"마지막 본 게 언제였니?"
"우리 다 같이…… 봤잖아 그때?"
"무슨 이상한 낌새 못 챘니?"
"글쎄…… 모르겠다…… 걔가 왜…….."
"언제 갈까?"
"……"
"듣고 있어?"
"어, 어. 모르겠어. 너는?"
하진은 잠시 침묵했다.
"오늘 가야지."
"난…… 생각 좀 해볼게."

하진의 목소리가 어둠 저편으로 사라지고 나서야 빛 속에 있음을 인식했다. 19년을 보낸 방 안의 풍경조차 낯설게 다가오는 적막한 일요일 오전이었다. 익숙한 진동이 귓속에 맴돌고 있었다. 가끔씩 나는 이명을 겪곤 했었다. 외로운 밤 자려고 누우면 어둠 속에서 들려오던 소리. 벽 어딘가에 전기가 흐르고 있는 게 아닐까. 이웃집에서 방송이 끝난 TV를 켜놓고 잠들어버린 걸까. 몸속 미지의 공간이 우주보다도 더 크게 느껴지게 만들던 그 소리.

그날 이후로 그 소리를 듣지 못했던 것 같다. 아니면 그 소리를 들을 때마다 그날의 그 시간만을 기억하게 됐던 것 같다. 아무래도 조용했을 리가 없다. 참새들의 지저귐으로 가득 찬 일요일의 노곤한 한때였을 것이다. 간간히 골목길에서 뛰어노는 아이들의 목소리가 창문으로 흘러 들어왔겠지. 집 앞 고등학교 체육관 건물에서, 농구부의 격한 드리블 소리가 들려왔을지도 모른다.

자살이다. 부모의 침실에 목을 매고 죽었다. 술을 마시고 본드를 분 흔적이 있다는 소문이 있다. 며칠 전 꼰대와 크게 한 번 싸웠다고 한다. 하진의 말투는 냉정했다. 너무 냉정해서 소름이 돋을 지경이었다.

너는 그걸 어떻게 알았니?

엄마한테 들었어. 아마 거의 정확할 거야.

그냥 알던 사람이 죽으면 잠시라도 그를 떠올리게 되지만, 곁에 있던 친구가 죽으면 오직 나에 대한 생각만 하게 된다는 걸 알았다. 세한이가 없으면 나는 어떻게 되는 걸까? 세한이가 사라져도 내 삶에는 아무 문제가 없는 걸까? 혹시 새엄마랑 잔 걸 꼰대에게 들킨 건 아니겠지? 만약 그런 거라면, 그리고 그 원인이 나에게 있다는 것조차 꼰대가 알게 된다면, 이제 누가 나를 보호해준담? 누가 나를 위해 양아치들을 때려주고, 누가 나 대신에 경찰서에 가줄까?

도서관에 간다고 말하고 가방을 챙겨 집을 나왔다. 하루 종일 걸어다닐 예정이었다. 아무 데로나 발길 닿는 대로 걸으며 슬픈 표정을 지어보았다. 세상의 모든 카메라들이 내가 얼마나 친구를 사랑했는지 알수 있게끔. 눈물도 흘려보려고 했으나 잘 되지 않았다. 자고로 눈물은 유성처럼 가늘고 길게 떨어지는 게 제격인데…… 다 쓴 치약처럼 억지로 짜내려다 보니 모든 게 지겨워졌다. 그냥 병원에 가고 말까. 하지만 반바지에 티셔츠 차림으로? 이참에 엄마한테 양복 한 벌 사달랄까? 가슴께에 스카프 꽂히는 걸로? 스카프를 뽑아 손 위에 올려놓으면 눈물이 나올지 몰라…… 어느새 모르는 길 위에 와 있었다. 몇 발 앞으로 내딛기도 전에 길 저편에 솟아 있는 강남 성모병원의 장례식장 간판을 보았다. 척수가 오그라드는 듯한 냉기를 느꼈다.

성대하고 거룩한 분위기를 기대하지는 않았다. 그래도 검은 양복을 입은 깡패들이 제법 멋있게 도열해 있을 줄 알았다. 그럴듯한 문구가 달린 화환과 그럴듯한 인상의 지하세계 인사들이 장례식장을 메우고 있을 줄 알았다. 아저씨들이 대낮부터 화투나 치고 있고, 몇 안 되는 양아치들이 술이나 처먹고 있는 광경을 보러 간 건 아니었다.

하진 혼자 구석자리에 앉아 침묵하고 있었다. 잠시 후 신아와 예은과 병신이 왔다. 심각한 표정을 짓는 것도 한두 시간이었다. 밤이 깊어가자 우리는 양아치들처럼 술도 마시고 사라진 아저씨들 대신 포커도 쳤다. 뭐라도 하지 않으면 견딜 수가 없었다. 무심한 표정으로 앉아 있는 꼰대는 무섭지 않았다. 아무리 떠들어대도 우리를 혼내지 않았다.

검은 드레스를 입고 진한 화장을 한 엄창은 뭐가 좋은지 자꾸만 피식거렸다.

꼰대는 오야붕이 아니었다. 조폭에 세를 바쳐야 하는 단란주점 사장일 뿐이었다. 세한은 타고난 싸움꾼이 아니었다. 아빠가 조폭들에게 굽실거리는 게 싫어 어려서부터 열심히 도장을 다닌 '노력형' 유단자였다. 우리는 조직원은커녕 평범한 동네 백수에 불과한 세한의 친구들로부터 그 얘기를 다 들어버렸다.

화장실에서 나란히 오줌을 싸며 하진에게 넌지시 물었다.

"알고 있었어?"

"응."

"근데 왜 말 안 했어?"

하진은 약간 날 선 목소리로 대답했다.

"세한이도 내 얘기를 안 했으니까."

뜻을 파악하는 데 시간이 좀 걸렸다. 하진이 손을 씻는 동안 멍청하게 뒤에 서 있었다. 하진은 오래 손을 씻었다. 하진의 넓고 밋밋한 등이 자신이 진심으로 비밀을 공유한 사람은 내가 아니라 세한이라고 말하고 있었다. 나에게는 '진짜 상처'가 없어서 거래가 성립할 수 없었던 거라고 말하고 있었다. 열심히 술래를 하다가 애들이 숨은 게 아니라 도망간 것임을 깨달았을 때의 기분 같았다 꼭.

"세한이는 좋았겠다 씨발."

양아치 한 명이 안주를 가져다주는 엄창의 깊게 파인 가슴께를 훔쳐보고 나서 말했다. 하진이 담배를 내려놓더니 녀석에게 잠깐 밖에서 보자고 했다.

하진이 싸우는 건 처음 봤다. 의외로 잘 싸웠다. 주먹질 몇 번으로 녀석의 코뼈를 부러뜨려놓았다. 패싸움으로 번질 분위기여서 신아의 핸드폰을 병신에게 건네며 딱 한마디만 했다.

"야, 너네 국회의원 아빠한테 전화 좀 해라."

병원이었으므로 치료는 신속 정확했다. 치료비는 국회의원 아들의 세금으로 해결했다. 병신의 신분을 안 엄창이 갑자기 우리에게 친절하게 굴었다. 신아가 빙긋 웃더니 할 얘기가 있다며 엄창을 데리고 나갔다. 신아는 금방 돌아왔고, 엄창은 한참 후에 왔다. 화장기가 사라지고 차림도 얌전하게 바뀌어 있었다.

"뭐라고 했는데?"

"아무 말 안 했어."

"근데 왜 저래?"

"말로 안 했어."

"그럼?"

"세수시켜줬어. 변기에다가."

화장이 있는 날에는 밤새 술을 마셨다. 사람의 육체가 남김없이 불타 없어져 한줌의 가루가 되고 마는 꼴을 처음 보았다. 시험 기간 외의 첫 외박이었다. 밤새도록 신아와 함께 있으면서 섹스하지 않은 건 처음이었다. 내 주량이 소주 다섯 병이나 된다는 걸 처음으로 확인했다. 머리끝까지 취해서 부엌에서 과일을 깎고 있는 예은에게 키스를 했다. 처음으로 감정을 잔뜩 실어 자꾸 농담 따먹기를 하려 드는 병신의 입을 후려쳤다. 처음으로 하진이 힘을 주어 내 멱살을 잡았다. 처음으로 애들과 함께 마리화나를 피워보았다.

병신은 토했다. 신아와 하진은 처음은 아닌 듯했다. 나는 속이 울렁거리지도, 환각 증세를 겪지도 않았다. 예은의 영어사전이 자꾸만 얇아졌다.

한 장, 두 장, 세 장…….

세한에 대한 기사는 '사회면'에 실려 있었다. "해운대 안 보내준다고 자살 고3생, 아버지와 다투고 목매달아"라는 제목이었다. 내용은 읽지 않았다. 활자들이 운동회 메스게임처럼 흔들리고 있었다.

장례가 끝나자마자 하진과 병신과 나는 시내에 있는 ○○일보 본사로 찾아갔었다. 1층 로비에서 어른 목소리를 흉내 내어 전화를 걸었다.

"김○○ 기자 계십니까?"

"어디신데요?"

"6월 ○일자 사회면 기사에 대해 제보할 게 있어서 그러는데요."

기자는 예상보다 빨리 전화를 받았다.

"김○○ 기잡니다. 무슨 일이세요?"

잠시 숨을 고른 다음 말했다.

"우리는 그끄저께 죽은 박세한 친군데요, 드릴 말씀이 있어서 그런데 잠깐 뵐 수 있을까 싶어서요."

"어디신데요?"

"지금 1층 로빈데요, 잠깐이면 되는데요."

"아 네. 알겠습니다. 5분만 기다려주세요."

10분이 지나도 기자는 내려오지 않았다. 다시 전화했다. 기자는 똑같은 대답을 했다. 하지만 10분이 더 지나도 나타나지 않았다. 세 번째로 전화했다. 한바탕 욕을 해주었다. 야 이 개새끼야, 일개 기자새끼가 감히 그따위 허위 기사를 써? 사표 쓰고 싶지 않으면 당장 내려오는 게 좋아. 한 가지, 니가 건드린 게 국회의원 아들 친구란 것만 알아둬, 이 쥐새끼 같은 씨발놈아.

10분 뒤에 우리 앞에 나타난 것은 기자가 아니라 두 명의 경찰이었다.

"혹시 박세한 친구분들입니까?"

경찰이 물었다.

"그런데요?"

내가 되물었다.

"그럼 누가 국회의원 아들이세요?"

"나다, 왜?"

병신의 대답이 떨어지기가 무섭게 헬멧이 날아왔다.

"이런 미친것들이 여기가 어디라고."

달렸다. 미친 것처럼, 가슴이 터질 것처럼. 달리다 보니 웃음이 나왔다. 웃고 있는 우리들의 얼굴 위로 한낮의 투명한 햇살이 쏟아져 내렸다. 사거리의 코너를 돌다가 지친 하진과 발이 엉켜 넘어졌다. 경찰들은 우리를 쫓아오고 있지 않았다. 숨을 고르는데 두통이 몰려왔다. 헬멧으로 맞은 머리가 멍게처럼 울퉁불퉁해져 있었다. 머리가 아파서, 맞은 게 억울해서 운 건 아니었다. 갑자기 세한에게 하고 싶은 말이 많아져서 울었다. 그러게 왜 그런 게임을 했어. 그러게 왜 이상한 걸 비디오로 찍었어. 그러게 왜 엄창이랑 같이 잤어. 내가 언제 그렇게 하라고 했어? 그게 전부 다 내 잘못이야? 하지만 죽은 놈에게는 질문도 변명도 가능하지 않았다. 억울했다.

"준우야, 괜찮아. 이젠 다 끝났어."

안쓰럽게 쳐다보고 있던 하진이 팔을 벌려 나를 안으려 했다. 감각이 없는 쪽 뺨을 연 것이 어떤 의미인지 모르지 않았다. 하지만 나는 하진의 가슴을 밀어냈다. 돌아서서 눈물을 닦고, 콧물을 빨아들이고, 손과 팔을 비벼 오한을 몰아냈다. 나는 'un'의 캡이었다. 'un'의 캡이 멤버들 앞에서 엄마 잃어버린 어린애 모양 울고 있다는 건 말이 안 되었다.

개포동 포장마차에서 술잔을 건네며 세한이 나를 귀엽다는 듯 쳐다보고 있었다. 신아와 나를 청소 도구 칸에 밀어 넣으며 세한이 씨익, 뺨에 주름을 잡아 웃고 있었다. 이런 거 말이냐? 하면서 도넛 모양의 담배 연기를 뻑, 뻑, 소리 내어 뿜고 있었다.

덜 씹힌 슬픔을 꿀꺽 삼키며 나는 검지를 들었다. 총부리로 겨냥하듯 하진의 목덜미를 가리키며 말했다.

"끝나긴 뭐가 끝나. 모든 건 이제부터 시작이야."

*

제일 싫어하는 말이 있다면 '그냥'이라는 말이었다.

"왜 좋아?"

"그냥!"

X세대라고? 쿨하다고? 90년대 초반, 아무리 심각한 질문을 던져도

똑같은 대답만 하는 단세포들이 브라운관을 장악한 후부터 나는 TV를 보지 않았다. 모든 게 그냥이면 죽어버리지 왜 살아?

'그냥'이라는 건 없었다. 모든 것에는 이유가 있고 근거가 있었다. 사랑의 본질은 증오고, 믿음의 출발은 불신이고, 소망의 시작은 패배였다. 그래도 진실은 승리한다고? 천만에. 진실이 승리하는 게 아니라 승리한 자가 진실을 주무르는 거였다.

"윤리가 뭐라고 생각해? 윤리는 반드시 옳은 것일까?"

우리는 압구정동의 웨스턴카페 테라스에 모여 앉아 있었다. 세한이 죽은 지 보름 정도가 지난 시점이었다.

"옛날 귀족들은 가족끼리 결혼을 했어. 그리스 로마 신화를 봐. 왕이 죽으면 아들이 엄마랑 결혼하잖아. 고구려의 형사취수제도 배웠지? 형이 죽으면 동생이 형수를 책임졌어. 지금의 근친상간이 그때는 윤리였단 말야."

"하고 싶은 말이 뭐야?"

하진이 담배에 불을 붙였다.

"윤리는 시대에 따라 변한다는 말. 그럼 생각해보자. 그땐 그게 왜 윤리였을까?"

신아는 그것도 질문이냐는 듯 심드렁했다.

"재산 때문이지. 다른 사람 또 들이면 재산을 나눠야 하잖아. 지네가 다 가지려고 지네끼리 붙어먹은 거지."

"그럼 지금은 왜 그렇게 안 하지?"

신아는 당연하다는 듯 대답했다.

"지금은…… 쪽수가 늘면 자회사를 차려서 자본을 증식하면 되니까."

몹시 바람직한 얘기였다.

"정략결혼을 해서 유대를 긴밀히 하는 것도 좋은 방법이지."

조금 불쾌한 얘기였다. 어쨌든, 먼 미래의 일은 차치하고.

"그거야. 윤리란 가진 놈들이 재산을 지키기 위해 만든 거라는 거."

모두 헷갈려 했지만 반박하지는 못했다.

"결혼 제도가 없으면, 간통죄가 없으면, 가진 놈들은 어떻게 될까?"

"간통죄가 없으면 가진 놈들은 더 좋은 거 아냐?"

하진답지 않게 멍청한 질문을 했다. 재벌의 첩실이라는 출생의 한계였다. 재벌의 정실 2세가 잘라 말했다.

"마누라가 바람피우면 어떡해. 엉뚱한 놈한테 재산이 가잖아. 우리 아빠 엄마 몰래 오빠랑 나 친자 검사까지 다 했어."

신아는 나의 튼튼한 자궁이었다. 망망대해를 헤엄치는 내 사유의 씨앗을 붙잡아 먹기 좋은 달걀을 생산하고 있었다. 바로 그거지! 하는 표정만 짓고 있으면 그것의 소유권은 온전히 내 차지였다.

"하지만 세한이랑 엄창은…… 재산이랑 상관없이…… 누구나 지켜야 하는……."

무식과 상식을 고루 갖춘 병신이 보편과 특수를 혼동하는 오류를 범하고 있었다.

"누구나 지켜야 하는? 그런 게 어디 있어?"

"그러니까……."

"너희 아빠는 국민들의 세금을 횡령했지만 별다른 처벌을 받지 않았지."

"그건……."

"하지만 거지가 그만한 돈을 은행에서 훔쳐봐. 어떻게 되겠어?"

"그건 다르지……."

"내 말이 그 말이야. 다르다는 거. 힘 있는 사람이 하면 능력이고, 없는 놈이 하면 범죄지. 내 말은 윤리는 없는 놈만 잡는 족쇄라는 거야. 플라톤 왈. 강자의 이익이 곧 정의다."

하진이 담배를 빙빙 돌렸다.

"그래서 하고 싶은 말이 뭐냐고."

홍차를 한 잔 마시고 답했다.

"저항해야지."

"뭘? 어떻게?"

하진의 반응이 영 적대적이었다. 나는 말을 빙빙 돌렸다.

"우리 모두는 윤리의 희생양이야. 세한이도, 병신도, 신아도……."

말을 잠시 중단하고 하진과 눈을 맞추었다.

'너도 마찬가지잖아.'

내 눈이 말했다.

'너는 아니잖아.'

하진의 눈이 대답했다.

이때다 싶어 준비해둔 말을 꺼냈다.

"그리고 미처 얘기 못 했지만 나 또한……."

산만하기 짝 없던 눈알들이 일제히 쏠렸다. 나는 그 시선 모두를 고려한 각도로 고개를 숙이고 절제된 표정 연기와 충분한 길이의 침묵으로 리얼리티를 극대화시킨 다음 말했다.

"나는 사실 불륜의 씨앗이야."

예은이 두 손을 다소곳이 모았다.

"그래서 형 누나랑 터울도 많이 지고 아버지와도 사이가 안 좋은 거야."

신아가 꼬고 있던 다리를 풀었다.

"하진이는 기억할 거야. 1학년 때 내 옷차림. 그래도 명색이 청담동 CPA 아들인데 집에 돈이 없어 내가 그러고 다녔을까?"

하진이 꽤 쓸 만한 대사와 함께 나에게 주먹을 날렸다.

"씨발놈아. 그걸 왜 이제 말해?"

나이스 타이밍이었다. 바닥으로 넘어지면서도 박수를 쳐주고 싶은 심정이었다. 나는 진부하지만 적절한 대사로 감동적인 신(scene)을 마무리 지었다.

"그래. 네가 때려주니까 차라리 고맙다."

오리진이 없으면 오리진을 만들면 되지. 진실성이 있어야 진실이 되는 게 아니라 믿게 만들면 진실이 되는 거야. 신이 흙으로 인간을 빚었다는 말도 안 되는 거짓말을 7억이나 되는 사람들이 믿고 있듯이. 이건 나를 위한 게 아니라 'un'의 결속을 위한 창조신화야.

"잘 들어. 우리는 한배를 탔어. 우리가 하나의 몸으로 뭉치지 않으면 언제 세한이 같은……."

나는 목이 멘다는 듯 잠시 말을 쉬었다.

"비극이 생기지 않으리라는 보장이 없어. 그래서 하는 말인데…… 우리는 공산당 선언을 할 거야."

병신의 얼굴이 하얗게 질렸다.

"그런 말 하다 잡혀가면 어쩌려고 그래?"

나는 지그시 웃어주었다.

"우리가 'un'인 거 잊었어? 우리는 말야……."

세상에는 없는 공산당을 창조할 것이다. 굳이 설명하자면 '소수정예의 부르주아 공산당'이고자 한다. 공산(共産)이란 무엇이냐. 정신뿐만 아니라 물질 또한 나누는 것이다. 오늘부로 하진과 신아의 차는 우리의 차고, 예은의 아파트는 우리의 집이다. 사유물과 용돈도 모두 공동소유로 한다. 단, 우리끼리는 소유권을 철폐하되 남들과는 아무것도 나누지 않는다.

"그건 기왕에 하고 있었던 거잖아. 안 그래?"

하진이 애들을 둘러보았다. 모두 긍정하는 태도를 보였다.

"그럼 두 번째로 넘어갈까?"

'un'은 세상의 가치를 파괴할 것이다. 내면적 가치를 중시하는 'un'은 겉모습이나 재력으로 상대를 평가하는 것들을 경멸하기로 한다.

이후 우리는 메이커에 집착하지 않았다. 십만 원짜리 청바지에 오백 원짜리 티셔츠를 입었다. 백만 원짜리 모피에 천 원짜리 벙어리장갑을 꼈다. 고급 음식점을 고집하지 않았다. 삼만 원짜리 스테이크건 삼백 원짜리 떡볶이건, 십만 원짜리 와인이건 오백 원짜리 소주건, 우리에겐 똑같이 평등했다.

마지막으로 'un'은 속물들에게 저항할 것이다. 말이 아니라 실천으로!

"그럼 우리 활빈당 하는 거야?"

신아가 신난다는 표시로 발을 동동 굴렀다.

"나 정말 혼내주고 싶은 애들 있는데……."

예은이 눈빛을 구슬처럼 빛냈다.

"어떤 애들?"

"왜 있잖아. 여자한테 약 먹이는 것들."

"있어 보이면 꼼짝도 못 하면서 싸 보이면 까부는 것들?"

"맞아 맞아."

"무슨 약? 마약?"

병신이 정색했다.

"설마…… 수면제 아냐?"

예은이 되물었다.

"최음제거나 히로뽕일 거야."

하진이 말했다.

"저렴하게 구할 수 있는 마약도 있어. 감기약을 증류해서 성분을 분리한 다음 마약 성분만 추출하는 거야. 파는 놈들 알아."

"너도 해봤어?"

"얼마나 하는데?"

"그걸로 거꾸로 그 새끼들 혼내줄까?"

"재밌겠다."

"똑같이 당하게 해주자."

"창의적인 방법이어야 해."

이야기는 놀라운 속도로 자가 증식했다. 신아는 나한테 허락도 구하지 않고 말 나온 지 10분도 안 돼 'un'의 활동 조직인 'untouchable'을 결성했다.

The Public Confidential

un 3대 강령

하나, 공산주의 : 우리는 소수정예의 부르주아 공산당이다.

하나, 평등주의 : 우리에게 모든 인간과 모든 가치는 평등하다.

하나, 실천주의 : 우리는 속물들의 사회에 구체적으로 저항한다.

워낙 싸게 보이기 전문가라 신아는 굳이 손댈 데가 없었다. 하지만 예은은 미니스커트에 배꼽티를 입었는데도 야해 보이기는커녕 젠장, 시크했다.

신아의 명을 받아 멀쩡한 청바지를 달리는 트럭 밑에 여러 번 깔았다. 신아는 헤진 바지를 손톱줄로 무자비하게 갈아낸 다음 세탁기에 돌렸다. 넝마가 된 실타래 속으로 훤히 들여다보이는 예은의 허벅지는 젠장, 마더 퍽킹 섹시했다.

배꼽티 대신 셔링이 있는 탱크탑을 입혔다. 하얗게 드러난 살결이 갓 까놓은 삶은 달걀의 그것 같았다. 탱크탑의 셔링과 청바지의 실타래가 허리로부터 시작되는 그 깊고 섬세한 곡선을 매우 감칠나게 끊어놓고 있었다. 보일 거 다 보이면서도 늑대의 상상력 개발에까지 이바지하는 예은의 코디에 나는 할 말을 잃었다. 병신은 너무 오래 보다가 하진에게 등짝을 얻어맞았다.

중요 과목의 시험이 모두 끝난 토요일이었다. 오락을 하고 당구까지 당겼는데도 시간이 남았다. 본게임에 돌입하기 전에 예은의 연기력도 테스트해볼 겸 몸 풀기 리허설을 해보기로 했다. 우리의 첫 모르모트는 죄송하게도 항상 신아와 나에게 잘해주는 단골 로바다야끼의 주방장으로 낙점되었다. 가격표 없는 메뉴판을 만들어놓고 사람 봐가며 돈 받는 상술도 꼴불견이지만, 빈부와 미모에 따라 손님을 티 나게 차별하는 태도는 분명 제2강령의 '평등주의'에 위배되는 것으로, 제3강령인 '실천주의'의 적용을 받아 마땅하다는 신아의 일장연설이 있었다. 이번에는 내가 신아의 자궁 역할을 했다. 몇 분 만에 즉석 대본을 작성해 모두에게 나눠주었다. 예은은 못 하겠다며 얼굴을 가리고 주저앉기를 반복했는데, 필요 이상으로 하진이가 정색하고 으르렁거렸다.

"너 정말 그럴 거니?"

한 시간 뒤에 도킹하기로 하고 예은과 나만 떨어져 나왔다. 신아가 핸드폰을 넘기며, "둘이 진짜로 연애하면 죽어" 눈 흘기는 시늉을 했다. 신아에게 메롱 혀를 내밀고 예은의 손을 덥석 잡아끌었다. 예은은 쑥스러워했지만 애써 손을 빼지는 않았다. 신아의 손보다 작고 말랑말

랑했다. 뒤를 돌아보니 신아가 가운뎃손가락을 들어 보이며 웃고 있었다.

시세로 제일 비싸다는 돔을 시켰다. 주방장이 곁눈으로 예은을 훑으며, 입 무거운 집사처럼 엄숙하게 굴었다. 신아와 나에게 무턱대고 친한 척하던 평소 태도와는 딴판이었다. 내가 입 싹 씻고 무시하자 굳이, "애인분은 처음 뵙네요" 시키지도 않은 말을 던지고 주방으로 퇴장했다.

"애인분은 처음 뵙네요."

내가 주방장의 어눌한 말투를 흉내 내자 예은의 얼굴에 웃음꽃이 피었다.

"주방장 표정 봤어?"

"어 웃겨. 근데 나 이렇게 입었는데도 술집 여자 안 같아?"

"좆나 술집 여자 같아."

예은이 입을 삐죽거렸다.

"그렇게 싸 보여?"

"아니, 좆나 섹시해."

"거짓말 마. 신아가 훨씬 섹시하잖아."

같이 보낸 시간이 꽤 되는데도 단둘이 앉아 있자니 어색했다. 정종을 한 도꾸리 비우고 옆자리로 옮겨 갔다. 탱크탑으로 아슬아슬하게 가려진 예은의 봉긋한 가슴을 힐끗힐끗 굽어보았다.

애인처럼 나란히 앉아서 하진이 얘기를 했다. 나는 한강 고수부지의 추억에 대해 말했다. 이불솜처럼 깔리던 물안개 얘기로 하진과 나누었던 비밀 얘기를 가렸다. 예은은 하진을 미국에서 온 애들끼리 정기적으로 모이는 파티에서 처음 만났다고 했다. 다들 흥청망청 웃고 떠드는 자리에서 혼자 말없이 앉아 있는 모습이 인상적이었단다.

"그래서, 단지 그것 때문에 하진이가 좋았어?"

"그렇지는 않지."

"그럼 왜?"

내가 몇 번이나 재우쳐 묻고 나서야 예은은 쑥스러워하며 대답했다.

"좋은 냄새가 나. 술 담배 많이 하는데도 몸에 냄새가 배지 않아서 좋아."

역시 여자들이란 인과를 뒤바꾸는 데 타고난 재능이 있는 종족이었다. 하진의 생김새가 아가리들과 다를 바 없어도, 하진의 집이 세한이네와 비슷하다는 사실을 알았대도 좋은 향기가 느껴졌을까?

"사람은 냄새가 달라서 다 좋을 수는 없는 건가 봐. 너한테도 특이한 냄새 있는 거 알아?"

"어떤 냄샌데?"

"희한하게 약간 애기 냄새가 나. 그리고 잔디 냄새도 약간……."

그게 좋은 냄샌지 나쁜 냄샌지 묻고 싶었다. 하지만 운을 띄워보기도 전에 검은 정장을 한 젊은 남자 두 명이 들이닥치더니 양팔을 잡아 나를 자리에서 일으켰다.

"이 새끼들아 뭐야? 내가 누군지 알고 감히……."

나는 몸을 뒤틀어 빠져나오려고 했으나 장정 둘의 힘을 당할 수가 없었다. 깜작 놀란 주방장이 다가오자 오른쪽에 있는 잘생긴 남자가 말했다.

"모시고 오라는 회장님의 지시가 있었습니다. 죄송합니다. 좀 아프더라도 참으십시오."

잘생긴 남자가 범인을 연행하듯 내 팔을 뒤로 꺾었다. 몸이 꺾이면서 잘생긴 남자의 재킷 앞섶에 코가 닿았다. 킁킁대며 냄새를 맡아보았으나 대체 무슨 냄새가 난다는 건지 알 수 없었다. 그때쯤 예은이 출렁이는 가슴으로 벌떡 일어서서는 새된 목소리로 일급 여배우의 탄생을 알렸다.

"당신들 뭐야, 우리 기준 씨 왜 데려가는 거야. 이거 놔, 이 나쁜 자식들아."

병신조차 기대치 않았던 숨은 재능을 보여주었다. 망가지는 연기에도 몸을 사리지 않는 예은과 적절하게 호흡을 맞추어 리얼한 실랑이 장면을 연출했다. 엉거주춤 따라오는 주방장표 핸드헬드 카메라의 배웅을 받으며 우리는 흡사 기마전을 연상케 하는 포즈로 입구까지 이동했다. 사람은 일을 겪어봐야 안다더니. 예은은 우리에게 대롱대롱 매달려 계단을 오르는 와중에도 요령껏 뒷발질하여 특종이라도 잡은 양 바짝 뒤쫓아 나오는 주방장을 떼어냈다. 특히 우리를 향해 고래고래, 그러나 사실은 계단 밑으로 떨어진 주방장한테 들으라고 던진 예은의 애드리브는 가히 천재적이었다.

"갈 때 가더라도 계산은 해주고 가야 할 거 아냐."

계산은 무슨 계산이냐. 그따위 푼돈에 낭비할 시간이 없는 우리는 독수리 오형제. 가게 앞에 대놓은 두 대의 차에 나눠 타고 오늘의 본게임이 벌어질 장소인 강남역의 '유니콘'으로 출동했다. 미친 애들처럼 낄낄거리며 리허설의 성공을 자축했다. 하지만 승리감에 도취되어 곧장 감행한 첫 번째 미션은 대본대로 진행되지 않았다.

적들의 요새는 난공불락이기는커녕 허술했다. 대로변 나이트에 주차장도 없어, 신분증 검사도 하는 둥 마는 둥, 그러다 보니 수질은 식수 허용치를 벗어난 듯했다. 별다른 제재 없이 입구를 통과하자 막바로 철제 난간이 있는 2층이었고 난간을 붙잡고 조심스럽게 1층을 내려다보니 손바닥만 한 싱글스테이지가 유엔 성냥갑처럼 꽉 차 있었다. 아니, 성냥갑은 이미 터져서 플로어, 계단과 난간 곳곳, 심지어는 화장실 앞에서도 댄스 혼이 불타오르고 있었다. 보면 볼수록 양아치들의 빠순이 밀렵 장소로는 적당치 않았다. 집시가 되고 싶은 강남 감귤들의 아지트랄까? 혹은 감귤인 척하는 탱자들의 가면무도회?

뱅뱅이나 죠다쉬 같은 상표는 평등주의에 위배되므로 탓할 수 없었지만 뽕 들어간 셔츠에 기지바지, 세미디스코 진에 영에이지 구두, 검은 힐에 원색 블라우스, 박스 티에 검은 고리바지…… 종종 눈에 띄는 롯데리아 세트메뉴 같은 패션 속에서 신아와 예은의 옷차림은 오 마이 갓, 참신했다.

'2 Unlimited'의 〈Twilight Zone〉이 인기를 얻어가는 마당에 태곳적 김완선이 스트레이트로 흘러나왔을 때부터 알아봤어야 했다. 우리는 진정 그녀의 노래를 들으며 '오늘 밤'이 무서웠다. 현진영과 와와에 맞춰 싸구려들의 육체는 요란한 사이키에 4비트의 박자로 절단되고, 정육점 고깃덩이처럼 나뒹구는 팔다리들을 무심히 바라보며 취해가는 우리는 싸구려가 될 수 없어 '슬픈 마네킹'. 박남정까지 튀어나왔을 때는 누가 먼저랄 것도 없이 눈물이 나오기 시작했다. 박남정 춤을 잘 추던 세한은 우리 곁에 없었다. 완전히 사라지고 없었다. 이제 패싸움이 나건 경찰에 잡히건, 뭐든지 우리끼리 해결해야 했다. 시내의 신문사에 갔을 때 나는 이미 중요한 사실을 깨닫고 난 후였다.

　XX들에게 저항하는 것도 X고 안에서나 가능한 일이었음을.

　돌아가는 길에 신아와 하진은 결과가 정해진 레이스를 했다. 같은 2000시시여도 에스페로로 셀리카를 앞지를 수는 없었다. 에스페로로 서는 셀리카가 뚫어놓은 길을 바짝 뒤따르는 것만으로도 충분히 자랑스러웠다. 패기 없는 아저씨 차들이 셀리카와 에스페로의 연속 끼어들기에 놀라 휘청거렸다. 신호에 걸린 하진의 엉덩이를 신아가 망설임 없이 토스하자 아줌마 한 명이 눈이 휘둥그레져서 쳐다보았다. 10여 분을 더 달리자 정체 구간이 나타났다. 신아와 하진은 거의 동시에 급브레이크를 밟았다. 말로만 듣던 음주 단속이 시행 중이었다.

　신아가 창문을 열고 샤넬 No.1을 차 안에 골고루 뿌렸다. 핸드백에서 초콜릿을 꺼내 입에 넣고 마구 씹었다. 핸들이 오른쪽에 붙어 있는 셀리카는 핑음을 내며 단속선을 통과했다. 술을 안 먹은 예은이 가짜 핸들을 대시보드에 붙여 잡고 측정기를 대신 불었을 게 뻔했다. 다급해진 신아가 지갑에서 수표를 꺼내려는 걸 내가 막았다.

　"부모님 힘은 사용하지 말자."

　"어째서?"

　"평등주의에도 위배될뿐더러 속물스러운 방법이니까."

　"그럼 어쩌지?"

　주위를 둘러보았다. 경찰이 세 명이나 에워싼 데다 기동대 오토바이까지 세워져 있어 도주하기는 힘들 것 같았다.

"아, 이를 어쩌지?"

우물쭈물하는 사이 우리 차례가 왔다. 그냥 돈으로 해결하자고 말하려던 차에 신아가 나를 보고 빙긋 웃더니 "큐!" 하고 외쳤다. 갑자기 차에서 내려 차 지붕에 두 손을 얹더니 난데없이 영어로 씨부렁거렸다. 반쯤 엎드린 그 포즈가 꼭 경찰한테 "어디 한번 강간해봐" 하는 것 같았다. 신예 감독의 사인을 뒤늦게 이해한 나와 병신은 부랴부랴 두 번째 신 촬영에 동참했다. 병신은 한 손만 지붕에 대고 다른 손은 연신 흔들어대며 흑인 랩을 퍼부어댔다. '헤이 맨— 블라블라블라블라블라 매앤—.' 첫 번째 신에서는 주연이었던 내가 대사도 없는 엑스트라로 전락할 수는 없었다. 병신의 랩이 바닥나자마자 나는 성문종합영어 초반부의 지문을 급한 대로 주워섬겼다. 정확한 문장은 기억나지 않지만 대충 이런 내용이었다. '우리 집은 가난해, 그래서 가정부도 가난하고, 정원사도 가난하고, 요리사도, 운전사도 모두 가난해……'

우리의 연기는 어쩌나 훌륭했던지. 신아의 국제면허증을 제시하고 미국인 행세를 하여 단속을 벗어나려던 의도는 기대 이상으로 성공하여, 우리는 태국이나 홍콩 쪽의 국제 마약 조직으로 의심된다는 혐의를 입고 경찰서로 압송되었다. 병신 아빠의 전화 한 통으로 훈방조치 되기는 했지만 'untouchable'의 이상은 시작부터 확실하게 무너진 셈이었다.

*

상처는 상처가 아니었다. 진짜 상처는 상처를 극복하는 과정에서 생겨나는 것이었다. 잘못 아문 상처의 흔적이야말로 진짜 상처였다. 어떤 사람한테는 술이고, 어떤 사람한테는 잠수고, 또 어떤 사람한테는 섹스이거나 자해이거나 폭력일 수도 있는 그것. 어떻게든 상처는 낫게 마련이지만 상처를 치유하는 방식은 일생을 두고 반복될 수도 있다.

우리에게는 그게 'un'이었다. 양아치와 죽순이로 위장하여 신촌과 이태원 등지의 쓰레기들을 혼내주고 나면 세상 모든 일들이 담배 한 개비처럼 가볍게 여겨졌다. 어쩌면 세한의 죽음은 우리에게 축복이었는지도 모른다. 우리는 세한을 통해 처음으로, 부모와는 무관한 우리 자신만의 상처를 가졌다고 믿게 되었다. 순진한 예은을 물들이고 세한의 죽음을 우려먹고 있다는 죄책감도 어른들이 결정해놓은 삶의 궤적으로부터 독립했다는 자부심에는 비할 바 아니었다. 더구나 그 일련의 과정들은 순전히 연극에 불과했으므로 우리의 인생을 회복할 수 없을 정도로 파괴시킬 일은 결코 없었다.

소설을 써야겠다고 마음먹은 건 그 무렵이었을 것이다. 일상은 드라마로 채우고 소설 속에서는 그걸 통째로 비웃고 싶었다. 아무리 쓰레기처럼 뒹굴어도 우리는 그들과 근본이 달랐다. 주말이 끝나고 평일이 시작되면 다시 안전하게 강남의 귀한 집 자제와 촉망받는 엘리트로 돌아올 수 있었다. 우리는 계급과 계급 사이의 파고를 즐기는 서퍼였다.

서핑에 익숙해지자 점차 약을 갖고 있는 불법 사냥꾼들을 식별하기가 쉬워졌다. 머리를 세운 생양아치에서부터 금테를 쓴 모범생 스타일까지 옷차림이나 외모에는 일관성이 없었다. 하지만 눈빛과 행동양식은 일치했다. 그들은 음습한 곳에서만 사자처럼 행동하는 야행성 하이에나였다. 쉽게 따먹을 수만 있다면 먹잇감이 신선하건 썩었건 가리지 않는 편이었다. 꼴에 외모는 따졌으나, 얼굴보다는 몸매를, 몸매보다는 쉬운 먹이를 선호하는 삼류들이었다.

그들의 싸구려 취향에 부합하기 위해 신아와 예은은 헤픈 웃음을 배워야 했다. 조심성 없는 몸짓과, 간드러지면서도 적당히 건 입과, 수컷의 손길을 갈구하는 음탕한 허벅지를 가져야 했다. 약 탄 술을 몰래 버리는 스킬과 먹지도 않은 약에 취해 쓰러지는 연기에 성공하고 나면 멀쩡한 정신으로 엉덩이와 젖가슴과 사타구니의 감각에 초연해지는 경지에 도달해야 했다. 모든 것은 연극이었으므로 하진과 나는 화내지 않았다. 관객답게 눈앞의 공연을 말없이 즐겼다. 안타깝게도 눈요기의 시간은 오래가지 않았다. 우리의 애인을 함부로 다룬 대가로 놈들은 곧 우리가 거금을 주고 사온 감기약 정제 마약을 먹고 일시적으로 식물인간이 될 운명이었으므로.

처음에는 괜히 겁을 먹어 녀석들을 아무렇게나 후려갈긴 다음 여자애들의 손을 잡고 도망쳤다. 몸도 못 가누는 놈들이 뭐가 그렇게 무서웠을까. 여유가 생긴 후부터는 놈들을 친절하게 여관방까지 모셔 날랐다. 옷을 포함한 소지품을 싹 다 걷어와 불태우거나, 경찰에 제보해 마약사범으로 잡혀가는 모습을 몰래 지켜보며 킬킬대기도 했다.

그것도 곧 시시해졌다. 우리의 마음은 권태라는 이름의 바이러스에 감염돼 있었다. 내성이 생겨 웬만한 항생제로는 잡을 수 없는 상태라고 진단되었다. 보다 고차원적인 항바이러스제가 필요했다.

"피라미들은 그만 잡자. 진짜 개새끼들은 따로 있잖아?"

신아가 말했다.

"맞아 맞아. 고상한 척 잘난 척 다 하면서 사실은 하수구보다 더 더러운 애들…… 있을 거야."

예은이 맞장구쳤다.

없을 리 없지. 가까운 과거에 성빈과 아가리들이 '이집트'를 자주 찾았듯이. 윗마을에서 빰 맞다 지쳐 꿩 대신 닭, 광어 대신 넙치나 먹자는 심보로 아랫마을에 행차하시어 시원하게 코푸시는 도련님들. 그들의 사냥터는 어디일까?

우리는 이태원으로 활동무대를 옮겼다. 미국에서는 아무것도 아닌 양키들의 내 세상. 미아리 텍사스에서는 화대가 들지만 이곳의 여자들은 지들이 돈 쓰면서 밤새 놀아준다지. 이태원의 양키들은 강남의 외국인처럼 'Nice and Gentle' 하지 않았다. 한국인들을 대하는 그들의 눈빛 속에는 아이를 다루는 듯한 상냥함과, 장애인을 대하는 듯한 경직된 친절이 묘하게 뒤섞여 있었다. 특히 주한미군들은 적대적이고, 돌발적인 데다, 종종 폭력적이었다.

외국인 전용 클럽에는 한국인이 적지 않았다. 대다수는 여자였다. 한국 여자는 미모와 몸매가 패스포트였다. 한국 남자는 시민권을 제시해도 환영받는 분위기는 아니었다.

범인종적인 클럽의 짝짓기에는 성차와 종차가 분명했다. 흑인 여자는 흑백을 가리지 않았지만 백인 여자는 웬만하면 백인 남자만 상대했고 한국 여자는 한국 남자만 아니면 되었다. 백인 남자는 예쁘기만 하면 반인종차별주의자가 되었고 흑인 남자는 한국 여자를 선호했으며 한국 남자는 일편단심 금발섹시백마였다. 반면 백마들은 동양 남자라면 그저 다 종업원인줄 알았다. 결과적으로 제일 불쌍한 건 흑인 여자와 한국 남자였지만 열성끼리의 조합은 적자생존법칙에 어긋나는 것이어서 비윤리적으로 여겨지기까지 했다.

　녀석들만이 유독 법칙을 깨려 하고 있었다. 한쪽은 덩치가 크고 다른 쪽은 얼굴이 귀여운 제법 균형 잡힌 복식조였다. 표정과 손동작이 크지 않은 걸 보면 한국 애들이 분명한데 퓨어 아메리칸 행세를 하며 한국 여자에게만 접근하고 있었다. 신아, 예은과 그들 사이에 작용한 인력은 N극과 S극의 당연한 법칙이었다.

　진짜 법칙을 깬 건 우리였다. 스탠드바 앞에서 맥주를 마시고 있었을 뿐인데 꽤 섹시한 백인 여자의 관심을 끈 것이었다. 은근슬쩍 다가온 여자는 우리가 시켜놓은 마른안주를 가리키며 말을 걸어왔다. 가슴이 머리통만 했는데 시원스레 드러난 어깨에 주근깨가 가득했다.

　"What is this?"(이게 뭐야?)

　"It this? peanuts."(땅콩 말야?)

　멀리서 신아와 예은이 남자애들이 사다준 맥주를 받아들었다.

　"No, it this."(아니 그 옆에.)

　"Am, It's dried cuttlefish."(아, 이건 마른오징어야.)

　"Oh my God."(맙소사.)

　주근깨 글래머는 냄새가 난다는 듯 코앞에 손을 저었지만 다른 곳으로 가지는 않았다. 하나 먹어봐도 되겠냐고 하더니 의외로 괜찮다는 표정을 지었다.

　그때쯤 예은이 덩치 큰 남자애의 가슴에 기댈 듯 허리를 꺾으며 웃었다. 하진이 자연스럽게 말을 걸며 글래머의 어깨에 손을 올렸다. 주근깨의 친구가 나에게 접근했다. 화장기 없는 동안인데 당대 한국에서는 발랑 까진 것들이나 하는 배꼽 피어싱을 하고 있었다. 글래머가 "내

친구가 너에게 관심 있는 게 분명하다"고 말했다. 피어싱이 나를 보고 웃으며 눈썹을 까닥거렸다. 긴 다리는 매혹적이었지만 피부에서는 기름장 냄새가 났다. 신아가 귀엽게 생긴 남자애에게 흑인 인사법을 배우고 있었다. 나는 세 바퀴 연속 턴을 한 다음 피어싱에게 왈츠풍의 인사를 했다. 백마들이 박수를 치며 감탄사를 연발했다. 신아가 곁눈으로 나를 보며 남자애와 러브샷을 하고 있었다.

병신은 병신대로 서당개의 자존심을 지키고 있었다. 치어리더풍 차림을 한 흑인 여자와 이야기꽃을 피우고 있었다. 아무래도 즉석에서 랩배틀 프리스타일을 하고 있는 것으로 이해되었다.

덩치가 예은의 허리를 감자 하진은 주근깨와 커플댄스를 추었다. 신아가 흑인 인사를 응용해 맥주병 건배를 할 때쯤 나는 피어싱에게 브레이크댄스의 기본 동작을 가르쳐주었다. 우리의 더블댄스는 점차 주의를 끌어서 끝날 때쯤에는 미국인들의 박수세례까지 받았다. 국위선양을 한 기쁨에 바에 돌아와 화끈하게 건배하고 나니 신아와 예은이 안 보였다. 구석의 바에도, 전화 부스에도, 여자 화장실은 물론 남자 화장실에도 없었다.

바깥으로 뛰쳐나오고 나서야 우리가 웬만해서는 익숙해질 수 없는 동네에 와 있다는 사실을 깨달았다. 거대한 네온사인들이 앞서거니 뒤서거니 명멸하고 있었다. 절반이 정체를 알 수 없는 가게들이었다. 멀리 하얏트호텔의 우아한 옥외간판 밑으로 광활한 미로의 제국이 우리가 멈춰 선 앞에까지 뻗어 나와 있었다.

심장이 약한 하진 때문에 걷다 뛰다 해야 했다. 술집과 주택과 여관과 상가가 제멋대로 얽혀 있는 골목길을 지났다. 길 위에서 만난 거의 모든 사람들에게 신아와 예은의 인상착의를 설명했다. 달리다 보니 술집과 주택과 여관과 상가가 제멋대로 얽혀 있는 골목길 위에 다시 서 있었다. 같은 자리에 와도 생소하고, 다른 곳에 가도 다 똑같아 보이는 이상한 나라에서는 길을 잃을 수조차 없었다.

찾지 말아야 할까? 설마 죽기야 하겠어? 적당히 포기하면 다음 날이나 다다음 날쯤에는 신아와 예은에게 그럴듯한 변명을 들을 수 있지 않을까? 다다다음 날에는 의혹과 상상으로 머릿속이 온통 뒤집혀도 다다다다음 날이나 다다다다다음 날쯤에는 정말 아무 일 없었다고, 설사 있었대도 알아낼 방법은 없는 거라고 단념하게 되지 않을까?

그렇게 계속 다다다다다다, 달리다가 나는 신아와 예은을 보고야 말았다. 누가 봐도 먹잇감인 여자 두 명이 누가 봐도 사냥꾼인 두 명의 남자애들에게 질질 끌려 초라한 숙박업소 안으로 끌려 들어가고 있었다. 녀석들이 한 칸씩 힘주어 올라갈 때마다 신아와 예은의 구두가 사슴이나 고라니의 발굽처럼 계단에 부딪쳤다. '여인숙' 네온사인의 '숙'이 깨져 불이 켜질 때마다 여, 인, 두 글자만이 어둠 속에 떠올랐다. 지나가던 양키 한 무리가 '실력 좋은데!' 하듯이 요란하게 휘슬을 불어댔다. 다다다다다다, 달리던 리듬에 맞춰 뛰어 들어갔다면 잡을 수도 있었겠지만 나는 멈추었다. 매사에 달리기하듯 살아서는 곤란했다. 이런 때일수록 호흡을 고르고 냉정하게 판단해야 했다. 비등한 싸움 실력을 가졌다고 했을 때 혼자서 두 명을 상대해 이길 확률은 10퍼센트 미만이었다. 설사 이긴다 해도 소란을 피웠다가 주인이 경찰을 부르면 정말 오랫동안 전국 방방곡곡을 달리게 되는 수가 있었다. 숨을 몰아쉬며 3층짜리 여인숙 건물을 유심히 올려다보았다. 2층의 두 번째, 다섯 번째 방에 불이 들어오는 것을 확인할 수 있었다. 하진은 그때쯤 도착했다.

"뭐, 뭐야. 여기로, 드, 들어갔어?"

"응. 방금."

"그, 근데, 왜, 서 있어?"

곧장 들어가려는 하진의 팔을 붙잡았다.

"조용히 해결해야 돼."

"왜, 뭐가?"

"핸드백에 마약 있는 거 몰라? 경찰 오면 끝장이야."

"무슨, 상관이야?"

"공소시효 7년짜리야."

하진이 내 멱살을 잡았다. 눈빛은 꽤 쓸 만했지만 탈진한 심장 탓인지 아귀힘은 별로였다.

"이러고 있을 때가 아냐."

멱살을 풀고 몰래 계단을 타려는데 주인이 불러 세웠다.

"어이, 돈 내고 가야지."

돈을 내고 났더니 숙박계를 작성하라고 했다. 허위 신원을 갈겨쓰고 돌아서자 키를 받아가라고 했다. 참으로 번거롭게 2층에 올라서서 하나같이 굳게 닫힌 일곱 개의 문을 보았다.

"그냥 부수고 들어가자."

"경찰 오면 안 된댔지."

3층 객실로 올라가 잠금장치가 어떻게 돼 있나 보기로 했다. 문고리에 달린 자물쇠 하나, 안에서 걸게 돼 있는 작은 문고리 하나. 허술하기

짝이 없는 잠금장치였지만 소리 나지 않게 열 방법이 없다는 게 문제였다. 불현듯 세한이 몸서리치게 그리워졌다. 세한의 죽음보다 당장의 부재가 더 슬프게 여겨지는 순간이었다. 그때 떠올랐다. 세한이 나에게 남기고 간 마지막 유품. 지갑 속에 고이 모셔두고 있었던 게 다행이었다. 연습 삼아 우리 방의 문을 열어보았다. 전후좌우로 마구 들쑤시니 금세 힘없이 따졌다.

"문고리는 어떡하지?"

"주민증 집어넣어 벗기면 돼."

옷걸이를 부러뜨려 무기를 만든 다음 2층으로 내려가려는 찰나 주인이 주전자, 컵, 일회용품 따위를 쟁반에 받쳐 들고 올라오는 게 보였다. 방으로 되돌아와 아무 일 없는 것처럼 쟁반을 받고 주인이 1층으로 내려갈 때까지 기다렸다. 2, 3분쯤이 더 흘러갔다.

"한 방에 끝내야 돼. 알지?"

"알았으니까 빨리 가자."

소리를 내지 않으려다 보니 문을 따는 데 시간이 꽤 걸렸다. 만일을 대비해 같이 습격해야 했으므로 하진에게 잠시 대기하도록 했다. 내가 맡은 방문을 열고 하진과 사인을 주고받은 다음에야 어둠 속에 첫발을 담글 수 있었다. 10센티미터 남짓한 문지방이 현실과 죽음의 경계를 가르는 아수라처럼 여겨졌다. 온몸이 심장이 되어 뛰고 있었다. 몇 분간, 심장만 남고 모두 사라진 것처럼 세상은 고요했다.

정신을 되찾았을 때 나는 기절한 예은을 안고 복도에 서 있었다. 복도 끝에 서 있는 하진도 나와 똑같은 자세였다. 내가 그때 막 나왔던 것인지, 아니면 하진이 나와 있는 걸 그제야 본 것인지 모르겠다. 걱정과 달리 주인은 나가는 사람에게는 무관심했다. 죽을힘을 다해 예은과 신아를 수백 미터 떨어진 차까지 옮기는 동안 우리는 말하지 않았다. 둘을 안전하게 셀리카의 뒷좌석에 모셔놓고 나서야 담배 한 대를 피우며 내가 말했다.

"별일 안 생겨서 다행이야."

대답이 돌아오지 않았다. 다시 물었다.

"별일…… 없었지?"

하진은 마지막 담배 연기의 끝에 대답했다.

"응."

*

"몸이 으슬으슬 추워."

신아가 갑자기 차를 세웠다.

"어떻게?"

"몰라. 그냥 이상해."

나는 퍼뜩 겁이 났다.

"정 이상하면 병원에 가보는 게 어때?"

신아가 내게 고개를 돌렸다.

"병원에는…… 갔다 왔어."

의사가 뭐래? 라고 물을 수 없었다. 불꽃이 그대로 얼어붙은 것 같은 신아의 눈빛 때문이었다. 녹으면 금방이라도 다시 타오를 것처럼 날카롭게 빛나고 있었다. 별일 아닌 것 같아 다행이네. 나는 오른쪽 창으로 고개를 돌리며 말했다. 어지러운 햇살이 횡단보도를 건너는 사람들의 얼굴을 하얗게 지우고 있었다.

정말…… 아무 일 없었던 거지?

다 식어버린 커피를 앞에 두고 예은이 물었다. 내가 아파트에 들르겠다고 했는데도 기어이 집 앞으로 찾아온 예은은 청바지에 재킷까지 걸치고 있었다.

"응. 아무 일 없었어."

점심때가 조금 지난 시간이었다. 집 근처에 있는 원두커피 전문점 '샤뗑'이었다. 샤뗑은 근처 SDA 어학원에 다니는 학생들과, 식후의 짧은 휴식을 즐기는 회사원들로 북적거렸다.

"아니야, 그냥 좀……."

"그냥 좀 뭐?"

"아니야, 신경 쓰지 마."

몹시 더운 날이었다. 갑옷을 두른 듯한 예은의 옷차림에 숨이 막혔다.

"오늘 만난 거…… 하진이한테는 비밀로 해줘."

"왜?"

"그냥 그렇게 해줘."

예은과 나는 카페를 나오자마자 헤어졌다. 예은의 뒷모습을 물끄러미 바라보고 있는데 예은이 갑자기 돌아서서 손을 크게 흔들었다. 나도 손을 크게 흔들며 웃어 보였다. 대낮의 햇빛이 예은의 한쪽 뺨에 쉼표

모양의 하이라이트를 찍어놓고 있었다.

그래. 우리에게 필요한 건 쉼표였다. 검게 차 있는 쉼표 말고 하얗게 비어 있는 쉼표. 경계선을 빼면 백지 그대로 남아 있는 쉼표. 우리는 그만 서핑의 추억을 창고 안에 집어넣고 커다란 쉼표를 채울 때였다. 이왕이면 예쁘게 도안된 쉼표였으면 했다. 하진과 나는 당분간 학력고사 준비에 전념할 예정이었다. 신아도 독일에 가려면 첼로 연습에 열중해야 했고, 예은도 개강이 다가오고 있어서 몹시 바빠질 거라고 했다.

나는 하루와 하루 사이에 빠짐없이 쉼표를 찍어 넣었다. 오늘은 글래머, 오늘은 스키니, 오늘은 섹시, 오늘은 청순…… 닥치는 대로 만나 닥치는 대로 해치웠다. 매일 매일이 낯선 얼굴 위에 쉼표를 붙이는 똑같은 오늘의 반복이었다.

그 여자애도 쉼표였으므로 내가 특별히 기억해야 할 이유는 없었다. 촌스럽달 뿐 못생기지는 않았다. 학생복이나 하이틴 모델을 하면 어울릴 듯한 여자애였다. 발랑 까졌다기보다는 까진 것처럼 보이려고 조바심 내는 너무 어린 초짜여서 낚시꾼의 양심상 적당히 손맛만 즐기다 놓아줄 심산이었다. 신아가 등장하기 전까지는. 신아는 공간 이동이라도 한 듯 갑자기 나타나서는 나와 여자애를 번갈아 보며 부활절 달걀처럼 웃고 있었다.

"어쩐 일이야?"

여자애의 어깨에서 손을 내리며 물었다. 화들짝 놀란 병신이 의자에서 등을 떼고 앉더니 헛기침을 해댔다.

"어, 첼로 같이 하는 친구랑 놀러. 너는?"

"어 어, 공부하다 머리 아파서."

댄스타임이어서 고함치듯 말해야 했다. 어쩔 줄 몰라 하는 나를, 신아는 귀엽다는 듯 굽어보았다.

"그럼 재밌게 놀아."

간단하게 손을 흔든 다음 신아는 다른 좌석에 가 앉았다. 처음 보는 여자애와 맥주병을 부딪치며 이쪽은 쳐다보지도 않았다. 연기였다. 정말 우연히 마주친 거라면 저렇게 아무렇지 않은 표정일 수는 없었다. 웨이터를 매수해두었거나 예전처럼 미행을 붙여 일부러 습격한 거겠지.

"나가자. 안 나가도 돼?"

병신이 물었다.

"지금 나가면 더 이상해."

내가 대답했다.

신아의 연기는 계속되었다. 부킹이 들어올 때마다 거부하지 않고 받았고 좀 생긴 남자애다 싶으면 은근히 애교까지 부렸다. 마침내 하얀 재킷을 걸친 키 큰 남자가 합석을 청하는 모양이었으나 신아는 설왕설래 끝에 플로어의 좌석을 고수했다. 그럼 그렇지, 연출에는 연출의 한계가 있는 거지, 생각하고 있는데 잠시 후 웨이터가 수십만 원짜리 레미마틴을 테이블 위에 세팅했다. 캐주얼 정장을 차려입은 남자 세 명이 그 뒤를 보너스처럼 따라왔다. 남자들은 신아와 친구에게 매너 있게 행동했으나, 이거 오랜만에 신선한 조개들인데? 하는 표정을 지었다. 신아가 부킹도 좋고 술도 사겠으니 룸 말고 그냥 여기서 노는 게 어떠냐고 제안한 게 틀림없었다.

"오빠, 나 좀 편하게 앉아도 돼?"

여자애가 묻더니 대답도 듣지 않고 내 다리에 제 다리를 포갰다. 화장실에 다녀오는 길에 그 장면을 목격한 신아는 자리로 돌아가 하얀 재킷의 스킨십을 유도했다가 뿌리치는 일을 반복했다. 하얀 재킷의 애간장을 태우며 신아는 드문드문, 도전적으로 내 눈빛을 들여다보았다. 동굴처럼 깊게 뚫린 구멍 속에 날카로운 물음표들이 거꾸로 매달려 있었다. 예쁘게 생긴 치명적인 낚싯바늘. 한번 걸렸다가는 결코 빠져나올 수 없을 부드러운 곡선의 덫. 신아의 어깨나 다리에 남자의 손이 와 닿을 때마다 그 물음표들은 현란하게 흔들리며 나에게 똑같은 질문을 쏘아대고 있었다.

　　'정말 아무렇지도 않니 너는?'

　　아무렇지도 않았다. 우리한테는 아무 일도 없었으니까. 설사 무슨 일이 있었다 해도 네 인생에 무슨 큰 변화가 있겠어. 아무리 밑바닥 인생을 연기해도 '컷'이 떨어지고 나면 원래의 호화스런 삶으로 복귀할 수 있는 여배우처럼, 진흙탕에서 뒹굴고 호텔에서 샤워하듯 잊어버리면 그만인 너의 삶인데. 하지만 나는 모든 것을 잃고 말 거야. 하진도, 너도, 그리고 나의 'un'도…… 수몰지역처럼 내 삶의 지도에서 증발해버리고 말 거야.

　　나는 기꺼이 신아의 물음표에 응답하리라. 설사 그 예리한 바늘에 혀를 꿰이는 한이 있어도 떳떳하게 말해야지. 마침표를 찍자고, 이제 마침표를 찍고 모든 쉼표는 그만 폐기해버리자고, 만약 되돌릴 수 있다면 처음부터 다시 해보자고 말할 생각이었다. 신아가 내 얼굴에 노골적인 낚싯바늘을 드리우기 전까지는. 어렵사리 접근해 스테이지 위에서 겨우 마주 서게 된 신아는 내 맘을 뻔히 알면서도 물었다.

"2차 가? 어디로 가?"

신아의 천연덕스러운 얼굴을 보며 나는 원래의 대사를 수정했다.

"글쎄? 너는?"

"몰라? 이번에는 지네가 낸다고 제이제이 한 번 더 뜨자는데?"

"그래? 그럼 나도 하얏트로 갈까?"

"오늘은 세시까지 집에 안 가?"

"하루쯤 늦는다고 뭐. 아예 밤샐까?"

"아, 그래? 잘됐다. 그럼 내일 아침 일곱시에 하얏트 로비에서 만나자."

90도짜리 보드카를 삼킨 것처럼 숨이 막히고 가슴이 뜨거웠다. 말로만 말고 피차 확인사살을 하자는 거였다.

"아, 스크램블에 모닝커피. 좋지."

"일곱시야, 잊지 마."

하얏트에 가는 것은 어렵지 않았다. 호텔 바로 2차를 가자는 말에 여자애들은 이몽룡을 만난 춘향이처럼 나긋나긋해졌고, 덕분에 영계의 수청을 희망하게 된 병신은 세금환원에 한층 더 열성적일 요량이었다. 특급호텔에 입장했다는 것만으로도 황홀함을 감추지 못하는 여자애가 깨끗하게 정돈된 스위트룸을 거부할 리도 없었다. 어디에 가나 어설픈 몸짓으로 자신의 허약한 자아를 드러내는 유전자가 있게 마련이었다. 익숙함을 가장하고 있는 여자애의 눈빛은 마네킹처럼 굳어 있었고, 공주의 우아함을 지향하는 여자애의 동작은 어쩔 수 없는 궁녀의 그것이었다. 어차피 처음부터 가지고 싶지 않았다. 누구는 킹카와 깔끔한 관계를 즐기고 있을 시간에, 누구는 촌닭과의 끈적이는 행위에나 만족하라고? 그렇다고 세상물정 모르는 순진한 도련님처럼 밤새 윤리적인 줄다리기에 골몰하는 따위는 취미 없었다. 내가 가진 촉수를 총동원하여 여자애가 가진 모든 감각의 요새를 찾아내 함락시킨 다음, 복속의 가치도 없다는 듯 철수해버릴 계획이었다. 여자애가 열병에 걸린 것처럼 떨기 전까지는.

여자애가 떨고 있었다. 두 팔을 활짝 벌리고도 허리에 힘을 잔뜩 넣고 있었다. 달팽이 모양 손이 닿을 때마다 움츠러드는 몸을 주일날 예배당처럼 열어놓다니. 목사님이 설교하듯 끊임없이 교성을 흘리는 입 위로 굳게 닫힌 눈꺼풀 속의 안구가 고통스럽게 꿈틀댔다. 나는 분명 처음이냐고 물었다. 처음이 아니라고 대답한 건 여자애의 교활한 입이었다. 나는 할렐루야를 외치며 거칠게 여자애의 살을 파고들었다. 억, 하는 소리가 여자애의 명치께에 걸리며 가녀린 여자애의 허벅지가 단단해졌다. 나와 한 몸이 되는 순간 여자애는 성령 충만한 교성을 멈추었다. 처음이 아니어서, 너무나 많은 굶주린 자들을 위해 용서하시어 나에게는 나눠줄 기도가 남아 있지 않은 모양이었다. 그럴수록 나는 여자애의 은혜를 더 깊이 탐했다. 순결한 영혼이 고통으로 이지러져 다시금 간절한 기도를 읊조릴 때까지. 고통에서 구원으로 비상하는 환락에 도취되어 방언의 세계에 입문할 때까지. 그러자 광명 속에서 털투성이 엉덩이가 난데없이 떠올라왔다. 털투성이 엉덩이의 격렬한 움직임에 맥없이 흔들리던 예은의 하얀 다리가 선명하게 되살아왔다. 내 삶을 동강 내는 것 같던 두개골 부서지는 소리, 침대 밑으로 떨어진 놈의 평화로운 얼굴 뒤로 퍼지던 붉은 피, 경련으로 꿈틀거리는 몸에 흥건하게 맺혀 있던 땀방울, 예은의 폐쇄된 눈꺼풀 사이로 비어져 나오던 탁

한 눈물, 바닥에 떨어져 있던 25시시 주사기, 아무렇게나 던져진 수건에 묻어 있던 황금빛 설사, 누추한 여관의 긴 복도, 비닐인형처럼 접혀 있던 신아의 힘없는 육체, '응'이라고 짧게 대답하던 하진의 넋 나간 얼굴……. 여자애가 비명에 가까운 교성을 내지를 때마다 머릿속에서 그 수많은 쉼표들이 하나씩 하나씩 해체되고 있었다.

여자애는 내가 샤워를 마치고 나왔을 때쯤에야 울음을 터뜨렸다. 여자애의 핸드백 속에서 훔쳐낸 담배 한 개비를 다 피우고 난 후에도 여자애는 흐느낌을 멈추지 않았으므로 나는 한마디 해주었다.

"조용히 해, 이 씨발년아."

아침에 나는 로비에 나가지 않았다. 그렇다고 신아에게 백기를 든 건 아니었다.

The Secret Agent

그걸 사랑이었다고 할 수 있을까. 놓치면 도망가고, 붙잡으면 파고 드는. 가까이 있으면 가볍고, 멀리 떨어지면 무거운. 마음에 품으면 버 겁고 아프고 화나고 무섭고, 몸으로 밀어내면 외롭고 쓸쓸하고 허전하 고 비참한,

그걸 사랑이었다고 말할 수 있을까.

한낮의 뜨거운 열기가 해가 이움과 동시에 거짓말처럼 식어버리는 그 불안의 절기에 우리는 불가해한 의무감으로 일주일에 두 번쯤 모여 술을 마셨다. 인생 최대의 고민이라 봐야 여드름이거나 오르지 않는 성 적쯤인 아이들 모양 재잘거리다가 언제 터질지 모르는 휴화산처럼 적

막해졌다. 불씨는 항상 예상치 못한 곳에서 날아들어서 더 불안했다. 예은이 난데없이 막걸리가 먹고 싶대서 찾아간 주점에서 옆자리의 아저씨는 지난 몇 달간 따먹은 여자들 얘기를 스포츠 중계하듯 떠벌였다. 콧잔등을 찡그리며 듣고 있던 신아의 입이 무심하게 터졌다.

"남자들은 좋겠어."

"뭐가?"

"창녀처럼 굴러먹고도 자랑스러울 수 있어서."

예은이 세상 다 산 여자처럼 막걸리 잔을 단번에 꺾었다.

"여자들은 설사 당했다 해도 죄인이지. 안 그래?"

하진마저 안 하던 짓을 했다. 신경질적으로 담배를 뽑아 불을 붙이더니 라이터를 던져 테이블 위에 불시착시켰다. 화산은 다시 휴지기에 들어섰다. 차라리 용암을 내뿜으며 타오르는 편이 낫겠다고 여겨지는 고통스러운 평화.

모두가 가장자리만 디뎠다. 있는 힘껏 발을 굴러 요행히 얼어붙은 호수가 동강 나기를 바라는 모양이었지만 아무도 반질반질하게 녹아 있는 중심에는 뛰어들지 않고 있었다.

상처는 우리의 비밀경찰이었다, 누구나 알고 있지만 말해서는 안 되는, 존재는 알려져야 하지만 정체가 밝혀져서는 안 되는. 'un'의 영원한 지속을 위해 나에게는 비밀경찰을 위한 확실한 도피처를 확보해둘 필요가 있었다.

취기를 빌어 말문을 텄다.

"윤리는 가진 자들의 정의라니까. 남들이야 어떻게 생각하건 무슨 상관이야."

신아가 따지고 들었다.

"그래서?"

"세상의 윤리가 있다면, 너와 나의 윤리도 있다고 생각해."

"그게 뭔데?"

"예를 들어 화성의 윤리는 남자가 치마를 입는 거라고 치자. 그럼 지구에 온 화성인 남자는 치마를 입고 있지 않다고 해서 죄책감을 느껴야 할까? 아니면 바지를 입은 지구인 남자들을 죄다 비난해야 할까?"

"우리는 화성인이 아니잖아."

"지구인이 아닐 수도 있지."

"그럼 대체 어디 사람인데?"

"글쎄? 갑자기 un이란 별이 떠오르는데?"

예은이 실소를 터뜨렸다.

"어? 우리 별에선 un하면 살짝 웃는 게 윤린데? 혹시 너도 un에서 왔니?"

신아가 내 뒤통수를 탁, 쳤다.

"어? 우리 별에선 뒤통수치면 존경한단 뜻인데? 몰랐니?"

하진도 눈가에 주름을 잡았다.

농담의 힘을 빌려 접근했지만 나는 'un의 윤리'라는 신축성 있는 천으로 우리들의 벌거벗은 비밀경찰에게 삼각팬티 하나쯤은 지어 입힌 셈이었다. 신아가 다른 남자와 부킹을 하건 하룻밤서기를 하건 다 상관없었다. '너와 나의 윤리'라는 비밀경찰의 삼각팬티 안에만 집어넣으면 무슨 일이건 만사 오케이일 테니까.

하지만 신아는 괘씸하게도 나의 발명품을 역이용하려 들었다. 이태원 사건 이후 나이트 출입을 끊어버린 하진과 예은을 집요하게 자극했다. 예전처럼 나이트에 가자는 것이었다. 대체 '무엇' 때문에 나이트에 갈 수 없냐는 것이었다. 그 '무엇'을 말하려면 비밀경찰의 팬티를 벗겨야 했으므로 우리 모두는 군말 없이 신아에게 끌려갈 수밖에 없었다. 일단 나이트에 도착하면 신아는 매번 똑같은 게임을 제안했다.

"여자팀 남자팀으로 나눠서 누가 먼저 애프터에 성공하나 내기하자."

나는 1초도 뜸들이지 않고 응수했다.

"좋아. 그럼 지는 쪽이 술값 내기."

하진과 예은이 동참하는 척 사라지리라는 걸, 몇 번은 술 내기일 수 있어도 어느 순간부터는 그날의 반복이 되고 말리라는 걸, 신아는 알고 있었을 것이다. 하지만 처음 한 번을 제외하고는 내가 부킹한 여자와 자지 않았다는 사실은, 모텔 앞에만 도착하면 매몰차게 뿌리치고 집으로 돌아갔다는 사실은 모를 것이다. 나는 나의 오래된 침대 위에서 밤새 악몽과 불면에 시달리다 아침 여섯시면 태엽 장치처럼 일어나 신아가 묵고 있는 호텔 로비로 나갔다. 처음에 신아는 혼자 나왔으나 내가 아무런 감정의 편린도 없는 것처럼 반갑게 맞아주자 어느 날부터인가는 남자와 함께 나타났다.

다른 남자와 나란히 걸어오는 신아는 언제나 낯익은 모습이었다. 종이인형처럼 가벼운 스텝도, 석고상처럼 핏기 없는 얼굴도, 갈색 아이섀도 밑에 초점 잃은 눈동자도, 모두 그날 밤을 떠올리게 하는 것들뿐이었다. 내가 그 모든 반복의 징후를 못 알아본 척 웃으면 신아는 해맑은 소녀로 돌변하여 나를 향해 힘차게 뛰어와 안겼다. 그러면 저 앞, 신아와 간밤을 함께 보낸 남자의 얼굴에 구멍이 뚫렸다. 풍선처럼 펑, 잔뜩 부풀어 있던 무언가가 남자의 표정에서 사라졌다. 그러면 뿌듯해졌다. 손안에 날개 다친 참새를 쥔 것처럼 소중하다 못해 터뜨리고 싶을 정도로 벅차오르는 충만함이 가슴을 채웠다.

하지만 변하지 않을 것 같은 사랑의 순간은 길지 않았다. 신아가 나를 학교나 독서실에 태워다 주고 휑하니 가버리고 나면 서서히 명치에 구멍이 뚫리기 시작해 오전도 가기 전에 몸속이 텅 비어버렸다. 가슴에 박혀 있던 안구는 형체도 없이 썩어 문드러지고, 탐욕스런 구강이 아랫배 깊은 곳까지 파고들어 내 성기를 목젖으로 삼았다. 나는 사지 달린 거대한 입이었다. 타인의 침과 정액으로 뒤범벅된 신아의 육체를 힘줄 하나 남김없이 씹어 삼키기 전까지는 결코 충족되지 않을 눈먼 허기.

상처주지 않고는 사랑받을 수 없었다. 상처받지 않고는 사랑할 수 없었다. 그러므로 나는 고통 속에서도 행복했다. 상처가 존재하는 한, 우리는 아직 헤어지지 않아도 좋았으니까.

*

변신의 계절이 왔다. 도시의 가로수와 학교 안의 숲이 단풍에 물들어가는 동안 우리는 허물을 벗었다. 신아는 죽순이 세계에서 걸어 나와 버버리와 샤넬의 왕국에 안겼다. 예은은 화장이 짙어졌으나 복장은 학문의 전당으로 귀환했다. 두 사람은 서로 카멜레온처럼 닮아가고 있었다. 가끔씩 뒷모습이 구분이 안 간다는 단점이 있었지만 두 사람의 동화는 픽 바람직한 현상이었다.

하진과 나는 셀리카 뒷좌석에 트렌치코트 한 벌씩을 걸어놓고 조수석 사물함에는 스카프와 캐주얼 넥타이 몇 개를 상비해두었다. 신발도 클래식한 갈색 구두로 바꾸었다. 변태와 함께 우리는 과거와 결별했다. 죽은 건 허물이지 나비가 아니었다.

그 새끼들 어떻게 됐을까? 파라솔을 치워버린 카페 테라스 의자에 비스듬히 기대앉아 하늘을 바라보며 하진이 물었다. 나는 블루마운틴에 각설탕을 부셔 넣으며 휘파람 불듯 말했다. 글쎄, 어찌 됐건 아무도 우리를 의심하지 않을걸?

경찰이 수사망을 좁히고 있을지 모른다는 불안은 가을바람에 흩어졌다. 간이 배 밖에 나와 놈들이 신고했다 해도 형사들은 이태원의 양아치들만 족치고 있을 게 뻔했다. 설사 몽타주가 작성됐더라도 그들이 쫓는 건 우리가 벗어놓은 껍데기일 뿐. 청담동과 압구정동에 사는, 학력고사 점수 280이 넘어가는 수험생을 용의자 명단에 집어넣을 형사는 대한민국에 흔치 않을 것이었다. 우리는 국가적으로 문제가 없는, 혹은 문제가 없어야만 하는 X고의 모범적인 엘리트로 무사히 돌아와 있었다.

2학기가 시작되자마자 마지막 모의고사가 있었다. 여름방학 내내 놀았는데도 국·영·수 점수에는 변동이 없었다. 암기 과목에서 10점쯤 하락한 데다 학교 평균이 올라 석차는 좀 떨어져 있었다. 그래도 웬만한 중위권 대학에는 갈 수 있는 성적이었다. 어차피 XX는 물 건너갔으니 품위 유지만 할 수 있으면 어디든 상관없다는 입장이었다. 희망 대학, 희망 학과 조사에 별 뜻 없이 K대 철학과를 적어 냈다. 내 평균 점수가 예년 커트라인보다 10점가량 높은데도 지랄은 비아냥거렸다. 석

차도 떨어지고 있는 주제에 철학과 적으면 네가 여길 갈 수 있을 것 같아? 차라리 X대 농대를 가겠다고 해라 이 새끼야.

모의고사 문제집을 풀고 또 풀었다. 수학과 암기 과목에서 20점쯤을 더 뽑아내면 XX는 못 되더라도 동문회보는 확실히 받을 수 있을 듯했다. 고전을 면치 못하던 윤리 점수의 비약적인 상승으로 나는 목표에 한층 더 가깝게 다가갈 수 있었다. 윤리적으로 사는 것을 포기하고 나면 윤리의 함정에 빠질 일도 없다는 것을 알게 되었다. 이를테면 이런 문제.

다음 중 칸트의 의도론에 입각하여 가장 윤리적인 행동을 한 사람은?

① 친구가 잡혀가면 곤경에 빠질 친구의 처자식이 걱정되어 친구의 공금횡령을 눈감아준 철수.

② 부모님에게 칭찬을 듣기 위해 청소를 하다가 그만 비싼 도자기를 깨먹은 영훈.

③ 짝사랑하는 영희가 좋아하는 남자를 질투하여 때렸으나 덕분에 두 사람이 친해지는 계기를 만들어준 석주.

④ 자선하고 싶은 마음은 없지만 그것이 옳다고 생각하여 이웃돕기 성금을 낸 찬일.

칸트가 말하는 '의도'가 무엇이건 간에, 이 문제의 숨은 뜻은 '윤리적이려면 남달라야 한다'였다. 왜냐하면 정답은 하나뿐이어야 하니까. 정답이 여러 개가 되면 반드시 흔들리게 마련인 것이 윤리이니까.

병신이 남다른 길을 걷기 시작했다. 놀자고 하면 이 핑계 저 핑계를 대고 집으로 가버렸다. 저녁 시간에도 계산 때만 되면 진부하기 짝 없는 신발끈 묶기로 매번 넘어가려 들었다. 가뜩이나 신아와의 하룻밤서기 전쟁으로 국방비 부담이 늘어가고 있는 마당에 병신의 예산동결은 심각한 재정위기를 초래하고 있었다.

"네가 그냥 참아."

저녁으로 치킨을 먹으러 갔다가 맥주 한 잔씩을 나눠 마시며 하진이 말했다. 병신이 과외가 있다며 정규수업이 끝나자마자 사라져버린 날이었다.

"쟤도 할 만큼 했어. 지난달에는 백만 원도 넘었을걸? 더 이상 집에 거짓말하기도 벅차겠지."

"누가 뭐래?"

병신의 엄마가 뭐라고 했다. 밤늦게 독서실로 전화해 요즘 병신이 자꾸 행방불명이 된다고 말했다. 과외가 쉬는 날인데 독서실에도 없고 집에도 안 온다는 거였다. 그럼 그렇지, 네놈이 뭔가 꿍꿍이가 있지.

"글쎄, 저도 모르겠는데요?"

"같이 공부한다던데 사실이니?"

"네, 그렇긴 한데……."

"공부는 열심히 하니? 하도 간섭하지 말라고 해서 독서실에 보내긴 했는데……."

"요즘에는 열심히 하는 것 같던데요? 슬슬 마음도 잡는 것 같고요."

"그렇구나. 공부 열심히 하는 친구들을 만나서 참 다행이야, 이 엄마는 너희들만 믿는다, 알겠지?"

통화하면서도 이상했다. 국회의원 집에서 애 하나 행방을 점검하지 못한단 말이야? 전화를 끊고 나자 더 이상했다. 병신의 집에, 나와 하진의 존재는 보안사항이었다. 예전 비디오 사건도 있고, 앞으로도 국회의원 카드를 써먹으려면 비밀로 붙이는 게 좋겠다고 했었다. 병신이 보안을 깼거나, 병신의 집에서 정찰기를 띄웠거나 둘 중 하나였다. 어쨌든.

"우리한텐 공부하러 간다고 하고, 집에도 공부하러 간다고 하고……."

내가 말하자 하진이 미간에 주름을 잡았다.

"혼자 놀지는 않을 텐데……."

"딴 학교일까?"

"학교밖에 병신이 무슨 줄이 있어."

"깔 생겼나?"

"그랬으면 우리한테 제일 먼저 데려왔겠지."

지당하신 말씀이었다. 우리를 대면시켜서 자신이 얼마나 잘나가는지 여자애한테 뻐기기 위해서라도 반드시 데려왔을 거다.

"도박?"

하진이 고개를 저었다.

"주위에 하우스 빤한데. 가는 놈들도 빤하고. 그 세계 입문했으면 벌써 알았지."

사창가? 그렇게 놀 놈은 아니었다. 룸살롱? 과대평가였다. 그럼 도대체 왜 매일같이 집에 늦게 들어간다는 거야?

하진이 날라리들에게 병신의 소재를 수소문했다. 일주일 만에 제보가 들어왔다. 병신을 호텔나이트에서 봤다는 애들이 많았다. 병신이 독자노선을 걷기 시작했다는 의미였다. 하필 독자노선의 파트너는…….

"정말 이해할 수가 없다. 너는 이해가 가냐?"

하진도 어이없다는 표정을 지었다. 미리 대비책을 마련해뒀어야 했다. 입술이 학교로 돌아온 건 꽤 됐으니까. 전혀 딴 애가 돼 있어서 방심했다. 달의 뒷면처럼 우리의 시야를 피해 다니다가 눈이라도 마주치면 개처럼 슬슬 피하는 게 최근 입술의 모습이었다.

"어쩔 셈인데?"

하진이 물었다.

"일단 어떻게 놀고 있는지 구경부터 해볼까?"

우리는 '현진영과 와와'처럼 야구모자에 후드티를 덮어쓰고 나이트에 갔다. 중세의 수사처럼 얼굴을 숨기고 이단의 축제를 묵묵히 지켜보았다. 믿을 만한 소식통의 제보와는 달리 그곳에는 병신이 없었다. 입술과 함께 사이비 선교 사업에 한창인 인물은 병신이 아니었다. 주위를 무심하게 둘러보는 눈빛은 하진이었고, 스테이지에서의 춤동작은 성빈이었으며, 여자를 대할 때의 모습은 노갈, 그러니까 나였다. 멀리서도 외교관 아들역인지, 재벌 2세 노릇인지, 미국 유학생 연기를 하고 있는지 쉽게 눈치챌 수 있을 정도로 제스처가 과장돼 있었다.

나는 원숭이의 눈에 비친 기괴한 주인의 모습을 보았다. 아니면 영화 〈플라이(The fly)〉에서처럼, 병신의 유전자로 오염된 괴물 노갈을 체험하고 있었다. 넋 놓고 웃다 보니 내가 아닌 누군가가 내 안에서 웃고 있었다. 내가 흡수한 익명의 유전자들이 제3의 인물로 재조합되어 내 과거의 행태를 비웃고 있었다. 육체의 안과 밖이 모조리 뒤집혀 나는 한 마리의 갑충이 돼버린 기분이었다. 견고한 외골격 안에서 수많은 유령들이 나의 여린 내장을 파먹고 있었다. 그때 알았다. 이대로 살아가다가는 나는 번데기처럼 텅 비어버릴 운명이라는 것을.

병신은 나를 허물처럼 벗어두고 꿀을 따러 다니는 중이었다. 얼마 지나지 않아 우리는 한국말 쓰는 국회의원 아들은 꿈도 못 꿀 그날의 퀸카를 영어밖에 모르는 미국 유학생이 손쉽게 차지하는 꼬락서니를 목격하고 말았다. 여자애와 함께 모텔 입구에 도착하고서도 쉴 새 없이 흘러나오는 병신의 영어는 창문 닫힌 차 안에서도 잘 들렸다.

"근데 언제부터 병신이 영어를 저렇게 잘했지?"

"이상하다. 저건 슬랭인데."

학력고사를 두 달쯤 남겨놓고 병신은 나이트의 꽃나비로 변신하는 데 성공한 것이었다. 병신은 하룻밤서기의 불문율을 깨고 애프터서비스에 열 올리는가 하면, 여러 개의 인격으로 여러 명의 여자를 만나는, 나비 아닌 제비의 생태로 곧 그 바닥에서 유명해졌다. 'un'의 강령을 어긴 혐의로 제명하고 싶어도 당사자가 더 기뻐할까 봐 할 수 없었다.

병신은 1조만 어겼을 뿐 나머지 강령은 훌륭하게 수행했다. 치마만 두르면 외모도 신분도 안 따진다니 2조의 평등주의였고, 병신 때문에 눈물 흘린 속물들이 한둘이 아니라니 3조의 실천주의가 맞았다. 기본적인 원칙도 질서도 없다는 점에서 병신은 'un'보다 더 창조적이고 급진적이기까지 했다.

행실은 괘씸했지만 진심으로 인간이 걱정되어 나는 어느 날 도시락을 까먹다가 병신에게 넌지시 귀띔했다.

"슈베르트, 베토벤, 피카소의 공통점이 뭔지 알아?"

"뭔데?"

"성병에 걸렸다는 거야. 베토벤은 귀머거리가 됐고 슈베르트는 죽었어."

"그런데?"

나는 하진을 향해 두 손으로 쟁반 받치는 시늉을 했다. 하진은 깊게 한숨을 쉬더니 고개를 절레절레 흔들었다. 떠오르는 문장이라고는 하나밖에 없었다.

제발, 이제 대학 좀 가자.

*

대학에 가기 위해 신아를 일주일에 한 번만 만났다. 신아는 여전히 남자들을 만나고 돌아다닌다고 했지만 우리는 더 이상 그런 사소한 걸로 안 싸웠다. 그날의 저녁 메뉴나, 신아의 손톱 색깔이나, 왼쪽에 앉는 걸 좋아하는 내 버릇이나, 손을 잡을 것인가 팔짱을 낄 것인가, 소주인가 맥주인가, 나이트인가 가라오케인가 따위를 두고 목숨 걸고 싸웠다. 의견 충돌은 말다툼으로, 말다툼은 욕설 경쟁으로, 욕설 경쟁은 격투기로 자연스럽게 발전했다. 일련의 과정이 자동화되어 압축되자 예고 없이 상대의 뺨이나 머리를 후려쳐도 하진과 예은은 놀라지 않았다. 또 시작했군, 하는 표정을 짓고 있다가 부상이 확실시될 때에만 떼어놓았다. 일단 고체가 충돌하면 싸움은 눈물이건 피건 정액이건 오줌이건 누군가가 액체를 쏟아내야만 끝이 났다.

화해하려고 다시 만났고, 얼굴을 보면 갑자기 화가 나서 또 싸웠고,

헤어져 있을 때에는 생각하면 생각할수록 분해서 하루 종일 서로를 생각했다.

"사랑해."

"나도."

따위의 대화를 우리는 하지 않았다. 몇 개 남지 않은 성냥개비처럼 사랑을 아꼈다. 싸움이 끝나고 나면 몇십 분이고 서로를 뚫어지게 쳐다보았다. 카페건 길거리건 식당이건 술집이건 주위 사람은 아랑곳없이 열렬히 키스했다. 그러면 모든 상처 입은 것들이 감촉과 향기 속으로 사라졌다.

행복만 남은 순간이 가장 불안한 순간이었다. 가을이 끝날 무렵 신아는 정원이 있는 카페에서 나를 뙤약볕처럼 쳐다보다 소나기처럼 울었다. 왜 우냐고 묻지 않았다. 평화가 찾아올 때마다 우리는 마지막으로 만나고 있었다.

신아의 남성 편력도 딱지가 진 낡은 생채기였다. 쉽게 아물지 않을 신선한 상처만이 우리의 희망이었다. 하지만 이제 진짜 대학에 가야 했다.

두 달만 더 이 끔찍한 불안을 견뎌보리라 마음먹었다. 내가 X대에 갈 수 없듯이, 신아도 독일 음악 학교에는 가지 못할 것이다. 신아는 음대생, 나는 명문대생. 철학과나 한문학과처럼 고리타분한 이미지만 아니면 과는 상관없었다. 공부는 안 할 거니까. 세상을 이해하는 데 필요한 책은 중학교 때 다 읽었으니까. 강의가 끝나자마자 버스를 타고 돌아와 압구정동의 품에 안길 거였다. 다른 대학에 다니는 수많은 동네 선배들이 '강남 캠퍼스' 생활을 즐기고 있었다. 대학에는 새로운 친구도 새로운 경험도 없다고 했다. 심지어는 여자도 없다. 공부하는 여자들은 다 남자고, 담배 피우는 여자들은 다 빨갱이고, 예쁜 여자들은 다 놀러 온 빠순이다. 대학생 자선단체나, 골프클럽이나, 스키클럽에 들어가면 유일하게 안 까지고 예쁜 여자들을 볼 수 있는데 알고 보면 그게 다 강남 애들이다. 그 애들은 공부도 잘하고 심지어는 성격까지 좋더라. 대학에 가면 봄빛처럼 맑고 투명한 아가씨들을 만날 거였다. 장담컨대, 그 애들이 내 옆을 맴도는 한 신아는 결코 나를 못 버릴 거였다.

그 애들을 만나기 위해 책상과 침대만 만나기로 했다. 책상과 침대의 새로운 용도를 알았다. 공부하되 생각하지 말고, 잠자되 꿈꾸지 말 것. 생각이 없을수록 점수가 빨리 올랐고, 꿈꾸지 않을수록 목표가 가까워졌다. 성공하려면 어떻게 살아야 할지 알 것 같았다. 책상과 침대처럼, 한 평도 안 되는 공간을 벗어나지만 않으면 된다. 그러면 세상은 나에게 필요한 것을 모두 줄 것이다.

그러고 보면 모든 게 다 한 평에 불과했다. 자동차의 시트도, 술집의 좌석도, 수많은 여자와 함께 했던 호텔의 매트리스도 한 평. 잘나가는 것도, 사랑과 의리와 명예도 죄다 한 평. 세상에 순응하는 한 모든 인생은 한 평을 벗어나지 못하리라.

너만은 한 평이 아닌 줄 알았지. '이집트'의 신아가 눈물을 흘리며 나에게 말하고 있었다. 천만의 만만의 말씀. 너야말로 내가 가진 유일하게 한 평이 아닌 것이지. 혹은 평생 동안 추구해도 절대로 가지지 못할 세상의 무궁무진한 한 평 중 내가 넘볼 수 있는 유일한 한 가지지.

수많은 일들을 함께 겪었다. 맞아서 만난 게 아니라, 만나기 위해 맞춰지느라 마음을 깎는 조각을 했지. 계급이나 집안 따위는 어른들의 기준일 뿐, 우리는 한 몸이 되었으니 마음이 흔들려서는 안 돼. 우리는 어른들이 우리에게 준 것과는 다른 기원을 갖게 되었으니까. 그것은 세상에는 없는, 우리 자신만의 것이니까.

하지만 신아는 최근 지독한 우기를 보내고 있었다. 신아의 늘어난 눈물이 나는 못내 불안했다. 우기가 끝나고 나면 풀 한 포기 자라기 힘든 사하라의 건기가 고립된 우리의 사랑을 뿌리까지 고사시킬 것 같았다.

원시의 어둠이 저장돼 있는 신아의 새까만 눈동자를 떠올렸다. 신이 나를 위해 몇억 년 전 예비해두었음이 분명한 별빛 같은 미소를 되새겼다. 표정이 풍부한 신아의 육체, 어떤 분노와 증오도 쾌락의 열기로 태워버리고 마는 신아의 아름다운 다리를 그려보았다. 그러고 나면 설사 신아가 살인을 한다 해도, 다른 남자와 정략결혼을 한다 해도 나는 변함없이 신아를 사랑하고 있을 것 같았다.

신아와 나의 사랑을 방해하는 모든 것은 제거되어야만 했다. 그게 예은이라고 해도 예외가 될 수는 없었다. 독서실 앞을 지나던 길이라며, 술 한잔했으면 좋겠다고 말하는 예은의 목소리는 처음부터 위태로웠다. 하진의 일로 상의할 게 있다던 예은은 로바다야끼의 한 평 남짓한 다다미방을 말 대신 술병으로 채울 모양이었다. 나 역시 예은과 똑같은 양의 술을 마셔주는 것으로 대화를 대신했다. 비움과 채움 사이에서, 침묵은 수확기를 놓친 열매처럼 농익어갔다.

"병원에 다녀왔어."

무언가가 툭, 시간의 무게를 이기지 못하고 떨어지는 소리.

"나한테 뭔가 미안한 거 없니? 아니면 내가 감사해야 하는 걸까?"

아마도 신에게 감사해야겠지. 그날, 하진과 내가 방을 바꿔 들어가게 된 것은 신만이 할 수 있는 주사위 놀음이었을 테니. 은혜로운 신의 품속에서, 죄책감은 무능력한 인간의 몫이지. 자책하지 않았다면 거짓말이야. 나를 안 만났다면 '안 까지고 예쁜 대학생'이었을 너. 평일에는 성실하게 강의를 듣고, 주말에는 골프를 치거나 스키를 탔을 너. 너야말로 평생을 한 평 안에서 살아갔어야 할 아이였지. 그러니까 어울리지 않게 들떠서 악당들을 혼내주자고 외치지 말았어야 해. 하진이 보는 앞에서 악당들의 손에 네 몸을 함부로 맡겨서는 안 되었지. 내가 하자고 한 일이 아니야. 신아와 너의 아이디어였어. 기억 안 나?

"예은아 그건……."

"난 하진이를 더 속일 수가 없어. 나는 마음을 정했지만 아무래도 너한테 말을 해줘야 할 것 같아서……."

별빛은 꺼지고 어둠만 남았다. 표정은 사라지고 육체만 떠다녔다. 예은의 어깨가 떨고 있었다. 민소매 블라우스의 바깥으로 드러난 하얀 팔의 동맥들이 댐을 부수고 바다로 흘러가겠다고 아우성치고 있었다. 그렇게 몸서리쳐 떨고 있는 예은에게, 하진도 모르지는 않을 거야, 라고 말할 수는 없었다.

어떻게 하면 심증과 물증의 차이를, 아는 것과 안다고 말하는 것의 다름을 설명할 수 있었을까. 임금님이 벌거벗은 게 아니라 아이의 말이 임금님을 벌거벗기는 거란다, 얘야. 임금님을 손가락질하며 웃어도 좋을 사람은 병신뿐이야. 임금님의 옷을 빼돌린 혐의로 우리는 대가를 치르게 될 거야. 신아는 나와 헤어져야 하고, 하진과 나는 절교해야 하고, 너와 하진은…….

"비밀이지만 말을 안 할 수가 없네."

예은의 어깨가 겨우 잔잔해지자 나는 입을 뗐다.

"하진이 엄마는 과거 재벌의 첩이었어. 지금 술집 마담을 하는 것도 그 시절의 후광을 입은 거라고 하더군. 하진이는……."

나는 울먹이는 시늉을 했다.

"자기를 살리기 위해서 엄마가 인생을 망쳤다고 생각하는 애야. 하진이한테 무슨 말을 하려는 건지는 모르지만…… 그게 하진이의 죄책감을 자극하는 게 아니었으면 좋겠어, 나는……."

일부러 말을 잇지 않았다. 고개를 약간 숙인 자세로, 술잔을 잡은 채 굳어버린 예은의 하얀 손만 바라보고 있었다. 잠시 후 톡, 술잔 위로 최초의 쉼표가 떨어지는 소리.

나는 막 파문이 스쳐간 예은의 잔을 향해 건배를 청했다. 한 잔, 두 잔 그리고 또 한 잔…… 신아와의 쉼표를 늘려가며 그것이 모두를 위한 쉼표임을 믿어 의심치 않았다. 한 평짜리 윤리에 상처받은 예은을 위해, 한 평짜리 불안에 갇혀 있는 신아를 위해, 한 평짜리 죄책감에 시달려온 하진을 위해, 나는 신중하게 숨을 골랐다. 하지만 그것만으로는 충분하다고 할 수 없었다. 내일이 되어 술에서 깨고 나면 예은은 다시 사로잡힐지 몰랐다. 하진에게 금단의 열매를 건네주고 싶다는 유혹에, 그리하여 나의 왕국에서 영원히 탈출하고 싶다는 열망에. 무언가 새로운 것이 요구된다고 말하려 했다. 보다 분명한 약속이, 너와 나를 더 확실하게 결속시킬 견고한 매듭이 필요하다고 속삭이려고 했다. 하지만 내가 그녀의 경계심을 차근차근 해제해 마침내 하얀 어깨를, 그리고 그 밑으로 복잡하게 뻗어 있는 푸른 수맥들을 손안에 넣었을 때, 예은의 의식은 이미 수면 밑으로 가라앉아 있었다.

　예은을 업어 아파트로 갔다. 아파트에 도착하고 나서야 예은은 구역질을 하며 화장실을 찾았다. 부상병을 옮기듯 변기 앞으로 끌고 가 잔등을 쓸어주었다. 변기 속으로 노랗고, 검고, 빨갛고, 파란 쉼표들이 콸랑콸랑 쏟아져 들어갔다. 탈진하다시피 한 예은을 침대에 눕히고 자세를 바로잡고 나니 아문 줄 알았던 가슴이 도로 터져 있었다. 화끈거리는 감각에 느꺼워하며 어둠 속에 30분쯤 더 앉아 있었다. 다시 토하지는 않겠지. 마침내 방을 나서려는데 예은이 나를 불러 세웠다. 깜짝 놀라 돌아보니 어둠 속에 예은의 눈이 말짱하게 열려 있었다. 약간 가라앉은 목소리로 예은이 물었다.

　"너와 나의 윤리라는 말, 기억나?"

　"응, 그럼."

　"아직도 그런 게 있다고 생각해?"

　"물론이지."

　예은은 다시 잠든 것처럼 눈을 감고 있다 말했다.

　"그럼 오늘은 그냥 여기 있어줘."

입속의 검은 눈

학력고사가 한 달 앞으로 다가왔다.

병신이 여기저기 돈을 꾸고 다닌다는 얘기가 흘러들어 왔다. 도대체 유흥비를 얼마나 써댔기에. 이대로 간다면 학력고사 전날도 숙박업소에서 보낼 판이었다. 십대를 못 넘기고 기력 소진으로 돌연사할지도 모르지. 아 병신, 정말 끝까지 귀찮게 하네.

지내온 정이 있는데 모른 척할 수는 없었다. 점심시간에 병신을 미술부로 연행했다. 그림 그리던 후배들을 내쫓고 문을 닫았다. 미술부에는 부서진 이젤이 많았다. 각목으로 두들겨서라도 버릇을 고쳐놓아야지. 그런데 병신이 먼저 말대포를 쏘았다. 마치 본인이 우리를 집합시켰다는 듯 고자세였다.

"너희들은 안 그럴 줄 알았어."

"뭐가?"

"한국에 오면 달라질 줄 알았다고. 적어도 우리는 한민족이니까."

나는 '한민족'이라는 말에 고소했으나 하진은 진지해졌다.

"한국에 오면, 이라니?"

"조선놈들은 더해. 백인들은 그냥 무시하지, 사람을 이용하진 않아. 난 너희 마음을 얻으려고 뭐든지 다 했어. 근데 난 너희한테 여전히 병신이잖아."

"너 유학 갔다 왔어?"

"그래. 미국에서 엘리멘터리 6학년부터 주니어하이스쿨까지 다녔다, 왜."

하다 하다 별의별 거짓말을 다 하는구나 싶었다.

"미국에서 4년이나 있었던 게 인터콘티넨탈을 몰라? 말이 돼?"

병신이 유창한 영어를 떠들어댔다. 이 새끼 또 랩하네.

"근데 영어 점수는 왜 그 모양인데?"

병신이 비웃음을 잘근잘근 씹으며 대답했다.

"아빠가 국회의원인 것도 쬔데 나보러 미국 유학생까지 하라고? 한심한 조선놈들. 잘난 걸 잘난 척한다고 욕하고, 겸손하면 별 볼일 없다고 무시하는 잡것들. 난 너보다 나이도 많아, 이 버르장머리 없는 새끼야."

기억을 되새겨보았다. 나이트 입구에서 주민증을 꺼내려고 했던 일, 음주단속에 걸렸을 때 속사포로 내뱉던 영어, 이태원의 흑마, 압구정에서의 슬랭……

"도대체가 승복할 줄을 몰라 승복할 줄을. 쪽발이들은 안 그래, 아무리 억울해도 승자한테 고개를 조아릴 줄 알아. 그런데 이놈의 조센징들은 끝까지 트집을 잡으려 든단 말이야."

두개골이 오그라들었다. 아무래도 지금 말하고 있는 사람은 병신이 아니라 병신의 꼰대였다. 우리는 바짝 굳은 채로 병신의 빙의를 목격했다.

"그래서 이 나라가 안 된다는 거야. 지도자에 대한 존경심이 없어 존경심이. 상대하기 싫어서 낮춰주면 지네가 잘나서 그런 줄 알아. 겨우 회계사 아들, 고작 술집 마담 아들 주제에, 대체 뭘 믿고 까부는 거야!"

하진의 얼굴이 얼룩덜룩해져 있었다. 나는 하진의 팔을 잡아끌고 미술부를 나가려 했다. 병신이 하진이 엄마 얘기를 어떻게 알았는지 알고 싶지도 않았다.

병신이 문을 가로막았다. 눈알이 신들린 것처럼 희번덕거렸다. 이번에는 또 뭐로 변할까, 긴장하고 있는데 원래대로 돌아와 우리 앞에 꿇어 앉았다. 그게 더 무서웠다.

"얘들아 미안해. 한 번만 용서해줘."

"괜찮아. 다음에 얘기하자."

병신이 무릎발로 기어와 내 발목을 감싸 잡았다.

"한 번만 살려줘. 이번만 도와주면 평생 충성할게."

"이거 놔. 나중에 얘기하자니까."

"그럴 시간이 없어. 일주일 내로 안 갚으면 내 신장을 떼가겠대. 아빠가 알면 난 진짜 끝이야."

하아. 하진이 길게 한숨을 쉬며 손으로 이마를 짚었다. 나는 절로 허리즘에 손이 올라갔다. 아, 진짜 병신새끼. 보나 마나 나이트나 가라오케 같은 데서 한도 초과가 났겠지. 가게에서는 경찰서에 가실까요, 싸게 돈 빌려주는 사람 소개받으실까요 했을 테고. 이자 벌어보겠다고 하우스에 갔다가 꼭지한테 물렸을지도 모른다. 잘 부탁한다고 했는데, 아들이 장기매매 대상자가 된 걸 알면 병신 엄마는 뭐라고 하실까.

"빚이 전부 얼만데?"

하진이 냉정해진 어투로 물었다. 병신이 풀죽은 목소리로 대답했다.

"처, 천만 원."

우리는 잡동사니를 치우고 뒷문으로 나왔다. 와중에 병신은 이자만이라도 부탁한다고 거지처럼 구걸했다. 밖까지 쫓아 나와 중앙 정원이 쩌렁쩌렁 울리게 소리 질렀다.

"내가 너희한테 쓴 돈이 얼만데 이 배은망덕한 새끼들아."

학력고사를 치는 그날까지 병신의 빙의는 계속되었다. 중국 귀신 강시처럼 무작정 쫓아다니는가 하면, 노련한 변호사처럼 지금껏 하진과 나에게 쓴 돈을 꼼꼼히 계산해오기도 했고, 그새 사채업자의 포즈를 익혀 스스로 비디오 사건의 비리를 폭로하겠다고 협박하기도 했다. 무서운 코미디였다.

하진은 짬이 날 때마다 사채의 무서움에 대해 말했다. 엄마의 인생이 뒤바뀐 것도 사채 때문이라고 했다. 하지만 최후의 보루를 가진 자에게 자폭이란 어불성설이었다. 고작 천만 원 때문에 병신의 미래가 달라질 리 없었다. 설사 억대 빚을 졌다 하더라도 녀석의 부모는 너끈히 갚아줄 것이다. 사실 빚을 지는 것도 능력이었다. 겨우 스무 살짜리가 사채업자나 꼭지 덫에 걸리기가 어디 쉬워?

"제명하자."

하진이 화살 쏘듯 말했다. 명중당한 표적처럼 곧장 답했다.

"그러자."

특이한 인간관계란 비대칭의 균형을 뜻하는 말이었다. 추남 오렌지와 탱자 퀸카라면 몰라도, 오렌지 킹카와 추녀 탱자가 사귀는 꼴은 못 봤다. 성빈이 일찌감치 엇나간 것은 모든 점을 고루 갖춰 아쉬울 게 없었기 때문이었다. 비록 결과는 엉망이어도 왕따여서 굴복했던 고위층 자제가 킹카 놀이에 성공하자마자 주체 노선을 추진한 것도 필연이었다. 순종 감귤인 회계사 아들과, 재벌첩생의 오렌지라면 말이 되었다. 문제는 성북동 재벌 2세 퀸카였다. 그녀와 나 사이에는 비대칭만 있을 뿐 균형이 존재할 수 없었다. 하진에게는 미안한 일이었지만 나에게는 예은이 꼭 필요했다. 그것만이 우리 모두가 함께하는 방법이었다. 이제 예은은 말할 수 없고, 신아는 떠날 수 없었다. 예은과의 새로운 윤리의 정립으로, 나는 신아와 하진과 예은이라는 세 마리 토끼를 잡은 셈이었다.

'un'이여 영원하시라.

*

학력고사 날은 몹시 추웠다. 추운 건 상관없었다. 하지만 취약 과목인 수학이 최강으로 어렵게 출제된 건 상관없지 않았다. 기를 쓰고 풀었는데도 55점 만점에 14점이 나온 건 괜찮았다. 하지만 눈 감고 찍은 친구가 18점을 맞았다는 건 너무했다. 집으로 가다가 대리점 TV로 우연히 수학 문제의 해제를 보았다. 다 풀어놓고 시간이 없어 답안지에 수식을 적지 못한 주관식 문제의 정답이 맞아 있었다. 총 두 개인 주관식 문제의 배점은 8점이었고 답만 적으면 2점이었다. 칼바람을 맞으며 1초도 봐주지 않고 매정하게 답안지를 뺏어간 시험 감독을 어떻게 찾아내 죽일까 잠시 고민했다.

선지원후시험제였다. 신촌에 있는 S대 신방과 합격자 발표에서 나는 1.4점 차이로 대기자 11위에 올랐다. 하진은 Y대에 외국인 특차로 지원했는데도 미끄러졌다. 신아는 무리하게 X대 기악과에 도전했다가 보기 좋게 낙방했다. 신아는 차 몰고 오면 그만이고 예은이는 이미 I여대생이니 넷이서 '신촌포커'를 결성하자고 했었다. 내가 스페이드 킹, 신아가 다이아몬드 퀸, 예은이 하트 퀸, 하진이 클로버 킹. 스페이드는 명예를, 다이아몬드는 부를, 하트는 사랑을, 클로버는 행운을 각각 상징하는 것이었으나 이제는 다 망패였다.

병신은 학력고사를 끝으로 사라져버렸다. 성병에 걸려 죽었다고도, 미국의 엉터리 대학에 기부입학을 했다고도 했다. 소문을 종합해보자면 이런 얘기였다. 성병에 걸려 미국에 갔거나, 미국에 가서 성병에 걸린 병신은 그곳에서도 유흥업소를 전전하며 인종과 계급을 차별하지 않고 성병을 퍼뜨리다가 2차 감염된 백인우월주의자나 흑인 래퍼에게 총을 맞고 사망했다?

몇 년 뒤 한여름에 성빈과 병신이 압구정동에서 같이 놀고 있는 것을 누군가 봤다고들 했지만 그 누군가가 누구인지는 아무도 몰랐다. 살아 있다면, 제발 나이트에는 그만 가기를.

얼마 후 낙방자를 대상으로 후기 학력고사가 있었다. 하진은 인천에 있는 K대 영문과에, 나는 서울에 있는 K대 국문과에 원서를 넣었다. 하진은 워낙 하향지원이었고, 나는 전기보다 훨씬 쉽게 출제된 수학 때문에 합격 가능성이 높아졌다. 붙으면 둘이서 'KK단'을 결성하기로 했다. 신아가 삼수를 한다면 이름만 걸어놓고 휴학할 참이었다. 부지런히 과외를 뛰어서 목돈을 모은 다음 X대 미대에 자력으로 입학해야지. X대 미대생과 음대생 재벌 2세라니. 조화와 대칭이 골고루 발달한 화목한 타이틀이 아닐 수 없었다.

그러니까 그때까지는.

나는 신아와 '무궁화 꽃이 피었습니다'를 할 참이지. 상대가 움직였다는 걸 모르는 술래가 어디 있겠어. 하지만 직접 봐야만, 상대조차 들켰다는 걸 인정해야만 상대를 죽일 수 있지. 네가 아무리 확신한들 증거가 없는 한 게임은 계속될 수밖에. 나는 아주 천천히 끝낼 거야. 코앞까지 다가가 손댈 듯 말 듯, 공포에 떨고 있는 네 눈동자를 깊숙이 들여다보고야 말 거야.

그럼에도 나는 물증을 남기려 했다. 조바심의 명령이었다. 예은의 집에 들를 때마다 고의적으로 스카프나 시계 따위를 흘렸다. 예은은 굳이 그 물건들을 숨기거나 하지 않았지만 신아는 눈치채지 못했다. 필살기로 텔레비전 테이블 위에 혁대를 풀어 감아두었는데도 신아의 반응은 영 무뎠다. 모든 게 무뎠다. 시험 결과만 기다리며 아무 일도 안 하다 보니 나 또한 침대의 일부처럼 무뎌졌다. 뇌사 직전에야 머리털이나 음모를 뽑아 정신을 차리다가 그만 상상력이 삐죽해졌다. 사고의 영양실조로 황폐해진 상상력의 혓바늘이 삐죽했다. 신아는 알고도 모른 체하는 게 아닐까. 모른 척해서 내 공격을 애초에 무화시키려는 걸까. 아니면 내 소지품을 못 알아볼 정도로 무심해졌나. 내가 아닌, 나에 대한 질투와 사랑에 빠진 건지도 몰라. 이런 이런. 만약 분노의 표면장력을 견디다 못해 예은에게로 흘러넘친 거라면? 두 사람이 감정을 공유하고 거꾸로 나에게 비밀의 장막을 쳐버리기로 한 거라면?

하지만 벌떡 일어나 주위를 둘러보니 예은의 집에는 내 물건만 있는 게 아니었다. 하진의 스카프와 액세서리도 여기저기 흩어져 있었고 쪽방에는 예은의 옷들 사이로 신아의 것이 대충 뒤섞여 있기까지 했다. 하진이건 신아건 아무 때나 예은의 집에 들러 쉬는 데다 사소한 물건이면 네 것 내 것 없이 돌려쓰게 된 마당에 내 소품 몇 개에 관심 가질리 없었다. 애초에 사유재산을 철폐하자는 허황된 주장을 한 것도 나였고, 그 허황된 주장을 가장 실천하지 않고 있는 것도 나였다. 나로서는 그들과 나눌 물건이 없었던 것이다.

유일하게 나눌 게 있다면 행위예술이었다. 신아가 거칠고 조마조마했다면, 예은은 부드럽고 편안했다. 비치발리볼만 하다가 싱크로나이즈드 스위밍의 세계에 입문한 기분이었다. 예은과의 행위는 조심스럽고 진지하고 심지어는 학구적이었다. 횟수가 늘어가자 나는 어느새 예은의 하진까지도 알아가고 있었다. 하진은 섬세하고 예쁜 남자였다. 예은의 손을 길잡이 삼아 하진이 예은의 몸 위에 새겨놓은 지도를 따라가다 보면 잘 꾸며놓은 정원과 맑은 개울물과, 흐드러진 꽃밭과 아찔하게 푸른 하늘이 있었다. 하진은 항상 예은과 나 사이에 있었다. 섹스가 끝나고 나면 예은은 하진과 나를 혼동하기도 하는 모양이었다. 소파에 누워 있다 무릎을 베거나 오래 부둥켜안고 있으려고 했다. 한번은 귀를 파주고 싶다고 했다. 나는 예은을 슬며시 떼어놓았다.

"그건 연인이나 하는 일이잖아. 우리는 그런 일은 안 해."

"그럼 우리는 뭘 해?"

"친구끼리는 안 하는 일."

"연인이 하는 일도 친구가 하는 일도 안 하면 우리는 무슨 관계야?"

"관계하는 관계."

예은의 얼굴이 어두워지며 눈동자에 마른벼락이 쳤다.

"하하하, 농담이야. 말하자면…… 우리는 세상에는 없는 관계야."

"세상에는 없는 관계?"

"응."

"세상에는 없는 관계. 세상에는 없는 관계. 음…… 그 말 어쩐지 발음할수록 좋은데?"

"지금부터는 그 말이 아니라 네 말이야. 그러니까 얼마든지 발음해도 좋아."

발음의 반복은 혀 위에서만 일어나는 게 아니었다. 어느 날 신아는 애무 중인 나를 힘껏 밀어내더니 발차기까지 해서 몰아냈다. 침대 끝에 아슬아슬하게 걸터앉아 있는 나를 물끄러미 바라보다가 독사처럼 날아와서 뺨을 물어뜯었다. 나는 소리를 지르며 화장실로 들어가 문을 잠갔다. 한동안 조용하더니 신아가 노크를 하며 미안하다고 사과했다. 못 이기는 척 문을 열고 나가자 신아는 다시 내 뺨을 후려갈겼다. 신아의 눈빛에 떠올라 있는 감정은 노여움이었다. 네가 감히 어떻게 대놓고…… 하는 듯한 표정이었다. 그 어떤 말보다도 구체적인 언어를 내 손끝에서 전달받은 게 틀림없었다. 무서우리만치 예민한 말초신경이었다. 수많은 여자들의 흔적 사이에서 예은만의 것을 가려냈다는 것은. 아니지. 신아는 '세상에는 없는 관계'를 읽어낸 셈이지. 하진과 예은과 나 사이에서 탄생한 프랑켄슈타인. 분명히 존재하지만 그 누구도 아닌 존재.

신아는 더 이상 하진에게 팔짱을 끼거나 하진의 허리에 손을 두르지 않았다. 예은이 그렇게 할 때마다 유심히 두 사람을 관찰하기만 했다. 신아는 유령에 사로잡혀 있었다. 유령이어서 차마 입 밖으로 내지 못하고 있었다. 그때마다 나는 오랫동안 추격해온 사냥감을 드디어 붙잡은 듯한 카타르시스를 느꼈다. 예상치 못한 방법으로 붙잡은 사냥감에 재갈까지 물리고 나니 만족감은 배가되었다. 온 사방에 무궁화 꽃이 피어 있었다.

예은의 집에 모여 모두 술에 취해가던 어느 날 신아는 화장실에 가려는 나를 새치기해 먼저 들어가더니 한참 만에 나왔다. 참았던 용무를 해결한 쾌감에 얼얼해하며 손을 씻는데 신아가 세면대 거울에 깜찍한 장난을 해놓은 게 보였다. 시선이 잘 닿을 만한 거울 면에 약간의 치약을 묻혀 그 안에 음모 한 가닥을 심어놓았다. 대체 어디서 찾아낸 것인지, 붉은빛이 도는 밝은 갈색의 음모는 내 것이었다. 나는 앞머리에 빨간 새치가 있어서 블리치를 한 것으로 종종 오해받곤 했다. 털빛은 온몸에 공통이어서, 나는 그곳에도 새끼 새치가 있다는 것을 애들은 들어서 다 알고 있었다. 유령의 영을 실어놓은 매개체인가? 치우고 자수하든지, 그냥 두고 하진에게 들키든지 알아서 하라는 주문이었다.

나는 그냥 나왔다. 아무것도 못 본 것처럼 웃고 떠들었다. 적당한 기회를 틈타 다음번에 신아가 들어간 건 물론이었다. 살갗이 따끔거릴 정도로 나를 잠시 노려보았으나 신아는 마찬가지로 아무 일 없는 척했다. 두 번째로 들어갔다 나온 예은은 과일을 깎아 오겠다며 주방으로 향했다. 이번에는 내가 확인했다. 최소한의 질량으로 만들어진 유령의 인형은 저주받은 것처럼 그 자리에 그대로 못 박혀 있었다. 세 번째로 다녀온 하진이 마침내 유령의 존재를 밝혔다. 내 뒤통수를 살짝 치며 천기누설하듯 조그맣게 말했다.

"화장실에 무슨 더러운 장난이냐? 벌써 취했어?"

그새 엿들은 신아가 모르는 척 물었다.

"더러운 장난이 뭔데?"

하진이 고개를 반쯤 틀며 맥주로 입을 가셨다.

"아무것도 아니야."

"말해봐, 뭔데?"

나는 신아의 낚싯대를 잽싸게 낚아챘다.

"그래서 그거 치웠어?"

하진이 신아의 눈치를 보며 대답했다.

"당연하지. 그게 뭐야."

신아가 낚싯대를 되찾으려고 했다.

"혹시 그거……"

나는 잽싸게 물속에 바위를 던져 넣었다.

"아 진짜. 그걸 치우면 어떡해!"

하진이 얼떨떨한 표정을 지었다.

"너 진짜 그게 뭔지 모르겠어?"

신아가 입을 벌린 채 굳어버렸다. 주방에서 또각또각, 사과를 조각

내던 예은의 칼질이 멈췄다. 나는 뺨이 실룩거리는 것을 참으며 지구의 종말을 선언했다.

"내가 아는 형한테 알아낸 최신의 방법이란 말야. 그렇게 해놓으면 후기에 붙는다고 했다고."

예은의 칼질이 다시 시작되었다. 신아가 맥주 원샷으로 분노의 실소를 감추었다. 하진이 진지한 표정으로 위로했다.

"너만 떨어진 거 아니잖아. 아직 발표 안 났으니까 기다려보자."

대성학원 입학고사의 합격통지서가 왔다. 후기대학 합격 발표까지는 일주일이 남아 있었다. 자랑스러운 대성의 학원생이 된 하진과 나는 오전 내내 옥상에서 모르는 애들과 포커를 쳤다. 돈을 따면 건물 측벽의 배수 파이프를 타고 소방대원처럼 출동했다. 우리는 달리기에 젬병인 수위 아저씨를 따돌리고 단숨에 담벼락을 넘었다. 70년대나 80년대쯤에 머물러 있는 듯한 노량진 거리에 서고 나면 우리가 누구인지 도무지 알 수 없었다. 얼어붙은 하늘은 언제나 무표정했다.

*

처음으로 ARS라는 첨단 시스템을 사용하게 되었다. 후기 합격자 발표 전화 서비스. 미리 녹음된 기계음이 내 말 한마디 안 들어주고 나의 19년 인생에 탕탕, 판결을 내리다니 깔끔하다 못해 삭막했다. 합격이건 불합격이건 나는 컨베이어벨트 위에서 도장 찍히기를 기다리는 부위별로 토막 난 고깃덩이 신세였다.

졸업이란 도장을 찍는 일이었다. 초등학교 때에는 공책에 찍지만 성인이 되면 이마에 찍는 거다. X고 출신으로 X대를 졸업해야 XX등급, 그 상태로 고시를 통과하거나 좋은 직업을 찾으면 XX프리미엄쯤 되는 거지. 헌법이고 나발이고 대한민국의 근간은 '첫 도장 우선의 법칙'. 설움받지 않고 출세하려면 무조건 첫 도장을 잘 받아야 했다. 천하의 위스키 수퍼 프리미엄도 어지간히 늙기 전에는 코냑의 최하급인 VO를 이길 수는 없는 법이었다.

도장부터 찍고 태어나는 놈들도 있었다. 그들은 기상천외한 루트로 명문대의 입장권을 구입했다. 잔디구장이나 스쿨버스는 순진한 비유에 불과했다. 고3 때 승마를 시작한 동창은 선수가 된 지 6개월 만에 대부분의 선수가 갑자기 기권하거나 이유 없이 넘어진 신설 승마대회에서 운 좋게(?) 메달권에 들었다. 이후 마리당 1억이 넘는 말 두 마리를 타고 명문대 담벼락을 뛰어넘은 녀석은 대학 시절 내내 말은커녕 스포츠카와 여자만 탔다는 후문이었다. 단군의 자손임이 분명한데 외국인 특별 전형에 붙어 정문으로 걸어 들어간 놈, 뉴욕 변두리에 사무실 하나 달랑 있다는 기상천외한 미국 명문대를 다니다가 외국 유학생으로 편입하여 옆문으로 끼어들어간 놈, 교직원 자녀라는 그럴듯한 명목하에 거액의 기부금을 내고 뒷문으로 숨어 들어간 놈도 있었다. 남자애가 무용과에 들어갔다 체육과로 전과하거나, 여자애가 트럭 딸린 하프를 사들고 음대에 잠입한 경우는 애교에 속했다. 어쨌거나 성빈은 일본 명문대에 입학했고, 짐승은 검정고시와 교직원 자녀 특채를 거쳐 중위권 대학에 붙었다. 대입에 실패한 건 입술뿐이었다.

신아 또한 독일 음악대학의 입학 허가를 받아놓은 상태였다. 한국 대학에 지원한 것은 "여자애는 집 떠나 살면 안 된다"는 아빠의 고집 때문이었고, 두 번이나 떨어진 것은 최소한의 학력고사 점수조차 받지 못해서였다. 후기 발표가 끝나고 나서야 신아는 나에게 그 사실을 알렸다.

"언제 가는데?"

"겨울 끝나기 전에."

"여름에 시작한다며 왜 그렇게 빨리 가?"

"독어를 잘하지 못하니까."

난 명동 한복판에 멈춰 섰다.

"자주 올 거야. 아빠 엄마 오빠 나 생일 때도 와야 하고, 방학 때는 계속 한국에 있을 거고."

"누가 뭐래?"

"그럼 어떡해. 넌 내가 계속 고졸로 살았으면 좋겠어?"

응, 그랬으면 좋겠어. 입 밖에 내서는 안 되는 말이 목젖에 간지럽게 걸려 있었다. 잔머리 하나 갖고 너희들의 세계에 뛰어들었지. 미술을 하면서 인문계 고등학교 2등급을 유지하고 최근에는 17대 1이라는 잔인한 경쟁률을 뚫고 중위권 대학의 입학권을 따냈어. 5분 정도는 기분이 좋더군. 대학에 붙으면 엄마가 롱코트를 사주기로 했거든. 드디어 하진의 옷을 빌려 입지 않아도 된단 말이야. 하지만 네가 없는 나는 칼 없는 검객이지. 코냑의 등급을 감식하게 된 혀는 소주로 적시고, 드리프트를 할 수 있는 손발은 버스에서 균형 잡는 데 쓰고, 학교 선생과 국회의원을 농락하던 머리로는 고삐리 과외나 해야겠지. 그런데, 계속 고졸로 사는 게 뭐?

나는 출렁거리는 강북 최고의 패션 거리 한복판에 부표처럼 정지해 있었다. 인파가 몰려올 때마다 몸이 위아래로 흔들리는 듯한 착각이 일었다. 머릿속에서 일식이 일어나 시야가 캄캄해졌다. 어둠에 갇힌 회로 위에서 스파크가 튀었다. 한 번 그런 일이 생기면 1, 2분 동안은 꼼짝없이 주저앉아 있어야 했다. 신아가 내 어깨를 잡고 뒤흔드는 통에 속까지 메스꺼웠다.

불규칙하게 찾아오는 일시적인 시각장애가 우울증의 우회적인 증상임은 몇 개월 뒤에야 알았다. '마음은 아픈데 머리는 아니라고 자꾸 억압하니까 무의식이 통증으로 자신의 고통을 호소하는 거예요.' 하지만 증상은 곧 의사의 명쾌한 설명을 벗어났다. 길거리를 명랑하게 걷다가도, 오락실 안에서 신나게 오락을 하다가도, 사람들과 커피집이나 술집에서 큰 소리로 웃다가도 갑자기 목격하게 되는 마음의 일식. 의사는 그조차 이성적인 분석의 틀을 교란하려는 무의식의 저항이라고 설명했다. 무의식의 IQ는 어쩌면 그리도 높은 것인지.

안과 검진과 CT 촬영에서는 아무런 이상도 발견되지 않았다. 등에 귀신이 붙어 심심할 적마다 눈을 가리는 게 틀림없었다. 업둥이 귀신의 손장난은 내가 스물두 살이 되던 해 봄까지 계속되었다. 그 봄, K대 교정의 벚꽃 비를 맞으며 타오르는 작은 불꽃에 눈을 씻고 나서야 나는 신아가 나에게 맡겨놓은 유령의 손바닥에서 벗어날 수 있었다.

하진과 나는 후기에 합격했다. 나란히 대성학원의 학원비를 돌려받았다. 졸업식이 있었다. 신아는 내 부모님을 보고 싶다고 꽤나 고집을 피웠으나, 나는 신아에게 절대로 오지 말라고 당조짐했다. 아무도 졸업식에 오지 않았다. 나는 새로 산 롱코트의 깃을 올리고, 별로 친하지 않은 반애들과 사진을 찍었다. 그때는 분명 손안에 있었던 계란이 선생님들과 찍을 때는 사라져 있었다. 거머리, 지랄과 함께 찍은 사진은 없다.

저녁에는 학교 앞 맥줏집에서 조촐한 환송식이 열렸다. 스무 명쯤 모였는데 돌아가면서 한마디씩 하는 시간이 있었다. 내가 무슨 말을 지껄였는지는 기억나지 않는다. 불콰하게 취한 지랄이 나를 옆자리에 앉혀놓고 한 말만이 또렷하다.

"개, 개기는 놈도 있어야지. 시키는 대로 따라하는 새끼, 그, 그거, 쓸모없어. 하지만, 서, 선생은 누를 수밖에 없는 거야. 누, 눌러야 씨발 개기지. 누르는데도 개겨야 씨발 지, 진짜지. 머, 멋쟁이. 하, 한잔해."

지랄과 건배한 잔을 원샷해버렸다. 지랄도 질 수 없다는 듯 잔을 비웠다. 애들이 박수를 치며, "한 잔 더!"를 외쳤다. 지랄은 시끄럽다며 애들의 환호를 손사래 쳐서 끈 다음 말했다.

"근데 이 나라는 말야, 모나면 정 맞는 정도가 아니라 매, 맷돌로 갈아서 아주 가, 가루를 내."

지랄은 한동안 다른 자리에 가 있더니 다시 돌아와 말맺음을 했다. 누군가의 도청을 두려워하는 사람처럼 속삭였다.

"네가 충분히 세질 때까지 기다리랑께. 어설프게 까불면 죽는당께."

아무리 개차반이어도 어른은 어른이구나. 사람에게는 사람마다의 이유와 당위가 있는 것이로구나, 생각했었다. 몇 년 뒤에야 같은 과 X고 선배와 술을 마시다가 그 말이 최고의 골칫덩이 졸업생에게 선사하는 지랄의 단골 메뉴였음을 알았다. 그때까지도 나는 지랄의 덕담을 고마워하고 잘 지키려고 노력했던 것 같다. 대학에 들어간 이후 나는 한 번도 선을 넘어가거나 문제를 일으킨 적이 없었으니까. 하지만 나를 골칫덩이로 여기는 사람은 여전히 많았다.

사람은 변하지만 바뀌지는 않는다. 세상은 바뀌지만 변하지 않는다. 변치 않는 세상 속에서 변해가는 게 인생이고, 바뀌지 않는 사람들이 세상을 바꾸겠다고 말하는 게 정치였다. 고등학교를 졸업한 지 1년 만에 나는 더 이상은 아무것도 믿고 싶지 않다고 생각했다. 하얗게 눈이 깔린 캠퍼스를 혼자 걸으며 더 이상은 아무것도 '싶고' 싶지 않다고 생각했다, 생각했다, 생각했다.

Frankenstein Girl

졸업은 불편한 일이었다. 외박은커녕 열시까지 집에 들어와야 했다. 운전면허를 3일 만에 따버리고 나니 할일이 없었다. 3일에 한 번 꼴로 하루 종일 방 안에 생각의 거미줄을 쳤다. 3일에 한 번꼴로 신아를 만나 무궁화 꽃 데이트를 했다. 3일에 한 번꼴로 한양아파트에 가서 예은과 하진을 나누었다.

삼일살이를 삼생쯤 반복하고 나니 우편물 한 통이 날아왔다. 문과대학에서 경기도 어딘가로 2박3일의 신입생 오리엔테이션을 떠나니 꼭 참가해달라는 내용의 등기였다. 2박3일은 내 거미줄 속에서 3박4일로 몸피를 늘였다. 목적지는 북쪽이 아닌 남쪽으로 수정되고, 참가자는 수백 명에서 네 명으로 압축되었다. 수정과 압축을 거친 계획안은 말라가고 있던 고치들의 실주머니를 다시 부풀게 했다. 하진은 지방대에 다니느니 그냥 재수하라는 엄마의 물정 모르는 제안이, 신아는 머리는 좋은 년인데 외국에 가고 싶어 일부러 공부를 안 하는 거라는 아빠의 근거 없는 착각이 지긋지긋하여 적극 동참했다. 각자의 머리에서 실들이 와르르 풀려나와 순식간에 새끼줄을 쨨다.

"부산으로 가자. 겨울바다도 보고, 회도 먹고."

하진이 말했다. 신아가 두 손을 맞잡았다.

"시내에서 쇼핑도 하고 호텔에서 베개 싸움도 하자."

"시장에도 가보고 낚시도 해봐야지."

"배도 타보고…… 스쿠버는 겨울이라 안 되겠지?"

"노갈네 학교보다 하루 일찍 가는 거다."

"목금토일로 말이지? 오케이. 차는 두 대?"

"그럼. 커플별로 찢어졌다 뭉쳤다 해야지. 기분 좋으면 경주도 하고. 노갈 면허 딴 기념으로."

우리는 커피잔으로 건배를 했다. 하진이 꼭 가야 할 곳을 나열하기 시작했다. 신아가 정신이 팔린 틈을 타 예은이 슬쩍 내 어깨를 치고 먼저 화장실 쪽으로 갔다. 꽤 깊은 곳에 있는 화장실 복도에 가보니 좀 전까지만 해도 아무 이견이 없었던 예은이 단도를 꺼내 들고 있었다.

"정말로 여행 갈 거야?"

"뭐가 문젠데?"

"몰라서 물어?"

예은이 반문했다. 나는 어깨를 으쓱해 보였다.

"난 자신 없어. 지금도 들킬까 봐 조마조마한데 3일씩 어떻게……."

"화장실에 장난쳐놓은 거 못 봤어? 새삼 들킬 일도 없잖아."

예은의 눈꼬리가 올라갔다.

"네 생각만 하니? 하진이는 아니잖아."

"……."

"하진이가 우리 관계를 이해할 것 같아?"

"……."

"이해하는지 못하는지 내가 먼저 한번 말해볼까?"

'관계'라고 했다. '이해'라고 했다. 순서를 바꾸면 '이해관계'였다. 하진과 나 사이에는 더 이상의 이해관계가 필요 없었다. 하지만 신아와 나는 달랐다. 훌륭한 가문에서 잘 교육받은 백인 남자들과 함께 지내게 될 신아가 얼마나 오랫동안 나를 이해할 수 있을 것 같니.

너도 나와 이해관계가 없다고는 말 못 하겠지. 외로운 척 접근했지만 나는 네가 왜 그랬는지 알고 있어. 네가 하진에게 죄책감을 느끼고 있었다는 것을. 백지에 물든 흉한 얼룩을 가리기 위해, 너에게는 그럴 듯한 그림 한 점이 필요했던 게 아니야? '너와 나의 윤리'라는 제목의 추상화 말이야. 나와의 '관계'로 그 사건의 상처를 덮고, 너는 결코 하진이를 속이고 있는 게 아니라 일반인은 이해 못 할 수준 높은 예술행위를 하고 있을 뿐이라고 자위하고 싶었겠지. 그런데 이제 와서 그림을 치워버리겠다고? 보나 마나 얼룩도 못 자국도 그림도 죄다 내 머리에서 나온 발상이라고 덮어씌울 참이지. 아니나 다를까.

"하진이가 나랑만 끝낼 것 같아? 아니, 과연 하진이만 너랑 끝낼까?"

"갑자기 왜 그래?"

"하진이는 모르는데 신아는 알잖아."

"그게 내 잘못이야?"

"너와 나의 윤리는 공평이 기본이라며? 근데 왜 나만 신아한테 후커 취급을 받아야 해?"

"누가 누굴 후커 취급한다고 그래? 신아는 우리를 질투하고 있을 뿐이야."

"그게 불공평하다는 거야. 난 너희를 질투할 수 없잖아. 왜 신아만 질투하고 나는 질투할 수가 없어?"

무슨 말을 하고 싶은 거니. 그렇게 말하면 넌 이미 신아를 질투하고 있는 거잖아.

"나보러 뭘 어쩌라는 건데? 애들 열심히 계획 짜고 있는데 이제 와서 가지 말자고 할까?"

하이힐 소리가 다가왔으므로 대화는 그쯤에서 끊겼다. 복도에 나타난 여자는 신아가 아니었지만 나는 괜히 겁이 나 돌아섰다. 나보다 늦게 돌아온 예은은 자리에 앉자마자 하진의 얘기에 맞장구를 쳤다.

"재밌겠다. 나 부산은 한 번도 못 가봤는데."

예은의 반질반질한 뺨에 돋아나는 뱀 비늘을 본 것 같았다. 예은의 얼굴과 몸에 새겨지는 재봉 자국을 본 것 같았다. 예은의 입이 여행 계획에 찬성하는 틈틈이 예은의 눈이 내 얼굴을 노리고 있었다. 예은의 손이 박수를 치며 하진과 신아의 어깨에 가닿는 동안 예은의 발은 테이블 밑으로 내 정강이를 슬금슬금 걷어차고 있었다. 예은은 하나가 아니었다. 예은은 토막 난 불도그개미였다. 일단 분리되고 나면 머리와 꼬리가 죽음에 이를 때까지 싸우게 된다는. 어느 쪽이 이기건 나에게는 패전이었다. 여행을 가면 예은은 내 눈앞에서 스위치를 쥐고 흔들겠지. 가지 않더라도 시도 때도 없이 스위치의 존재를 상기시킬 게 뻔했다.

맘대로 하라지. 정말 눌러버리면 너도 끝장일 테니까.

티타임은 자연스럽게 나의 면허 취득 기념 술자리로 이어졌다. 하진과 신아가 화장실에 가고 없는 사이 나는 예은의 의도를 점검했다.

"바라는 게 뭐야?"

"한국말 못 알아들어? 나도 신아를 질투하게 해달라고."

"정말 하진이한테 말하자는 거야?"

"넌 그게 공평하다고 생각하니?"

"아니면 어쩌자고."

예은은 답답하다는 듯 한숨을 쉬었다. 내가 쉬고 싶은 한숨이었다.

"우리가 끝내면 되겠네. 그럼 다 공평하잖아?"

"그래, 그럼 공평하겠네."

맥주잔을 꺾고 절도 있게 내려놓았다. 예은의 눈이 올빼미처럼 커졌다 뱁새처럼 가늘어졌다. 놀라움의 양만큼 의심의 날도 예민해지는 모양이었다. 거짓말 같으면 어서 내 목을 쳐. 나는 고개를 약간 들고 웃어 보였다. 지금 관둔다고 해도 신아는 한동안 모를걸? 관계가 있다고 하면 모를까, 더구나 끝났다고 말하면 무용지물이지. 넌 어차피 교두보였어. 해안에 상륙하고 나면 그뿐, 신아와 나 사이에서 너는 중심이 될 수 없어.

대학에만 들어가면 내가 중심이지. 철심만큼 튼튼해져서 너보다 훨씬 멋진 여자애들을 코일처럼 감고 다닐 테다. 신아의 질투는 나의 자력(磁力)이 되어줄 거야. 질투가 있는 한 제아무리 독일이라 한들 우리의 사랑은 끝나지 않아.

관성의 법칙도 내 편이었다. 맥줏집에서의 2차는 어느새 나이트에서의 3차로 옮겨와 있었다. 남녀 두 쌍인데도 하진은 룸을 빌렸다. 남녀 두 쌍인데도 신아는 부킹을 해야 한다며 예은의 손을 잡고 스테이지로 나갔다. 예은과 신아를 따라 들어온 남자애들에게 하진은 우리는 친구일 뿐이라며 눈도 깜짝하지 않고 양주를 따라주었다. 아무도 우리의 관계를 이해하지 못했으나 그럴수록 우리는 돈독해졌다. 하진과 나는 손뼉 치듯 자주 건배했다. 완전탄성을 가진 일렬 진자처럼 멈추지 않았다. 하진은 나를 진심으로 좋아한다고 말했다, 쨍강, 나는 하진을 사랑한다고 말했다, 쨍강, 하진은 평생 변치 말자고 말했다, 쨍강, 나는 네가 살인을 해도 친구일 거라고 말했다, 쨍강, 하진은 우리 사이에 용서 못할 일은 없다고 말했다, 쨍강. 쨍강, 쨍강, 쨍강……

예은이 쏘삭거리기 시작했다. 하진과 신아가 나간 사이 내 목덜미에 키스했다. 입술이 닿은 자리가 혀 위에서 탄산 알갱이들이 터질 때처럼 톡톡거렸다. 거 봐, 쉽게 그만둘 수 없는 사람은 되려 너지. 피하거나 제지하면 기권이었으므로 나는 스파링 해주듯 받아주었다. 예은의 앙증맞은 잽은 역시나 신아나 하진이 돌아오기 전까지만 유효했다. 부산에서의 활약을 기약하며 한 차례 거국적인 건배가 있었다. 그리고 하진과 신아를 술래로 하는 무궁화 꽃이 피었습니다, 가 있었다.

신아가 제일 먼저 화장실에 갔다. 뒤이어 하진이 나갔다. 기권한 것처럼 앉아 있다가 나는 반투명 벽에 신아의 실루엣이 나타나자 예은의 뺨에 잽을 날렸다. 신아가 자리에 앉을 때까지 건배 한 번의 시간 여유가 있었다. 하진과 바통을 건네받듯 화장실에 가 용무를 보고 세면대 거울로 립스틱이 묻지 않았는지 확인했다. 나오다가 복도에서 예은과 마주쳤다. 웃으며 스쳐 지나가던 예은이 기습적으로 나를 껴안고 입술에 키스했다. 몸을 돌리며 노려보니 룸 입구까지는 5미터도 채 돼 보이지 않았다. 다음에는 하진이 먼저, 신아가 잠시 후에 화장실에 갔다. 나는 거칠게 키스하며 쥐어짜듯 예은의 가슴을 유린했다. 속옷이 흐트러진 예은은 하진이 문을 열자마자 일어섰다. 금방 뒤따라온 신아와 복도에서 마주쳤을 게 뻔했다. 여행에 대한 밑도 끝도 없는 수다에 양주 한 병이 사라졌다. 하진과 신아가 의기투합하여 스테이지로 진출했다. 따라나선 줄 알았던 예은이 돌아와 반투명 벽을 등진 채 내 허벅지 위에 걸터앉았다. 내 목덜미를 고양이처럼 파고들며 따뜻한 숨결을 내뿜었다. 언제 하진과 신아가 들이닥칠지 모른다는 불안과 먼저 상대의 절제를 무너뜨렸다는 승리감 사이에서 나는 어지러웠다. 이제 충분히 알았으니 그만해도 좋아. 예은의 머리를 가만히 쓰다듬은 것은 그만 물러나라는 뜻이었다. 허벅지로 내 하체를 압박하며 감히 바지 지퍼에 손을 대라는 뜻은 아니었다.

"나, 팬티를 벗었어."

나는 힘껏 몸을 돌려 벌떡 일어섰다. 소파에 내동댕이쳐진 예은의 눈가가 젖고 있었다. 아무런 가림도 없이 날것 그대로 흘러내리는 그 눈물이 나는 몹시 불편했다.

"네가 아무리 이래도 나는 꿈쩍 안 해."

예은이 두 손을 치우자 나타난 것은 눈물이 온데간데없이 사라져버린 무표정한 얼굴이었다. 어느새 정체불명의 외계생명체가 예은의 몸을 점령해버린 게 틀림없었다. 외계생명체는 소파 위에 무릎으로 선 채 내 귀에 가까이 다가와 속삭였다.

"맘대로 해. 네가 흘린 음모를 죄다 찾아내서 신아한테 우편으로 보내버릴 테니까."

*

신아는 집안 친구 세 명과 동행하기로 했다. 늦어도 열시까지는 호텔로 돌아와 키를 찾아야만 했다. 공식적으로는 그랬다. 호텔 프런트 직원의 눈은 곧 엄마의 눈이기 때문이었다. 실제로는 키만 찾아 친구들에게 건넨 다음 뒷문으로 빠져나와 우리와 합류할 거였다. 잠도 나와 함께 잘 거였다.

신아는 에스페로 대신 아우디 200을 몰고 왔다. 〈007〉에 나온 것을 보고 아빠가 유럽에서부터 힘들게 들여왔다는 세컨드 카였다. 장거리 여행에 국산차는 불안하다며 엄마가 특별히 내줬다고 했다.

"면허 딴 기념이야."

신아가 키를 건네며 말했다. 계기판이 보기 좋게 늘어서 있었다. 작고 날렵한 스포츠 핸들과 3단으로 분리된 중앙 송풍구가 인상적이었다. 용도를 알 수 없는 버튼들이 운전석이 아니라 조종석에 탑승한 기분을 안겼다. 예은에 대한 공포는 머리를 헤드레스트로 잡아당기는 아우디의 탁월한 가속력과 함께 날아가 버렸다. 관성의 법칙이 예은의 협박을 출발선에 떨어뜨리고 신아와 나만을 고속도로 위에 올려놓은 것 같았다. 가까이 앉아 있는 신아가 처음 만난 14개월 전으로 멀어져 있었다. 시속 180킬로미터의 속도로 달아나는 풍경만큼이나 그녀와 함께 보낸 지난 시간에 현실감이 없었다. 신아는 거친 운전에 약간 겁이 나는 모양이었지만 속도를 줄이라고 말하지는 않았다. 페달을 더 깊이 밟았으나 차는 한계에 도달해 있었다. 아웃스티어링 직전에 감속하고 직진 코스가 나타나면 무섭게 가속하면서 장장 네 시간여에 걸친 경부고속도로 완주를 무사히 끝냈다.

어쩌면 시간이 멈출지도 모르겠다고 생각했을 때 눈앞에 펼쳐진 바다를 보았다. 광활한 백사장과 그 위에 레고 블록처럼 박혀 있는 호텔은 나중에야 눈에 띄었다. 바다와의 만남은 내 기억 속에서는 처음이었다.

"한 번도 와본 적이 없어? 단 한 번도?"

"아주 어릴 때 가족여행으로 간 적이 있대. 근데 그건 기억이 안 나."

신아가 나를 안았다. 이건 위로받을 일이 아니라고 말하지 못했다. 고개만 들면 눈앞으로 다가오는 바다를 다른 말로 표현하려 애썼다. 중세풍 드레스의 레이스 같다든지, 흰 줄이 쳐진 거대한 푸른색 깃발 같다든지 하는. 하지만 내 감정을 설명해줄 말은 사전을 통독해도 없을 것 같았다. 그녀의 목과 어깨 사이에서 풀 냄새가 났다. 수분을 빨아올리는 본능만을 지닌 줄기처럼 나는 삼투(滲透)하며 서 있었다. 잠시 후 마침내 한 줄기 눈물이 흘러내렸다. 자연 외에는 아무것도 존재하지 않는 화면을 나는 스무 살이 되어서야 처음 본 것이었다. 그러자 모든 게 전생 같았다. 수백 년이나 수천 년 전에도 나는 새파랗게 젊은 채로 신아와 함께 땅끝에 와 있었을 것 같았다.

모든 게 전생 같았다. 예상했던 일들만 계속해서 벌어졌다. 나가면 분위기가 이상하다며 오늘은 첫날이니까 그냥 호텔 바에서 술이나 마시고 놀자는 신아의 의견을 예은이 잘랐다. 유명한 일식집에 가자는 신아를 해변에서 가까운 횟집 거리로 끌고 간 것도 예은이었다. 내가 보기에도 음식점이라기보다는 실내포차나 시장을 연상시키는 횟집 안으로 신아는 들어가기 싫어했다. 신아가 냄새가 난다며 돌아가자고 할 때 예은이 쐐기를 박듯 한마디 던졌다.

"재벌 티 내니? 너무 그러지 마 얘."

예은은 익숙하게 주인아줌마와 흥정을 했다. 신아가 그냥 먹자고 하자 예은은 "내가 살 거라서 안 돼" 하더니 가격을 30퍼센트가량이나 깎았다. 주문이 끝나자 예은이 부드러운 말투로 신아에게 물었다.

"넌 이런 것 해본 적 없지?"

"뭐 말야?"

"가격 깎는 거. 촌스러워서 창피하지?"

신아가 설핏 웃더니 귀염성 있는 말투로 대답했다.

"에이, 촌동네 왔으니까 촌스러워야지."

예은이 물어보지도 않고 시킨 돔과 게르치를 신아는 섬 처녀처럼 잘만 집어먹었다. 예은의 눈에 언짢다는 표정이 역력했다. 왜 이렇게 잘먹느냐고 묻자 신아는 맨손으로 회 몇 점을 집어 나에게 쌈까지 싸주었다.

"아빠랑 배 위에서 먹던 회 맛이랑 비슷한데? 낚시해서 아빠가 갑판에서 즉석에서 회 쳐준 적이 있거든."

예은이 하진이에게 쌈을 싸주며 무심한 척 물었다.

"너희 아빠 고기잡이배도 하시니?"

"아니, 그런 것 말고 그냥 하얀색 배."

"어머, 레저용 보트도 타셔? 젊게 사시는구나?"

"보트가 아니라 요트지. 크루저 요트."

맥주를 마시려는 신아에게 예은은 소주잔을 돌렸다. 예은은 신아에게 선(Sun) 소주인지 쓴 소주인지를 가득 부었다. 보다 못해 한마디 했다.

"에이, 왜 그래. 신아 소주 못 마시잖아."

"여행 왔는데 여행 온 것처럼 놀아야지."

"여행은 여행이고 소주는 소주……."

하는데 신아가 선 소주를 단번에 비웠다. 눈을 동그랗게 뜨더니 말했다.

"맛있는데?"

소주를 네 병이나 비우고 밖으로 나왔다. 햇덧이 짧아 거리는 이미 어둑어둑해져 가고 있었다. 횟집 거리를 걸어 나오니 대형 맥줏집이 있었다. 새로운 트랜드인 통나무 인테리어의 맥줏집이었다. 우리는 여행지에 와서도 서울에서의 일상을 반복하고 있었다. 부산 사람들의 시선 속에서만 우리는 여행객이었다. 입구에서 안쪽 좌석까지 걸어가는 동안 실내를 가득 채운 눈들이 우리를 겨냥한 총구처럼 움직이고 있음을 나는 느꼈다. 자리를 차지하고 앉고서야 이유를 알았다. 코트를 걸쳤건 덕다운 점퍼를 입었건 남자들은 하나같이 '기지바지를 입어야 멋쟁이지' 하고 있었다. 여자들은 결혼식에 참석하고 왔거나, 아니면 대중목욕탕에 갔다 왔거나 둘 중 하나였다. 나나 예은처럼 롱코트 안에 청바지나 청미니스커트를 입은 경우는 없었다. 신아와 하진의 밝은색 무스탕은 들깨죽 위에 뿌린 치즈 모양 생뚱맞아 보이기까지 했다. 담배를 든 채 화장실로 걸어가는 신아의 샤넬 원피스 뒷자락을 쫓는 남자들의 눈빛에 '어허, 저년 좀 봐라' 하는 표정이 떠올라 와 있었다.

우리가 입을 열자 분위기는 더 묘해졌다. 나긋나긋 말할수록 영어 섞인 서울말은 풍선처럼 동동 떴다. 왠지 정파무인의 아지트 술집에 예고 없이 나타난 암살자 무리가 된 기분이었다. 조금만 크게 말했다가는 누군가가 벌떡 일어나 공중의 풍선을 갈라 펑, 소리를 내겠지. 그러면 모두가 와아, 일제히 칼을 뽑고 달려들지 않을까.

하지만 분위기에 위축된 건 나뿐인 것 같았다. 하진은 무심하게 주위를 둘러보고 있었고, 신아는 술이 나오자마자 버릇처럼 게임을 제안했다. 미국놈들이 잘한다는 'Y or N'이라는 게임이었다. 예스라고 답하면 공격권을 가져가고, 노라고 답하면 벌주를 먹고 계속 질문을 받는게 규칙이었다. 하진과 내가 하지 않겠다고 몸을 빼자 신아가 정 하기싫으면 벌주만 마시라며 편을 나누자고 밀어붙였다. 예은은 예은대로물어보지도 않고 롱코트와 무스탕으로 편을 가른 다음 신아에게 선제공격했다.

"너 성형해서 예쁜 거지?"

"아니."

"정말?"

"정말."

신아가 벌주로 맥주 한 잔을 마셨다. 예은이 계속 질문했다.

"너 혼혈이어서 검은 거지?"

신아가 씩 웃더니 짧게 끊어 쳤다.

"응. 어떻게 알았어?"

공격권이 넘어갔다. 신아가 예은에게 서브했다.

"너 사실은 발랑 까졌으면서 얌전한 척하는 거지?"

"아니야."

"너 이대 다닌다는 거 거짓말이지?"

"아니?"

예은이 입술을 약간 짓씹었다. 신아는 쉴 틈을 주지 않고 쏘아붙였다.

"너 부모님이 너 버렸지? 아무리 미국에 계셔도 그렇지 어떻게 한 번을 안 오셔?"

"아니야."

맥주잔을 잡은 채 먼 산 보듯 하고 있던 하진이 고개를 돌렸다. 하진의 시선이 착륙한 곳은 예은이 아니라 신아의 눈 위였다. 신아도 하진의 눈빛을 피하지 않았다. 나는 그만 모든 게 지긋지긋해져서 말했다.

"재미없다. 그만하자."

"지금 그만두면 내가 억울하잖아."

연거푸 세 잔의 벌주를 마신 예은이 말했다. 신아가 하진에게서 시선을 떼더니 예은에게 다시 물었다.

"너 지금도 뽕 브라 했지? 너희 집에 뽕 많잖아."

"마아자. 눈치 빠른데?"

약간 취한 듯한 예은이 벌주에 벌칙을 더하자고 했다. 신아가 흔쾌히 받아들이자 예은이 기다렸다는 듯 강서브를 넣었다.

"너 솔직히 준우랑 사귀면서 딴 남자랑 잔 적 있지?"

"아니?"

신아는 내 눈 한 번 보지 않고 거짓말했다. 예은이 피식 웃더니 말했다.

"그럼 하진이랑 러브샷 해."

하진이 내 눈 한 번 보지 않고 신아와 러브샷 했다. 러브샷이 끝나자마자 예은은 다시 강하게 질문을 내리꽂았다.

"솔직히, 솔직히 지금까지 잔 남자 열 명 넘지?"

신아는 과일을 씹는 척 시간을 벌더니 대답했다.

"설마. 백 명은 될걸?"

신아의 목소리는 너무 컸다. 나는 '잔 남자 백 명'이라는 말풍선이 머리 위로 붕 떠오르는 환영을 보았다. 말풍선은 안개처럼 사라졌으나 주위 사람들은 다 보고 난 후였다. 알아들을 수 없는 갖가지 말들이 우리를 힐끔거렸다. 하나같이 살벌하고 위협적인 발음을 가진 말들이었다. 신아와 예은은 그럴수록 치열해졌다.

"너야말로 하진이랑 사귀면서 딴 남자랑 잔 적 없어?"

"없어."

"엄창?"

"엄창."

"그럼 준우랑 키스해."

나는 신아가 아니라 하진의 얼굴을 보았다. 하진이 탐조등처럼 무표정한 얼굴로 내 눈을 응시하고 있었다. 오늘 처음으로 마주 대한 바다 같았다. 아주 오래전에 보았지만 기억나지 않는 얼굴. '얼굴'이라는 단어 이외의 어떤 말도 더는 떠오르지 않는 얼굴. 모호한 불안에 사로잡혀 고개를 돌리다가 신아도 하진과 똑같은 눈빛으로 예은을 보고 있음을 깨달았다. 신아와 하진의 얼굴이 사인을 주고받듯 동시에 일상적인 표정으로 돌아온 순간에야 나는 무언가가 크게 잘못되었음을 알아차렸다. 두 사람이 재미있겠다는 듯 거짓 웃음을 지으며 흔들림 없는 눈빛으로 나와 예은에게 보내고 있는 단 하나의 메시지는 강요였다. 은근하고도 격렬한 눈빛이 이건 연극일 뿐이라고, 연극에는 진실도 거짓도 존재하지 않는 법이라고 말하고 있었다. 어서 빨리 키스하라고, 두 사람만 승인하면 우리 사이에는 아무 일도 없을 거라고 종용하고 있었다. 예은과 나의 망설임을 참다못한 하진과 신아가 박수 치며 키스하라고 외치기 시작했다. 술집의 모든 사람들이 지켜보는 앞에서 예은과 나는 교차해역의 파도처럼 서로를 향해 아프게 떠밀렸다. 파도와 파도가 부딪쳐 낱낱의 물방울로 쪼개지는 소리가 술집의 곳곳에서 터져 나왔다.

신아와 하진은 무슨 일이 있었는지 모른다고 말하고 있었다. 모르지 않고서야 나와 예은의 키스를 뻔뻔스럽게 선동할 수는 없지 않느냐는 거였다. 술래가 못 봤다고 잡아떼는 한, 너희들은 움직여도 움직인 게 아니라는 무서운 이야기.

하진은 알고 있었다. 어떻게 알았을까. 예은이나 신아가 말했을 리는 없었다. 아마도 신아가 하진이 속내를 꿰뚫어 보았겠지. 하진은 왜 알면서도 모르는 척했을까. 알면서도 어떻게 나를 진심으로 좋아한다고 말할 수 있었을까. 나는 진심으로 하진이 무서워졌다. 진심으로 하진의 진심이 두려워졌다.

하지만 다시 중심은 'un'이었다. 항해는 계속되었고 수많은 시선들의 난류 속에서도 'un'은 점차 방향을 찾아나갔다. 부산 시민들의 눈동자 속에 카메라가 생겨났기 때문이었다. 'un'은 술집 한쪽 벽에 놓인 채널이 되었다. 그들이 만들어놓은 화면 안에서라면 우리는 그들의 고정관념과 상식으로부터 자유로울 수 있었다. 남들이 하면 퇴폐지만 우리가 하면 문화였으니까. 우리는 약속이나 한 것처럼 의기투합하여 'un'의 은밀한 갈등을 한 편의 전위적인 드라마로 승화시켰다.

예은이 신아에게 물었다.

"준우가 다른 여자랑 자면 헤어질 거야?"

"아니."

"그럼 화장실 가서 팬티 벗어와."

압구정동에서였다면 신아가 손목에 팬티를 걸고 술집을 가로지르는 일은 없었을 것이다. 하지만 그곳에서 우리는 현실 속의 TV였다. 부산 시민의 열화와 같은 관심을 충족시켜야 함은 우리의 노블리스-오블리제였다. 나는 예은의 새로운 실천정신에 발 빠르게 동참하여 하진에게 드라이브를 날렸다. 웬만하면 많은 사람들이 들을 수 있게 우렁차게 말했다.

"예은이가 딴 남자랑 자면 헤어질 거냐?"

"아니."

"그럼 신아 팬티에 맥주 걸러 마셔."

하진은 팬티에 거른 맥주를 단숨에 바닥내 퍼포먼스의 분위기를 한껏 고조시켰다. 그러자 더 이상 주위에서 말풍선이 떠오르지 않았다. 취한 사내 한 명이 테이블에 와 부딪치기도 하고, 체격 좋은 남자애들이 어깨에 힘을 잔뜩 집어넣고 다가오기도 했지만 결국에는 시나브로 지나가버렸다. 술집의 모든 사람들이 보이지 않는다는 듯 우리를 외면하고 있었다. 하지만 그들의 숨겨진 관심이 우리에게 쏠려 있음을 우리는 알고 있었다. 우리는 'un'이니까. 영원한 그들의 구멍이니까.

초인종이 울렸다. 나는 희붐한 햇살이 칠해진 하얀 침대 위에 엎드려 있었다. 방을 찾아온 것은 신아의 친구들이었다. 신아가 허겁지겁 옷을 입고 밖으로 나갔다. 그러고 보니 어젯밤 열시에 프런트에 열쇠를 맡긴 기억이 없었다.

괜찮아? 금방 돌아온 신아에게 나는 물었다. 괜찮아, 어제는 친구가 알아서 해결했대. 신아는 노래를 부르듯 계속 말했다. 친구들은 일식집에 점심을 예약했대. 우리는 룸서비스 할까? 아니다, 이쪽으로 룸서비스 하면 안 되는구나. 시내로 복국 먹으러 갈까?

우리는 시내에 복국을 먹으러 가지 않았다. 부산 복국은 너무 시큼해서 먹고 싶지 않다고 예은이 반대했다. 처음 오는 거라면서 언제 먹어봤다는 것인지 알 수 없었다. 하진이 근방에 있는 카페촌을 찾아가보자고 했다.

카페촌이라고 해봐야 띄엄띄엄 서너 개 정도의 카페가 모여 있는 곳이었다. 커틀릿이나 스테이크를 시키면, 후식은 인스턴트커피이거나 청량음료인 그저 그런 카페였다. 빵으로 드릴까요, 라이스로 드릴까요? 내가 웨이터의 대사를 흉내 내자 모두 웃었다. 유색인종은 백인 화장실로 가나요, 흑인 화장실로 가나요? 신아가 미국 남부의 농담을 꺼내자 하진이 답했다. 오줌은 백인 화장실에 싸고 똥은 흑인 화장실에 싸세요. 더럽다고 예은이 화내기에, 내가 똥 먹는데 음식 얘기해서 미안하다고 사과했다. 신아가 캑캑거리더니 정말 똥 같은 걸 뱉었다. 네명 모두 허파에 구멍이 뚫리도록 웃었다.

허파에 구멍이 뚫린 채로 우리는 해변도로를 탔다. 겨울 백사장을 서성이는 일은 그다지 낭만적이지 않았다. 겨울 남자, 겨울 여자 시리즈를 찍어보려고 했으나 사진기를 챙겨온 사람이 없었다. 나와 신아, 하진과 예은은 해변의 반대쪽으로 헤어졌다 다시 모였다. 경계도 표식도 없는 지점에서 우리는 서로를 무심하게 바라보며 데칼코마니처럼 마주 섰다. 발밑까지 숨죽여 다가오는 파도가 기억의 나이테 같다고 생각했다. 끊임없이 새로운 물결에 밀려나고 마침내 뭍에 부딪쳐 사라지고 날씨에 따라 수천 가지의 다른 모습으로 변할 수도 있는 게 기억이다. 하지만 해변의 이름은 변하지 않지. 해변은 언제나 똑같은 이름의 해변이지. 우리가 함께 보낸 지난 2년여의 시간이 하늘과 맞닿은 커다란 캔버스 위에서 반짝거리고 있었다.

"시내 구경도 해야 하는 것 아냐?"

예은이 불쑥 말을 꺼냈다.

"시내까지 경주할까?"

하진이 나에게 말했다.

"콜!"

신아가 나에게 키를 건넸다.

그들은 룸미러 속에서 나타났다. 해변도로를 나와 부산 시청까지 가는 길. 하진과 어깨를 견주며 굼벵이처럼 기어가는 차들을 제치고 지그재그로 달리는데 멀어질 듯 멀어지지 않는 암녹색 소나타가 있었다. 삼십대로 보이는 양복과 사십대쯤의 점퍼가 선글라스를 착용하고 있었다.

파란불이 막 노란불로 바뀌는 사거리 교차로에 근접했다. 오른발의 힘을 유지하면서 왼발로 브레이크를 깊이 밟았다. 사이드브레이크를 채워 세울 듯 속도를 줄였다가 노란불과 빨간불의 전환 시점에 브레이크를 풀며 풀 액셀러레이팅 했다. 그러자 차는 굉음을 내며 포환처럼 튀어나가 교차로를 통과했다. 후드 양옆의 연기가 가실 때쯤에야 룸미러를 보니 소나타가 1차선에 갇혀 있었다. 바깥 차선에 서 있던 하진의 셀리카가 우회전하자, 소나타가 차로를 두 개나 가로질러 뒤쫓는 게 보였다. 실내로 고무 타는 냄새가 지독하게 밀려들어 왔다.

한 블록을 지나 우회전했다. 처음 나온 교차로에서 좌회전하여 차를 세우고 기다렸다. 예상했던 대로 곧 하진이 나타나 내 차 뒤에 바짝 차를 붙여 세웠다. 선글라스들을 태운 소나타는 고개 한 번 돌리지 않고 휑하니 지나쳐버렸다.

하진과 나는 잠시 차에서 내렸다.

"난 또 껌 붙은 건 줄 알았네."

"그러게 말이야."

하진이 담배 한 대를 입에 물었다.

"무슨 운전을 그렇게 해? 냄새 너무 심하게 나잖아."

신아가 차에서 내리면서 손을 저었다.

"중구로 가자. 친구가 거기가 좋댔어."

셀리카 안에서 예은이 소리 질렀다.

고깃배와 컨테이너 선박이 뒤섞여 있는 부산의 해안 풍경에 마음이 편안해질 때쯤 소나타는 다시 나타났다. 해안의 풍경이 끝나는, 도로가 ㄱ자로 꺾이는 곳에서 비상등을 켜고 기다리고 있었다. 우리가 지나치기도 전에 차를 출발시켜 이번에는 바짝 따라왔다. 너희가 갈 곳쯤은 뻔히 안다는 태도였다. 정수리가 뜨거워졌다. 도대체 뭐 하는 놈들일까. 관광객들을 상대로 장난이나 치는 부산 한량들일까?

현대의 깡통차는 아우디나 셀리카의 상대가 못 되었다. 마력은 수십 마리쯤 모자라고, 차의 근력에 해당하는 토크는 여자와 팔씨름하는 수준이었다. 하지만 굴곡이 많은 길에서의 최고 속도는 거의 차이가 없었다. 시내 도로로 나갔다. 순발력을 이용해 차들을 갈 지(之) 자로 제치고, 교차로에서 직각으로 도는 주법을 사용하면 소나타쯤은 쉽게 따돌릴 수 있다는 계산이었다. 그게 실수였다.

부산 시내에는 차도, 교차로도 많지 않았다. 야금야금 앞서 가도 신호에 한 번 걸리면 우직하게 쫓아오는 그놈의 깡통차를 또 봐야만 했다. 화가 났는지 하진이 2차선 도로가에 차를 세워버렸다. 나는 하진 앞에 비스듬하게 급정거했다. 소나타는 우리를 지나치는 듯싶더니 몇백 미터 앞에 천천히 섰다.

"저 새끼들 뭐지?"

"서울 번호판인데……."

중구에 도착했다. 백화점과 시장과 옷가게와 카페가 뒤섞여 있는 혼란스러운 번화가였다. 짐짓 신경 쓰지 않는다는 듯 여유 있게 관광을 즐기는 척했다. 양복 혼자 먼발치에서 따라오고 있었다. 점퍼는 차에서 대기하고 있는 모양이었다.

"왜 쫓아오는 거야?"

"외제차라서 그러는 것 아닐까?"

"외제차가 뭐?"

"뭐라도 훔치려는 거 아냐?"

"훔칠 거면 벌써 훔쳤지. 일부러 드러내놓고 따라오는 것도 이상하지 않아?"

"너희 집에서 보낸 거 아냐? 어제 열시 통금 안 지켜서?"

신아는 옷집에서 옷 하나를 골라 막 계산하고 있는 참이었다.

"아직 카드 되는데? 그리고 걔네들은 눈에 띄게 안 움직이는데……."

신아가 고개를 갸웃했다.

머릿속이 바빠졌다. 이태원 여관에서 때려눕힌 두 명의 남자애들이 떠올랐다. 강간죄를 범한 애들이 신고했을 리도 없지만 따라다니기만 하는 형사도 있을 법하지 않았다. 성빈의 복수일까? 비디오 사건이 걸려 있는데 지가 무슨 수로. 병수 엄마일까? 병수를 망친 게 우리라고 생각해서 폭행을 사주한 것일까? 그럴 리가. 신아의 말대로 상류층이 이렇게 직접적이고 노골적인 방식으로 일을 벌일 리 없었다. 조용히, 은밀하게 처리하는 방법도 얼마든지 많은데. 자연스럽게 생각은 세한에게로 옮겨갔다. 꼰대가 뒤늦게 자살의 배경을 알고 자신이 세금을 바치는 조폭 두목에서 복수를 부탁했다면? 적당히 때를 기다리다가 북어처럼 두들기거나 사시미로 회를 칠 참이지. 아까 한적한 해변에서는 왜 그냥 넘어갔을까? 신아가 연루되면 복잡해질 수도 있으니까 신아가 없을 때 일을 벌이려는 거다. 부산 전국구 조폭 차가 왜 서울 넘버를 달고 있지? 아무래도 경찰을 교란해서 수사망을 피하려는 수작이다.

사람이 많은 큰 정육식당에 들어갔다. 놈들은 어느새 뻔히 보이는 자리에서 저녁을 먹고 있었다. 긴장을 감출 수 없는 우리와 달리 소주잔까지 주고받으며 웃고 떠드는 여유를 보였다. 카페에는 들어오지 않앉지만 바로 앞에 차를 대고 기다리고 있었다. 예은이 하얗게 질려 있기에 한마디 해주었다. 겁이 나는 걸 꾹 참고 의연해 보이려 애썼다.

"나랑 관련된 걸 테니까 걱정하지 마. 돌아갈 땐 길을 갈라 타자. 나는 국도로 갈 테니까 하진이는 해변도로를 타."

국도와 해변도로의 갈림길에서 소나타는 망설이지 않고 셀리카를 택했다. 호텔 주차장에 도착했을 때 셀리카는 주차된 상태였고, 그들의 소나타는 보이지 않았다. 신아가 친구들에게 들렀다 온다고 해서 혼자 엘리베이터를 탔다. 열쇠를 칼처럼 쥐고 만일의 사태에 대비했다. 호텔 방까지 뛰다시피 들어와 문을 이중삼중으로 잠갔다. 꼼꼼히 살펴보았지만 침입의 흔적은 없었다. 침대 테이블 위에 놓인 내 카메라 렌즈가 텅 빈 벽을 향하고 있었다.

주위의 안전을 확인하고 나자 의아해졌다. 정말 내가 타깃일까?

프런트에 거짓말을 하고 보조키를 빌려 하진과 예은의 방을 몰래 따고 들어갔다. 행어가 걸려 있었다. 문을 살짝 열어둔 상태로 지루하게 기다리고 나서야 내가 필요로 하는 대화를 엿들을 수 있었다.

"너희 엄마 아냐?"

예은이 앙칼지게 쏘아붙였다.

"그럴 분 아니야."

하진도 날카롭게 잘라 말했다.

"그럴 분 아닌데, 나한테는 그렇게 하셨어? 말씀만 들어서는 더한 일도 하실 것 같아. 안 그래?"

하진은 대답하지 않았다. 오래 이어질 것 같은 침묵이었다. 문을 조용히 닫고 방으로 왔다. 샤워기를 틀어놓고 욕실 구석에 앉았다. 쏴아

하는 물소리가 해변으로 줄지어 오던 파도를 감은 눈앞에 재생시키고
있었다.

*

신아가 와인 두 병을 가져왔다. 이쪽에서 먼저 방문했는데도 하진과
예은은 굳이 이쪽 방으로 오겠다고 고집을 부렸다. 와인 한 병이 다 빌
때까지도 소나타에 대해 말하는 사람이 없었다. 그게 더 이상했다.

"정말 아까 걔네는 누구야? 생긴 것도 재수 없게 생겨서는……."

말을 먼저 꺼낸 건 신아였다. 신아의 말을 대뜸 받은 건 예은이었다.

"정말 너희 집 아니야?"

"아까 전화해봤는데 집에서는 아무것도 몰라. 친구들도 이상한 일
없었대."

"모르는 척하시는 거 아닐까? 여기 너희 집 아니면……."

예은이 계속 신아를 물고 넘어지려고 했다. 덕분에 어젯밤의 하진을
본받아 무엇이건 덮어두려던 내 마음도 뜯기고 있었다. 나는 일단 사실
만 말했다.

"우리가 갈라졌을 때, 소나타는 두 번이나 셀리카를 쫓아갔어."

"일부러 그런 거 아냐? 신아를 미행한다는 인상을 주지 않으려고."

예은은 추측만 늘어놓고 있었다.

"그럴 것 같았으면 처음부터 몰래 따라다녔어야지. 이건 미행도 아
니잖아."

"몰래 쫓아다니다 들킨 거겠지."

"다시 나타나지 않았으면 우리는 잊었을걸?"

"들키긴 들켰고, 미행은 해야겠고, 에이 모르겠다, 한 게 아닐까?"

"그렇다고 밥 먹는 데까지 쫓아 들어와?"

방 안이 조용해졌다. 예은이 자신도 모르게 추격자들을 변명하고 있다고 느낀 건 나뿐만이 아닌 모양이었다. 시간이 저 혼자 흘렀다. 신아가 두 병째 와인을 땄다. 각자 조용히 술을 마셨다. 예은은 고개를 틀어 창밖을 내다보고 있었고, 하진은 담배 필터를 씹으며 예은을 흘끗거리고 있었다.

"별거 아닐 거야. 그냥 재밌게 놀자. 내가 내일 확인해볼게. 뭔지 알아낼 수 있어."

신아가 건배를 청하며 말했다. 와인잔의 맑고 경쾌한 소리가 분위기에 안 어울렸다. 예은의 얼굴에 잠시지만 얻어맞은 종처럼 진동이 스치는 것을 나는 감지했다. 알아낼 수 있다는 신아의 말에 뒤가 켕긴 게지.

"말해봐, 여기 오고 싶지 않아 했던 이유가 뭐야?"

하진과 신아가 예은과 나를 번갈아보았다. 예은은 못 들은 척 한 템포 늦게 고개를 들었다.

"응? 나? 내가 언제?"

나는 남은 와인을 비웠다. 신아가 한 잔을 더 따랐다.

"부산에 처음 오는 거라면서 부산 복국이 시큼한 건 어떻게 알았어? 중구나 서구로 옮기자는 아이디어는 어디서 나왔지?"

"친구한테 들었다니까."

"압구정동에 계속 살았다면서 부산 친구도 있나 봐?"

예은은 가소롭다는 듯 말했다.

"대학에는 지방 애들이 훨씬 더 많아."

반 잔쯤 더 마셨다. 알코올에 인내심이 녹아가고 있었다.

"부산 출신이 부산 복국을 시큼하다고 할까? 서울 복국이 싱겁다고 하겠지. 미행 붙은 걸 알고 나서야 중구에 가자고 했잖아. 사람 많은 데로 가서 따돌리려던 거 아냐?"

하진이 와인잔을 잡았다 놓았다 했다.

"준우야, 그만하자."

"뭘 그만해?"

"살다 보면 그냥 넘어가야 할 일이 훨씬 많은 거야."

혼자 어른인 척하는 하진의 태도가 못마땅했다. 하진의 잔을 가득 채워주며 말했다.

"숨기는 게 있기는 있구나?"

"사람은 다 숨기는 게 있지."

건배를 한 다음에 말했다.

"비밀 없기로 한 거 잊었어?"

"그래서 우리가 비밀이 없었니?"

"그건 '우리의' 비밀이었지."

"우리가 아니라 너를 위한 비밀이었겠지."

하진이 뺨에 조소를 드러냈다. 하진이 나를 비웃은 건 처음이었다. 내가 하진에게 주먹을 날리고 싶어진 것도 처음이었다. 잘 참고 있었는데, 주먹으로 향했던 분노가 아차 하는 순간 말이 되어 흘러나오고 있었다.

"말해봐, 왜 너희 어머니가 예은이를 싫어하는 건지."

"그건 또 어떻게 알았니?"

"하는 말을 잘 듣다 보면 알 수 있지."

"넌 정말 좋은 머리를 쓸데없이 쓰는 데 이골이 났구나."

"너야말로 잔머리 굴리지 말고 대답해."

"제발 그냥 내버려둬. 그게 무슨 일이건 우리 둘만의 일이야."

"미행당하는 것도 둘만의 일이니?"

"네 말대로 우리한테 붙은 거면 너랑은 상관없잖아."

"왜 상관이 없어. 만에 하나라도 이 여행이 들통 나면 신아랑 나랑 어떻게 될 것 같아? 떨어지는 낙엽 하나도 조심해야 하는 여행인 거 몰라?"

"넌 지금 그게 문제야?"

"그럼 넌 뭐가 문젠데?"

"둘 다 그만해."

신아가 소리쳤지만 그만하기엔 한 발 더 나가 있었다. 채 입을 다물기도 전에 주먹이 날아왔다. 나는 소파에 앉은 채 날아오는 주먹을 무방비로 맞았다. 가드를 올려 시야를 확보한 다음 무릎을 힘껏 걷어차 하진을 넘어뜨렸다. 엎치락뒤치락하다 내가 막 하진을 때릴 기회를 얻었을 때 이번에는 예은이 빽, 소리 질렀다. 하진이 때리지 마, 이 개만도 못한 새끼야!

방이 쩌렁쩌렁 울렸다. 귓속에 남은 여운 때문에 처음에는 무슨 말을 들었는지 파악하지 못했다. 알아듣기 힘든 말은 아직 남아 있었다. 예은은 코브라처럼 팔짱을 끼고 곧추서서는 모두를 매섭게 쏘아보았다.

"너희랑 상관없어. 아저씨가 보낸 거야."

나는 심판의 명령을 받은 레슬러처럼 하진에게서 떨어졌다. 하진은 바닥에 걸터앉은 채 머리를 쥐어뜯었다.

"아저씨가 누군데?"

신아가 물었다. 예은은 나를 보고 대답했다.

"나 겁주려고 보낸 거야. 겁을 먹어도 내가 먹고, 쫓겨나도 내가 쫓겨나. 절대로 너희한테 피해 안 줘."

하진이 가슴을 부여잡고 숨을 몰아쉬었다. 하진을 부축해 소파에 앉히고 수건을 가져와 깨진 와인잔을 담았다. 예은의 표정이 누그러진 틈을 타 신아가 예은에게 손짓했다.

"여기 와 앉아. 앉아서 얘기해."

그 말이 예은의 독을 깨웠다. 달랜답시고 코브라에게 피리를 분 격이었다.

"걸레 같은 년이 어따 대고 명령이야."

"뭐?"

예은은 하얗게 질린 신아를 연거푸 물어댔다.

"어제 보니 내 뒷조사 좀 하신 모양이던데, 나도 너에 대해 그 정도쯤은 알고 있어."

"난 그게 아니라……."

"네 아빠가 악명 높은 밀수업자였다는 건 알고 있어? 아는 사람은 다 알더라. 소싯적에는 사기에 도둑질에 협박에 폭행에 안 한 짓이 없으시더군. 겨우 어린애들 좋아하는 게 문제라고? 골빈년."

"일단 앉아. 앉아서 마음부터 가라앉혀."

나는 목소리에 힘을 주어 말했다. 예은은 들은 척 만 척이었다.

"넌 창녀만도 못해, 알아? 적어도 창녀들은⋯⋯."

예은이 잠시 감은 눈을 떨더니 다시 뜨고는 말했다.

"너희들처럼 마음까지 굴려먹지는 않아. 이 뼛속까지 창녀인⋯⋯."

신아는 얼이 빠져 아랫입술을 떨고 있었다. 뼛속까지 하얗게 질려버린 것 같았다. 나는 벌떡 일어서서 예은의 손목을 잡았다.

"그만해. 하진이 힘들어하는 거 보이지도 않아?"

예은은 손목을 빼지도 않고 빤히 나를 쳐다보았다.

"넌 어떻게 이런 상황에도 하진이를 팔아먹니? 너희 아빠는 아는 사람도 없더라. 공인회계사는 그냥 다 뻔하다더군. 돈과 권력에 붙어서 무슨 짓이든 하는 탈세업자들. 불륜의 씨앗이라며? 근데 넌 왜 그렇게 아빠를 닮았니?"

나의 아버지는 그런 사람이 아니라고 말하고 싶었다. 아버지는 누구보다도 바르고 정직하게 살아오시느라 이날 이때껏⋯⋯.

"내가 온갖 사람을 다 만났어도 너 같은 쓰레기는 처음이야. 윤리? 네까짓 게 어디서 함부로 윤리를 논해. 넌 네 욕심만 채울 수 있으면 윤리도 하찮지? 우리만의 윤리? 좆 까고 있네, 개만도 못한 새끼."

"네가 먼저 나한테⋯⋯."

예은이 웃었다. 눈동자가 부러진 연필심처럼 빛나고 있었다.

"뭐? 왜 말 못 해? 네 입으로 말하기도 부끄럽니? 다 너한테 배운 거야. 넌 잘나갈 수만 있으면 애인이건 친구건 다 상관없는 애잖아. 하진이는 너랑 달라. 하진이는 처음부터 네 거짓말 다 알고 있었어. 네가 무서워서 재갈 물었는지 알아? 네가 아니라 나 때문에 그런 거야. 엄마 때문에 나를 사랑하는 거라고 내가 생각할까 봐…….”

“예은아, 그만해.”

하진이 말했다. 예은은 아랑곳하지 않았다.

“나랑 너 관계 다 알면서도 하진이는 참았어. 내가 딴 남자랑 자도 괜찮다는 걸 보여주려고……. 내가 너랑 왜 잤는지 알아? 네 주둥이 틀어막으려고 그랬어. 그날 있었던 일 가지고 네가 또 하진이한테 장난칠까 봐.”

“멋대로 진실을 왜곡하지 마.”

“진실? 진실은 내가 얘기해줄게. 처음에는 네 입막음만 하려고 했어. 근데 하필 아저씨가 한국에 들어오는 때에 네가 여행을 가야겠다고 하잖아? 여행만 안 가려고 했던 건데 네 태도가 참 가관이더라. 네가 나 때문에 진땀 흘리는 거 보면서 알았어. 힘이란 참 좋은 거구나. 사람은 못 바꿔도 개새끼는 바꿀 수 있구나. 그제야 이해가 갔어. 아저씨들이 왜 매사를 힘으로 처리하려고 드는지. 왜 힘에 복종하는 걸 진심이라고 생각하는지. 너 같은 놈들 때문이야, 알아? 진심으로 힘을 사랑하는 개새끼들.”

“그만 좀 해, 이 씨발년아.”

하진이 버럭 소리 질렀다. 씨발년이자 현지처인 예은이 한껏 부풀었던 독주머니를 펑, 하고 터뜨렸다. 밀수업자이자 유아성애자의 딸이 제정신으로 돌아온 그녀를 안아 위로했다. 술집 마담이자 전직 세컨드의 아들은 욕을 했다는 미안함에 담배만 태워 없앴고, 탈세업자의 아들이자 쓰레기인 나는 오늘 있었던 일의 손익을 계산해 브리핑했다. 서로 속이 좀 상했을 것이나 그동안 담아두었던 얘기를 다 털어놓았으니 앞으로 이런 일은 또 없을 것이다, 관계를 깨는 발언이었다고 생각할 수도 있지만 서로를 고칠 수 있는 기회를 갖게 되었으니 결과적으로는 생산적인 행위였다. 이제 우리는 더 돈독해졌으니 힘을 모아 미행 문제도 함께 해결할 수 있을 거다. 침묵을 참지 못하는 편집증 환자처럼 요란하게 사과하고 용서하고 울고 달래고 포옹하고 우정을 다지고 나니 더는 할 짓이 없었다. 룸서비스로 시킨 맥주를 해독제 삼아 눈이 마주칠 때마다 건배했다. 신아의 무릎을 베고 잠든 줄 알았던 예은이 다시 뱀 소녀로 돌아가기 전까지 줄곧.

"오해할까 봐 말해두는데 나 I여대생 맞아. 영어도 잘하고 일어도 잘해. 너희들보다 공부도 잘했어."

느닷없이 쏘아붙이더니 예은은 하진의 키를 챙겨 뛰쳐나갔다. 하진이 먼저 뒤쫓아 나갔다. 신아와 나는 멍하니 서로를 마주보다 벌떡 일어섰다. 뒷문을 돌아 주차장에 나가보니 셀리카 미등에 불이 붙어 있었다. 셀리카가 출발하는 것을 보며 시동을 걸었다. 유혹하듯 천천히 달리는 셀리카 오른편에 차를 갖다 붙이니 다행히 운전대를 하진이 잡고 있었다. 예은은 풀이 죽은 얼굴로 조수석에 얌전히 앉아 있었다. 하진이 윈도를 내리더니 목소리를 바람결에 날렸다.

"길 끝날 때까지 누가 더 빨리 가나. 오케이?"

나는 엄지손가락을 세워 보였다.

"난 1단으로도 이긴다."

새벽의 부산은 유령도시처럼 한산했다. 속도감은 중추신경을 장악한 알코올과 함께 핏속으로 숨어들어 갔다. 100 밑으로는 숫자가 없는 듯이 느껴졌다. 가끔씩 나타나는 차들을 정지해 있는 장애물을 피하듯 제치며 달렸다. 직선도로에서 셀리카는 폭발적인 달리기 실력을 보였다. 하지만 삼거리에 부딪쳐 셀리카가 좌회전했을 때 나는 투-토 패들링 했다. 브레이크와 액셀에 발을 모두 얹고 꼬리를 물고 따라가다 커브 직전 핸드브레이크를 당겨 뒷바퀴를 잠갔다. 꽁무니가 미끄러지며 차가 뒤에서부터 회전할 때쯤 핸들을 오른쪽으로 꺾으며 액셀로 무게중심을 옮겼다. 아우디는 아웃스티어링 하는 셀리카의 인코스로 파고들었다. 신아는 유리창에 머리를 호되게 부딪히고도 깔깔거렸다. 뒤축이 시계추처럼 흔들렸지만 아우디는 중심을 잡고 앞서 나갔다.

하진은 무서운 속도로 뒤쫓아왔지만 나는 붙잡힐 만하면 커브를 틀어 셀리카와의 거리를 넓혔다. 셀리카는 아우디의 꽁무니를 살짝 들이받아 중심을 흩은 다음 아슬아슬하게 앞서 나갔다. 철길이 나타났지만 나도 하진도 속도를 줄이지 않았다. 밑바닥이 철길에 긁혀 창문까지 스파크가 튀는 것을 목격하며 허공으로 비상했다. 착륙과 함께 또 한 번의 스파크. 그리고 부산의 아우토반, 부두길.

속도계가 170을 치자 길이 좁아졌다. 동작을 멈춘 거대 로봇처럼 엎드려 있는 컨테이너 트럭을 지나칠 때마다 차가 휘청거렸다. 핸들이 안마기처럼 떨기 시작했으나 액셀을 더 밟자 오히려 잦아들었다. 석유를 채워놓은 듯 검실거리는 바다에 먼눈팔자 속도에 대한 공포조차 사라졌다. 길을 달리고 있는 게 아니라 차원의 경계를 통과하고 있는 것 같았다. 가속의 최면은 부산대교에 올라서자 우리를 비현실의 문턱까지 몰아넣었다. 중력은 검은 바다 속으로 추락하고 길이 사라진 허공에는 끝이 보이지 않는 물안개가 펼쳐져 있었다. 신아의 손을 깍지 끼어 잡으며 나는 하얀 무늬들의 꿈틀거림만 남고 모든 게 멈췄으면 좋겠다고 생각했다. 시간 따위는 없어져버리고 한없이 달려가는 신아와 나의 속도만이 존재했으면. 신아와 나의 이름조차 사라져 함께 맞잡고 있는 이 손의 감촉만 남았으면. 우리는 하나이자 전부로 지금 이곳에 살아 있었다. 다시는 돌아가지 못할 인생의 어느 한때에, 우리는 온통 하얗게 빛나고 있는 어둠 속에서 그렇게 영원했었다.

　세상의 모든 안개가 우리를 향해 침묵하고 있었다.

Orange, The Afterwards

대학교 1학년이 된 1991년 봄, 유일하게 친구처럼 지내던 동기 한 명이 소주를 사달라고 했다. 입학하자마자 골수 운동권이 된 공사판 십장의 아들이었다. 분식집과 소줏집을 겸하고 있는 건물과 건물 사이의 틈새집에 들어가 김치찌개와 소주를 시켰다. 소주 한 병이 다 빌 때까지 녀석은 헛소리만 해댔다. 사람을 사랑하지 않는 문학이 세상을 바꿀 수 있겠냐는 둥, 어떤 사람이 평생을 참다가 죽을 때에야 비로소 '사랑한다'는 말을 했는데 입에서 꽃이 피어났다는 둥. 두 번째 병부터는 혼자 먹는 게 좋겠다고 했더니 눈물을 비쳤다. 무섭다고 했다. 그런 게 아닌 줄 알면서도 사람들이 자신에게 죽음을 종용하고 있는 것 같다고 했다. 며칠 전 어떤 선배가 열사가 더 필요하다면 아마도 91학번이 돼야 하지 않겠냐고 말하는데 나를 보는 눈빛이…….

강경대가 진압봉에 맞아 죽은 후 3일이 멀다 하고 대학생들이 연쇄 분신자살을 하고 있는 시점이었다. 미안하다고 했다. 시국이 어떤 줄도 모르고 쓰레기 같은 연애소설만 쓰고 있었다고 했다. 가방에서 원고를 꺼내 불을 붙였다. 활활 타오르기를 기다려 녀석의 다리 위에 던져주었다. 엄마까지 들먹이며 허둥지둥 불을 끈 녀석에게 한마디 해주었다. 기름 부을 준비 됐으면 언제든지 말하라고, 불은 내가 꼭 붙여주겠다고.

술자리가 끝나자마자 학회실로 직행했다. 공용 일기장에 다짜고짜 나에게는 죽은 친구가 있다고 썼다. 부르주아가 죽었다고 쌤통이라고 말하지 말라고 썼다. 죽음은 이념이 아니라 현실이라고, 만약 한 번이라도 누군가를 잃은 경험이 있다면 당신은 '목숨 바쳐'라는 말을 그렇게 쉽게 쓸 수는 없을 거라고 덧붙였다. 일기장을 닫고 학회실을 나오며 나는 내가 꽤나 용기 있는 일을 했다고 자부했다. 운동권이 절반이 넘는 국문과에서, 그것으로 나는 이른바 '과 생활'이라는 것에 종지부를 찍은 셈이었다.

나는 내가 그리오마 같은 악성종양에 걸렸다고 상상했다. 색소에 담갔던 약솜을 머금고 있다가 강의 중간에 느닷없이 기침하며 각혈하는 연기를 했다. 4월 19일에는 수백 명의 대학생들이 쇠파이프를 끼고 대기 중인 캠퍼스를 문리대 퀸으로 뽑힌 여자애와 손을 잡고 유유자적 거닐기도 했다. 운동권 동기가 천사라고 부르던 여자애를 꼬드겨 순결을 빼앗고는 동기와 친한 선배에게 살짝 정보를 흘렸다. 일주일 만에 나를 찾아와 어떻게 그럴 수 있냐고 화를 내는 녀석에게 나는 처녀가 아니어서 쉬웠다고 말해주었다. 정권 타도를 외치는 대오의 한복판을 볼륨을 한껏 높인 자동차로 쏜살같이 지나가기도 하고, 운동권이 잔뜩 모인 과 술자리에 끼어 팝송을 목 터지게 부르기도 했다. 나는 그들에게 말하고 싶었다. 나에게도 고통이 있다고, 가슴을 파내고 싶을 정도로 아픈 상처가 있다고 말하고 싶었다.

그때쯤, 독재 정권에 저항하던 10여 명의 청춘들이 맞아 죽거나 분신자살했다. 그해 5월, 딱 한 달 동안의 일이었다.

내 여자친구가 된 문과대 퀸이 지랄탄 파편에 맞아 머리를 열 바늘쯤 꿰맸다. 상처가 낫자마자 그녀는 시위에 동참했다. 수업은 자주 휴강이었다. 나는 책을 사들고 카페에 가거나, 개가열람실에 들어가 닥치는 대로 책을 뽑아 읽었다. 마르떼 프랑소와즈 저버를 입고 마르크스의『자본론』을 읽었다. 리바이스 501버튼플라이와 폴로 티셔츠를 입고 그람시의『옥중수고』를 읽었다. 형광색 반바지에 금팔찌를 차고 막심 고리끼의『어머니』를 읽었다. 말로만 듣던「공산당 선언」도「포이에르바하에 관한 테제」도 읽었다. 그 책들은 모두 내가 지난 20여 년간 사실이라고 믿어왔던 대부분의 것들이 '거짓의 체계'라고 말하고 있었다. 내가 지난 2년간 소비한 돈이 모두 노동자의 호주머니에서 나온 것이며, 내가 지난 20년간 누린 삶 모두가 수많은 못 가진 자들의 피와 땀을 착취한 결과라고 주장하고 있었다. 나는 매일매일 타임머신을 탔다. 2000년을 향해 고속 질주 중인 압구정동을 지나, 70년대에 주저앉은 경동시장과 청량리를 거치고 나면, 여전히 80년대에 머물러 있는 90년대의 캠퍼스가 있었다. 타임머신이 매일매일 나를 헛갈리게 했다. 나는 매일매일 늙었다 어려졌다 커졌다 작아졌다 했다. 나는 전철역에서 교문까지 가는 길의 모든 간판을 며칠 만에 외워버렸다. 100명이 모인 술자리에서 앞사람과 이야기하며 가장 멀리 떨어진 사람의 말을 죄다 엿들었다. 어떤 날은 너무 많은 기억들이 한꺼번에 떠올라 숨을 쉴수조차 없었다. 나는 종종 눈앞이 보이지 않아 아무 데서나 넘어졌다. 안과와 신경외과를 거쳐 만난 신경정신과 의사는 나에게 '편집적 성격장애'라는 판정을 내렸다. 약을 먹기 싫어 찾아간 정신분석의는 '장애'라는 용어는 사용하지 않았으나 내가 누구인지 더 알 수 없게 만들어버렸다.

독일에 간 후 처음으로 엽서를 보낸 신아에게 나는 새 여자친구를 사귀었음을 알렸다. 신아는 상관없다고 답장했다. 자신은 질투나 소유를 초월해서 나를 사랑한다고 썼다.

나는 인생에 여러 개의 차원이 있다고 생각해. 내가 이곳에서 겪는 일상이 3차원이라면 앞으로 너와 만나게 될 시간들은 4차원이나 5차원, 아니면 그 사이에 있는 어떤 차원쯤 되겠지. 나도 이곳에서 남자친구를 사귀었지만, 너에 대한 감정과는 종류가 다르다고 말할 수 있어. 불행하게도 그들은 우리를 이해할 수 없겠지만, 그렇다고 해서 우리가 그들을 사랑하지 않는 건 아닐 거야.

나는 답장을 보내지 않았다. 한 달쯤 후에 편지가 다시 왔다.

국화와 함께 자면 죽는다기에 방을 국화로 가득 채웠었어. 아침에 일어나보니 나는 말짱하게 살아 있더군. 네가 갑자기 너무너무 보고 싶었어. 죽지 않은 게 천만다행이라는 생각이 들 만큼. 다음번에는 수면제를 사용해볼까 해. 이곳에서는 수면제를 구하기가 너무 힘들지만 말야.

나는 곧바로 답장을 보냈다.

그따위 부르주아적인 발상은 당장 집어치워. 우리가 살고 있는 곳은 추상적인 차원이 아니라 구체적인 현실이야. 네가 독일에서 첼로를 배우며 호위호식하고 있는 동안 이 땅의 수많은 노동자들은 당장 내일의 생존을 걱정하며 살아가고 있어. 지난 5월에 이곳에서는 10여 명의 대학생이 몸에 신나를 뿌리고 불을 붙였어. 한 여학생은 죽지도 못하고 10여 일이나 살아 있었지. 국화? 정말 죽고 싶으면 차라리 건물 옥상에서 뛰어내리지 그래?

스위스에서 엽서 한 장이 날아왔다.

유럽에서는 사람이 죽으면 곱게 단장을 해서 유리관 안에 눕혀. 얼굴이 망가지면 흉한 꼴로 너를 만나야 하잖아. 곧 서울에 가. 보고 싶어, 많이.

하지만 신아는 나를 만나러 오지 않았다. 몇 개월에 한 번씩, 띄엄띄엄 편지만 보냈다. 편지의 서두나 말미에는 앞으로 시도할 새로운 자살 계획이 상세하게 적혀 있었다. 밀폐된 주차장 안에서 시동을 걸어놓고 잠든다거나, 약물을 과다하게 복용한다거나, 욕조 안에서 손목을 긋는

다거나 하는, 언제나 말짱한 얼굴로 죽을 수 있는 방법만을 택했다. 신아는 번번이 실패했다. 나는 1년이 가기도 전에 혹시나 싶어 신아에게 편지를 보내는 일을 그만두었다. 확인하거나 말거나, 신아는 말짱하게 살아 있을 게 뻔하다고 생각했다.

대학교 3학년이 되던 해 봄이었다. 8개월째 신아에게서 편지가 오지 않던 중이었다. 편지 대신 A4 용지보다 조금 큰 나무함 하나가 소포로 과사무실에 도착했다. 처음에는 신아에게 온 것인지 몰랐다. 집이 아닌 학교로 온 데다 발신 주소가 서울시 종로구로 돼 있었다. 함을 열자 고급스러운 문서 한 장과 편지 한 통이 붉은 비단에 소중하게 감싸져 있었다. 문서의 골자는 '고인의 유언에 따라 상기인에게 고인의 마지막 말을 전달한다'는 것이었고, 발송인은 신아의 법정대리인으로 돼 있었다. 떨리는 손으로 길쭉한 봉투의 윗부분을 조심스럽게 뜯었다. 숨을 크게 한 번 들였다 내쉰 후에 편지를 꺼냈다. 종이를 끄집어내며 나는 '네가 이 편지를 읽고 있다면 나는 죽은 뒤일 거야'라든가 '이렇게 너와 마지막으로 만나게 돼서 미안해' 따위의 서두를 상상했었던 것 같다. 하지만 편지에는 단 세 어절로 된 간단한 문장이, 크지도 작지도 않게 씌어 있었다.

너를 영원히 사랑해.

나는 울지 않았다. 쏴아 하는 바람에 벚꽃 눈이 한차례 교정을 휩쓸고 지나가는 것을 조용히 지켜보고 있었다. 매점에서 라이터를 사와서는 편지를 태워버렸다. 편지가 마지막까지 완전히 타버린 것을 확인하고서야 신아의 얼굴이 기억나지 않는다는 사실을 깨달았다. 그로부터 한 달 뒤, 어떻게든 군 면제 사유를 마련하려고 찾아간 신경정신과에서 나는 '정신적으로 상당히 양호'하다는 판정을 받았다.

*

하진과 예은은 헤어졌다. 이유는 알고 싶지 않지만 궁금한 점들은 남아 있다. 하진이 진짜 숨기고 싶었던 건 뭐였을까? 예은이 현지처라는 사실이었을까, 아니면 현지처를 사귀고 있다는 사실이었을까? 엄마가 첩이 아니었대도 하진은 예은과 사귀었을까? 내가 아니었다면 과연 잘될 수 있었을까?

7년 뒤 나는 청담동의 '욕쟁이 할매집'에서 예은을 보았다. 예은은 오십대 금배지와 롤렉스를 찬 사십대를 또 한 명의 여자와 함께 수발하고 있었다. 처음에는 눈치채지 못했다. 같이 술을 마시던 여자 동기가 "저 여자가 자꾸 너 쳐다보는 거 알아?" 귀띔해줘서 알았다. 예전에는 몰랐는데, 예은은 확실히 나보다 두세 살 연상으로 보였다. 여전히 귀티 나는 외모였지만 몸짓에 묻어 있는 세월이 달랐다. 눈빛이 자꾸 마주쳤으나 예은은 나를 알아본 체도 모르는 체도 하지 않았다. 옛날 사진을 보듯 사심 없는 눈빛을 보내고 있었다. 예은 쪽 좌석을 기웃거리던 여자 동기가 물었다.

"저기 분위기 좀 이상한데? 넌 저런 여자를 어떻게 알아?"

나는 씹던 홍당무를 재떨이에 뱉어내고는 날카롭게 쏘아붙였다.

"함부로 말하지 마. 저런 여자가 어떤 여잔지 네가 알아?"

하진에게서는 입학하자마자 인천 K대학의 학보를 한 통 받았을 뿐이다. 잘 지내냐는 안부전화는 몇 번 했지만 다시 만나지는 못했다. 우연히 마주치는 일조차 없었다. 어쩌면 보고도 못 알아봤는지 모른다. 여전히 외제차를 끌고 다니지만 옛날의 모습은 흔적도 찾을 수 없는 둥글둥글한 아저씨가 되었다는 소식을 얼핏 들었다.

그날 밤, 부산대교를 건너자마자 우리는 사고를 냈다. 안개가 걷히자 다리가 끝나 있었다. 길이 끝나자마자 급커브였다. 드리프트를 할 새도 없이 차는 미끄러졌고 360도를 회전한 후 뒤따라오던 하진의 차에 들이받혔다. 잠시 필름이 끊겼다는 느낌과 함께 차 밖으로 나와보니 아찔했다. 아우디와 셀리카는 엉덩이와 코를 바짝 붙인 채 바리케이드를 비스듬히 긁고 아슬아슬하게 서 있었다. 부딪히면서 기적적으로 회전력이 상쇄되어 화를 면한 게 틀림없었다. 부딪히지 않았거나 충돌 시간이 조금만 달랐다면 두 대는 모두 전복되거나 바리케이드를 넘었을 것이다. 아우디가 후륜이 아니었거나 셀리카가 전륜이 아니었다고 해도 우리는 넷 다 죽었을 것이다. 하나둘 차에서 기어 나와 서로의 안부를 물었다. 모두가 큰 상처 없이 말짱하다는 사실을 확인하고 나자 몸이 제멋대로 떨리기 시작했다. 바리케이드 쪽에 가보니 나무 몇 그루가 비스듬히 자라 있을 뿐 밑은 깊이를 짐작할 수 없는 벼랑이었다. 약속이나 한 듯 벼랑에서 떨어져 나와 안쪽 길가에 주저앉았다. 담배를 나눠 피우며 주위를 천천히 둘러보았다. 불빛 하나 없는 무인도 같은 섬에 우리는 와 있었다. 담배를 다 피우고 나서야 춥다고 느꼈다.

셀리카만 들이받은 아우디는 오른쪽 엉덩이가 엉망이 돼버렸지만 주행에는 지장이 없어 보였다. 하지만 아우디를 왼쪽 코에 얹은 채 오른 몸으로 바리케이드를 10미터가량이나 긁어버린 셀리카는 서울까지 견인해야 했다. 신아는 넷이 같이 올라가자고 했으나 하진은 견인되는 셀리카에 타고 가겠다며 거절했다.

사고 덕분에 3박 4일의 여정은 2박 3일로 끝나버렸다. 부모님의 의심을 받지 않으려면 어디선가 하루를 더 보내야 했다. 신아와 부산에 하루 더 머물거나 다른 곳에 들를 수도 있었을 것이다. 하지만 두 사람 모두에게 그런 발상은 떠오르지 않았다.

오리엔테이션에 가볼 거지? 신아가 물었다. 아무래도 그래야 할 것 같다고 대답했다. 신아는 고개를 짧게 끄덕이더니 그곳까지 태워다주겠다고 했다. 오리엔테이션 일정은 아직 1박 2일이 남아 있는 상태였다.

경기도 광주여서 거의 서울까지 가야 했다. 고속도로는 드문드문 막혔다. 휴게소에 몇 번 들렀지만 신아는 나에게 핸들을 넘기지 않았다. 말도 거의 하지 않았다. 목적지에 거의 다 도착했을 때쯤에야 뜬금없이 물었다.

"우리 10년 뒤에 뭐 하고 있을까?"

"뭘 하고 싶은가가 중요하지. 넌 10년 뒤에 뭘 하고 싶은데?"

"유명한 첼리스트가 돼서 여기저기 돌아다니고 있었으면 좋겠다."

신아가 창문을 내리고 담배에 불을 붙였다.

"넌 뭘 하고 있을 것 같아?"

"소설을 쓸까 생각 중이야."

"미대에 안 가고?"

"가야지. 그림도 그리고 소설도 쓸 거야. 귄터 그라스처럼."

"오래된 생각이야?"

신아가 의외라는 듯 물었다.

"응, 오래된 생각이야."

나는 거짓말을 했다. 신아가 액셀을 밟았다 떼었다 하며 왕왕, 소리를 냈다. 해가 꽤 낮아져 눈이 부셨다. 신아가 선글라스를 꺼내어 쓰더니 말했다.

"부탁이 있어."

"응."

"웃기 없기."

"응."

"유명한 화가가 되면 나도 그려줘. 지금 모습으로."

나는 큰 동작으로 고개를 끄덕였다.

"알았어. 누드로 그려줄게."

신아는 나를 따라 크게 고개를 끄덕이며 웃었다.

"또 있어."

"응, 뭔데."

"소설에 내 얘기는 안 썼으면 좋겠어."

"그건 또 왜?"

"그냥…… 내 기억이랑 많이 다를까 봐."

"어차피 소설은 거짓말이잖아."

신아는 무언가를 궁싯거리더니 말했다.

"그럼 있는 그대로 써줘. 하나도 남김없이 전부."

차는 경기도 광주에 들어섰다. 길을 찾기 위해 몇 마디 더 나눈 것 외에 우리는 별다른 말을 하지 않았다. 그게 신아와의 마지막일 거라고는 예상하지 못했다. 일주일 뒤 우리는 다시 모여 신아의 환송식을 해주기로 약속했었던 것이다.

하지만 신아는 며칠 뒤 독일로 훌쩍 떠나버렸다. 정확한 사연은 알 수 없지만 신아가 제 발로 비행기에 타지 않은 것만은 분명했다. 나는 신아의 엄마가 불쑥 찾아와서 돈 봉투를 꺼내놓는 장면을 상상하곤 했지만 그런 일은 벌어지지 않았다. 올 때도 그랬듯이 신아는 쉼표도 마침표도 없이 사라졌다. 완성되지 않은 문장을 남긴 채 신아는 나의 영원한 과거형이 돼버렸다.

신아를 다시 본 것은 정확히 10년 뒤의 압구정동에서였다.

강한 햇빛 때문에 사물들이 분명하다 못해 약간 비현실적으로 보이는 한여름이었다. 신아는 최신형 벤츠 카브리올레의 운전석 문에 걸터앉아 말끔한 검은 셔츠를 입은 남자와 즐겁게 대화하고 있었다. 아무리 다시 봐도 신아였다. 챙 넓은 모자에 긴 원피스 차림의 신아는 얼굴이 몰라보게 하얘져 있었으나 군살 하나 없는 몸매는 여전했다. 손에는 첼리스트의 금기라는 화려한 네일아트를 하고 있었다. 그녀는 슬슬 나오기 시작한 배 때문에 욕심을 부려 압구정동의 헬스클럽에 등록한, 보습학원 국어강사이자 갓 등단한 무명작가인 나를 알아보지 못했다. 남자를 향해 짓는 해맑은 웃음에 거짓 따위는 없어 보였다. 신아는 왜 나에게 죽은 사람이고 싶었던 것일까.

드디어 해가 이울었다. 신아는 나를 수련회장 건물 앞까지 태워다주었다.

"재밌게 놀다 와."

신아는 선글라스를 벗더니 나를 향해 밝게 웃어주었다. 나도 최대한 명랑한 표정을 지어 보였다.

"그래. 조심해서 올라가."

신아는 차에서 내리지 않았다. 오른쪽 창문을 내리고 안녕, 하며 또 한 번 손을 흔들었다. 나는 입을 다문 채 짧게 손인사만 했다. 서로 먼저 가라고 손짓을 교환하다 졌다는 듯 신아가 먼저 핸들을 꺾었다. 엉망이 돼버린 뒷모습으로 아우디는 빠르게 사라져갔다. 어둑어둑한 속에서도 보트 날에 갈린 물결처럼 사선으로 피어오르는 흙먼지가 또렷이 보였다. 무언가가 가슴을 짓누르는 듯한 느낌에 사로잡혀 나는 한동안 그 자리에 남아 있었다.

숙소라기보다는 수용시설에 가까운 건물이었다. 방문은 닫혀 있었고 드문드문 말소리와 웃음소리가 흘러나왔다. 2층에서 만난 고학년으로 보이는 남자에게 물었다.

"국문과는 어디로 가면 됩니까?"

"아, 국문과요."

남자는 깍듯한 존댓말로 위치를 알려준 다음 말했다.

"아마 지금쯤 총회를 하고 있을 겁니다."

국문과 숙소는 ㄱ자로 생긴 건물의 끝에 있었다. 다섯 개의 방이 있었고 중앙의 큰방이 전체 모임을 하는 장소인 듯 했다. 누군가가 연설 비슷한 걸 하는 목소리가 또렷하게 들렸다. 홀도 아니고 무슨 방에서 총회를 하나. 잠시 망설이다 문을 활짝 열고 성큼, 안으로 들어섰다.

학생회장이 말을 멈추었다. 방 안은 시골에서 갓 상경한 것 같은 100여 명의 학생들로 발 디딜 틈 없이 꽉 차 있었다. 그 공간 안의 모든 시선이 일제히 나에게로 쏠려 있었다. 나의 입생로랑 롱코트와 골프용 보스턴백을 보고 멍청해진 것들은 신입생이고, 노골적인 적의를 뿜어내기 시작한 것들은 선배인 모양이었다. 대학의 문턱을 넘어선 지 채 몇 초도 지나 있지 않았다.

나는 다시 왕따가 돼 있었다. 마음이 편안해졌다.

'강남'의 욕망, 성장의 서사

정호웅(문학평론가)

1. 강남 상류층 소설의 계보

'강남 상류층'이라는, 크고 복잡하여 매력적인 기호와 정면으로 대결한 소설은 뜻밖에도 몇 편 되지 않는다. 홍상화의 『거품시대』 연작, 황석영의 『강남몽』 정도를 들 수 있을 뿐이다.

1970년대, 1980년대 우리 소설에 등장하는 상류계층 인물은 거의 모두가 부정적인 존재로 그려져 있다. 여러 가지 원인이 있겠지만 가장 큰 요인은 당대 우리 문학을 지배한 진보적 정치성의 상상력에 억압받았기 때문이다. 상류계층 인물을 부정적인 존재로 선규정(先規定)해 버리는 진보적 정치성의 상상력이 지배하는 문학판에서 그들의 긍정적인 면모는 아예 관심의 대상이 될 수 없었던 것이다. 그 부정적인 측면과 긍정적인 측면 어느 한쪽만의 일방적인 강조가 아니라 그 전면적 실체를 소설 속에 담아낸 최초의 작품은 홍상화의 장편 『거품시대』와 그 속편인 『불감시대』이다. 1987년에서 1989년까지의 약 3년간을 다룬 『거품시대』와, IMF 시대를 다룬 『불감시대』는 한국 사회를 지배해 온 강남 상류층의 실체를 처음으로, 그들의 일상생활과 그들의 의식 안쪽에서 구체적으로 그려내었던 문학사적 문제작이다. 작가는 욕망과 음모가 뒤범벅을 개고 있는 혼탁한 세계 한복판에 우뚝 서서 그 어둠의 세계를 환히 밝히는 젊은 경제인의 '절대의 순수 사랑'과, 참된 경제인의 길을 찾는 그의 고뇌를 통해 이 같은 혼돈의 현실을 넘어설 수 있는 방안이 무엇인가를 찾고자 하였다.

홍상화의 『거품시대』 연작은 강남 상류계층의 도덕적 타락을 비판하고 있지만 그 계층을 근본적으로 부정하지는 않는다. 그 비판은 성실, 정직, 준법, 이기적 욕망 억제 등을 강조하는 도덕적 관점에서 행해지고 있는데, 이 점에서 『거품시대』 연작은 유교적·자본주의적 도덕론에 근거한 '강남' 비판의 작품이라 할 수 있다.

황석영의 『강남몽』은 몇 사람의 일대기가 구축하는 강남 형성사를 통해 강남 상류층의 부정적인 측면을 폭로하고자 한 작품이다. 빼어난 외모를 밑천으로 밑바닥에서 몸을 일으켜 재력가로 성장하는 박선녀, 오랜 정보원 생활에서 얻은 현실감각과 인맥의 도움에 힘입어 엄청난 자산가로 발돋움하는 김진, '깡'으로 조직폭력계의 최강자 자리에 올라서는 홍양태 등이 그 일대기의 주인공들이다. 그들의 일대기는 모두가 '성공의 일로행'이라 표현할 수 있을 정도로 계속해서 돈이 불고 자리가 높아지는 '멈춤 없는 전진'의 서사이다. 그들의 일대기 안에는 작은 일대기들이 여럿 들어 있는데, 그 작은 일대기의 주인공들도 마찬가지로 계속해서 성장하고 높아지는 성공의 일로행을 걷는다. 그 큰 일대기들과 작은 일대기들이 종횡으로 얽히며 '일대기 중층의 서사'를 구축한다.

크고 작은 일대기의 주인공들은 남다른 능력을 지녔고 피나는 노력을 기울였기에 성공 일로행의 여로를 걸을 수 있었다. 그들의 여로는 그들이 강남이라는 특수 공간의 형성이라는 전대미문의 역사적 사건의 중심에 적극적으로 관여하면서 더욱 가파르게 고지를 향해 치닫게 되는데, 여기에는 유무형의 정치권력과 그것에 조종받는 행정조직 등 국가를 관리하는 힘과 조직의 지원을 비롯한 여러 종류의 도움이 크게 작용하였다. 강남 형성의 격류를 따라 크고 작은 일대기의 주인공들이 이런저런 도움을 받으면서 저마다의 고지를 향해 거침없이 나아가지만, 그 정점에서 그들은 강남의 중심부에 솟아 있는 거대 백화점이 일순에 무너지듯 바닥으로 곤두박질치고 만다. '멈춤 없는 전진', '성공 일로행'의 서사가 한순간 '전락'의 서사로 바뀌며 멈추어 서는 것이다.

'멈춤 없는 전진', '성공 일로행'의 서사 끝에 '전락'의 결말을 설정함으로써 매조지는 이 독특한 서사 형식은 강남 형성사 속에 깃들어 있는 부정성에서 비롯된 것이면서 또 한편으로는 '강남'이라는 기호 속에 깃들어 있는 부정성을 근본 부정하는 작가의 세계관에서 비롯된 것이다. 이 점에서 『강남몽』은 객관 현실의 반영이면서 동시에 주관적인 이념 개진의 작품이다. 그러나 객관 현실의 부정적인 측면만을 문제 삼고 있으니 객관 현실의 전체성적 반영이라고는 할 수 없는 것, 초점은 주관적인 이념 개진이다. 이 작품이 부정하고자 한 대상은 반민족적 현실주의, 천민자본가적 탐욕, 정치권력의 자본 종속성 등이다. 그렇다면 이 작품에서 '강남 상류층'의 부정적 측면을 폭로하고 비판하는 '이념'의 중심에 놓인 것은 반민족적·자본주의적 욕망과, 그 욕망을 낳고 키우며 그 욕망에 의해 지배되는 체제에 대한 부정의식이라 할 수 있겠다.

저마다의 도덕적 또는 이념적 관점에서 '강남 상류층'을 읽고 비판하고자 한 『거품시대』 연작, 『강남몽』과 마찬가지로 노희준의 『오렌지 리퍼블릭』 또한 '강남 상류층'을 읽고 비판하고자 하였다. 그러나 여러 가지 다른 점을 지니고 있으니 함께 묶을 수 없는 전혀 새로운 소설이다. 기성세대를 문제 삼은 두 작품과는 달리 청소년을 다룬 성장소설이라는 점, 그 비판의 기준이 도덕적 또는 이념적인 성격의 것이 아니라는 점, 대상에 대한 비판의식과 함께 그 대상의 슬픔과 고통을 깊이 들여다보고 껴안고자 한 의식이 낳은 것이라는 점 등에서 그렇다. 나로서는 경험해보지 못한, 그래서 한편으로는 낯설고 불편하고 한편으로는 신기하고 자극적인 '오렌지'들의 공화국으로 들어가 보기로 한다.

2. 성장의 서사

『오렌지 리퍼블릭』은 "나는 왕따가 아니었다. 그때는 '왕따'라는 말이 없었다. 애들은 그냥 나를 '재수'나 '밥맛' 정도로 불렀다"로 시작해서 "나는 다시 왕따가 돼 있었다. 마음이 편안해졌다"로 끝난다. 왕따라는 말이 없어서 왕따로 불리지 않았을 뿐 사실은 왕따였던 중학생이 5년 뒤 대학생이 되어 자신이 다시 왕따가 되었음을 확인하기까지의 이야기인 것이다. 왕따라는 사실 때문에 괴로워하던 주인공이 다시 왕따가 되었음을 확인하고 편안해한다는 것은 그가 성장했음을 뜻한다. 이렇게 보면 이 작품은 성장소설인 셈이다.

이 성장 서사의 주인공은 이른바 '감귤'이다. 강남 "개발 전부터 살던 원주민이거나 개발 초기에 집값이 싸다는 이유로 들어온 사람들로, 운이 좋은 편이기는 했으나 부자라고는 할 수 없"는 사람들 가운데 하나인 부모 밑에 태어났다. 그를 왕따로 만든 집단은 이른바 '오렌지'들이다. "80년대에 유입된 외래종으로" '신흥귀족'으로 군림하는 사람들의 자식들이다. '탱자'와 '감귤'의 바깥에는 "강남에 살지만 온몸으로 강북인 애", "강을 건너온" '탱자'가 있다. 그리하여 오렌지, 감귤, 탱자의 순으로 나뉜 상—중—하 또는 중심—중간—주변의 질서가 형성되었다. 그 질서는 수직적이기도 하지만 동시에 수평적이기도 하다. 중고등학생 사회에 작동하는 권력의 메커니즘은 복잡해서 부모의 신분과 재산에서 비롯된 힘이 최고 권력으로 군림하는 경우도 있지만 반드시 그런 것은 아니기 때문이다. 많은 경우 이들 세 집단은 중심—중간—주변으로 구분된 수평적 질서에 따라 자기들만의 세계를 이루고 그 밖으로 벗어나지 않는다.

이 작품의 주인공은 수직적 질서의 '중', 수평적 질서의 '중간'에 속한 고등학생이다. 그는 수직적 질서의 상, 수평적 질서의 중심을 장악하고 있는 오렌지들의 세계로 진입하려고 노력, 마침내 성공한다. 오렌지들이 그의 비상한 머리를 인정, 그를 "껴주기로" 한 것이다. 그가 '끼어든 자'라는 것은 중요하다. 오렌지들과 어울려 오렌지의 생활을 함께한다고 해서 감귤이 오렌지가 될 수는 없는 것, 그는 여전히 감귤일 뿐이다. 오렌지의 세계에 속해 있지만 오렌지가 아닌 그는 동시에 '안/밖'에 속하는 이중성적 존재이다.

그를 오렌지 공화국에 속해 있는 안의 존재이면서 오렌지 공화국에 속하지 않는 밖의 존재이게 하는 것은 또 있다. 그는 "또래들이 한창 게임이나 만화에 빠져 있을 때 고전문학과 클래식, 그리고 미술에 심취"했던, "나이에 걸맞지 않게 수준이 너무 높"은 인물이다. 그 남다른 문학예술 체험과 그것에서 얻은 지식과 교양, 그리고 그것들에서 생겨난 자부심이 우뚝하기에 그는 오렌지 공화국의 충실한 시민으로 갇힐 수 없었다.

> 강남에서 제일 물 좋다는 나이트였지만 겁나지 않았다. 그날 오후 집 앞 레코드점에서 산 요요마의 '무반주 첼로'가 있기 때문이었다. 나는 그 판을 가슴에 안고 나이트에 입장했다. 천둥 같은 음악 소리가 가슴을 울릴수록, 잘 차려입은 애들이 눈에 띄면 띌수록, 방패처럼 무반주 첼로를 높이 들었다. 그들이 내 고상한 취미를 이해할 거라고는 기대하지도 않았다. 모르면 모를수록 좋았다. 너희가 외모와 옷차림으로 나를 평가하고 있는 동안, 나의 바흐는 너희들의 텅 빈 교양을 비웃고 있을 거다.(68~69쪽)

또 있다. 그는 한편으로는 오렌지 공화국의 시민들을 지배하는 온갖 욕망에 지배당하는 몰주체적 존재이지만 또한, "남들과는 공유할 수 없는 나만의 리듬과 박동"을 만들어내고 그것에서 가슴 벅찬 희열을 느끼는 예술가의 창조력과 감각을 가진 주체적 존재이기 때문에 돈,

성, 권력의 욕망이 지배하는 속물들의 세계, 개성이 서식할 공간이 없는 몰주체적 동일성의 세계에 갇힐 수 없었다.

　　손의 감각이 우연도 필연도 아닌 궤적을 생산하고, 그것이 중첩되어 상을 맺어가는 과정이 짜릿했다. 선과 면의 애매한 경계에서, 남과 공유할 수 없는 나만의 리듬이 생겨날 때마다 벅찼다. 침묵의 시간에 빠져 있다 보면 신기하게도 종이 위에 말[言]이 떠오르고 있었다. 나로부터 나왔지만 내가 의도하지는 않은 언어들.(63쪽)

　뛰어난 예술창작론이다. 이 작품 곳곳에는 이처럼 뛰어난 예술창작론이 나오는데, 다른 부분은 건너뛰고 이것들과 주인공의 미술 공부만을 엮어 읽는다면 이 작품은 미완성의 예술가소설이라 할 수도 있다. 노희준이 좋은 예술가소설을 쓸 수 있는 작가임을 말해주는 것인데, 이 작품의 내용과 관련지어 말한다면 음악 또는 미술과 관련된 예술가소설을 기대해도 좋을 듯싶다. 노희준이 좋은 예술가소설을 들고 독자 앞에 나타나는 것은 앞으로의 일, 여기서 우리가 말하고자 하는 것은 이 작품의 주인공이 예술가의 창조력과 감각을 가진 주체적 존재라는 것이고, 그렇기 때문에 오렌지 공화국의 '안/밖'에 동시에 속하는 이중성적 존재일 수밖에 없다는 사실이다.
　그가 동시에 '안/밖'에 속하는 이중성적 존재라는 것은 서사 구조의 측면에서 여러 가지 의미를 갖는다. '끼어든 자의 눈', 즉 그 속에 들었으나 여전히 그 밖에 놓인 자의 눈으로 강남 상류층 아이들의 현실을, 그들의 생활과 의식, 즉 전체 삶의 차원에서 밀착 관찰하고 해석할 수 있게 되었다는 것이 그 하나이고, 그들의 세계를 비판할 수 있게 되었다는 것이 다른 하나이다. 수직적 질서의 중, 수평적 질서의 중간에 속한 인물의 수직적 질서의 상, 수평적 질서의 중심에 진입함으로써 동시에 '안/밖'에 속하는 이중성적 존재가 되는 인물을 관찰자, 비판자로 설정함으로써 노희준은 강남 상류층 아이들의 실체를 구체적으로 재현하고 비판하는 소설을 한국소설사에 탑재할 수 있었다.

여기에 그치지 않는다. 앞에서 주인공이 자신이 다시 왕따가 된 것에 대해 "마음이 편안해졌다"라고 한 것이 성장을 뜻하는 것이라고 했는데, 그 성장은 강남 공간, 90년대 초반 대학 공간 등 개성의 자유를 억압하는 몰주체적 동일성의 세계에 대한 비판적 거리 확보를 가능하게 하는 정신의 개화이고 뿌리내리기이다. 주인공의 행로는 '왕따―탈왕따―왕따 되기'의 과정으로 요약할 수 있는데, 마지막 '왕따 되기'는 몰주체적 동일성의 세계로부터 소외되는 것이지만 동시에 그 세계로부터 자신을 소외시키는 주체적인 선택이기도 하다. 그는 개성을 억압하는 몰주체적 동일성의 세계에 맞서 스스로 '왕따 되기'를 선택하는 강한 존재로 성장하였다. 이로써『오렌지 리퍼블릭』의 성장 서사는 강남 상류층 아이들의 '오렌지 공화국'이라는 좁은 세계를 넘어 몰주체적 동일성의 세계 일반을 문제 삼는 비판적 서사로 진전하였다.

3. 슬픔과 고통을 껴안는 연민의 마음

앞에서 살핀 대로 주인공은 자신의 수준 높은 문학예술 체험 그리고 그것에서 얻은 지식과 교양에 대한 커다란 자부심을 갖고 있는 인물이다. 게다가 친구들이 '천재'라고 감탄할 정도로 머리가 좋고 미술에 남다른 재능을 가지고 있으니 그 자부심이 더욱 크게 부풀어 오르는 것은 자연스럽다. 그 자부심이 그로 하여금 '영웅 서사'의 주인공과 자신을 동일시하게 이끌었다.

밤마다 찾아오는 미모의 요정도 한 명 있었다. 줄리아는 조지 오웰의 『1984』를 읽던 중에 만났다. 스탠드 불빛이 새나가지 않게 이불을 뒤집어쓰고 있었는데 갑자기 정전이 되었다. 그녀가 한 줌의 영롱한 빛으로 나타난 건 그때였다.

누구세요?

난 미래에서 파견된 시간 테러리스트야.

그런데요?

중요한 사실을 알려주러 왔어.

뭔데요?

네가 영웅이 되기 위해 태어났다는 거. 네가 지금 이지메 당하는 건 미래 악당들의 음모야. 그들의 책략에 휘둘려 너의 본분을 잊어서는 안 돼. (8~9쪽)

친구들의 이지메로 괴로워하던 중학 2학년생 소년이 자신이 "영웅이 되기 위해 태어났"으며 "지금 이지메당하는 건 미래 악당들의 음모"라 생각하여 고통의 현실을 견디고자 했다는 것을 보여주는 환상일 것이다. 그러나 작품 전체와 관련지어 읽으면 그것만은 아니다. 이 환상 속에는 그가 속한 집단의 구성원 모두로부터 뛰어난 존재로 인정받고자 하는 승인 욕망, 그 구성원들 위에 군림하고자 하는 권력 욕망 등이 깃들어 있다. 주인공이 갖은 방법을 동원하여 끼어든 오렌지 공화국의 '정신적 지도자'가 되고자 노력하고 마침내는 인정받는 데 이른다는 것, 자신의 지배 권력에 충성하지 않는 친구들을 가차 없이 축출한다는 것, 축출된 그들의 이후 불행한 또는 행복하다고 할 수 없는 인생 유전에 대해 냉소적인 태도를 보인다는 것, 남자 둘 여자 둘로 구성된 그들만의 소조직을 주도하여 결성하고 이끈다는 것 등은 그 같은 욕망들에 이끌린 것이다.

주인공을 지배하는 이 위험한 욕망들은 그러나 그의 것만은 아니다. 작중 인물 모두가 이 위험한 욕망들의 꼭두각시가 되어 그것들의 실현과 차단 사이, 들킴과 감춤 사이, 위선과 진실 사이, 위악과 진실 사이 캄캄 어둠 속을 갈팡질팡 헤매고 있다. 주인공을 비롯한 작중 인물들의 안쪽에 도사린 그 욕망들, 그리고 그 욕망들로 인한 작중 인물들의 방황과 그들 사이의 관계를 작가는 집요하게 추적하여 그려내었다. 이 점에서 『오렌지 리퍼블릭』은 승인 욕망과 권력 욕망을, 그리고 이들 욕망에 들린 인간들의 방황과 그들의 관계를 깊이 파헤친 작품이라 할 수 있다.

어두운 욕망들에 이끌려 어둠 속을 헤매고 있는 인물들의 마음 행로, 몸의 행로를 냉정하게 따라가고 있는 『오렌지 리퍼블릭』의 전개 아래에는 타자의 '상처', 그 슬픔과 고통을 함께 아파하고 그것을 따뜻하게 껴안는 연민의 마음이 놓여 있어 이 어둡고 추운 세계를 환하게 밝히고 따뜻하게 데운다. '오렌지 공화국'의 시민들은 모두가, 그들의 화

려한 겉모습 안쪽에 그들의 사고와 감정과 행위를 누르고 뒤틀어 비정
상으로 만드는 '상처'를 꼭꼭 숨기고 있는데 작가의 눈길은 이를 지나
치지 않았다.

　　하진은 어느새 심각하지 않았고, 신아는 더 이상 집요하지 않았
　고, 세한은 웬일로 병신에게 폭력적이지 않았고, 병신은 처음으로
　아빠에 대해 위선적이지 않았다. 아빠가 비리정치인이면 어떻고 유
　아성애자면 어때. 엄마가 창녀건 빠순이건 무슨 상관이야. 모두 서
　로의 상처가 하찮다고 놀렸다. 하찮아진 상처는 유쾌했다.(193쪽)

친구들에게 털어놓아야만 견딜 수 있는 상처, 친구들 또한 자신과
마찬가지로 내출혈하는 상처를 품고 괴로운 시간을 견뎌왔다는 사실
을 알면 더욱 견딜 만해지는 상처를 이 소설의 인물들은 모두가 지니
고 있다. 소설의 전개를 따라 그들의 상처, 그 상처로 인한 그들의 슬픔
과 고통이 하나하나 드러나게 되는데 그 상처를 추적하여 드러내게 하
는 것은 연민의 마음일 것이다.

4. 구어(口語)의 바닷속 빛나는 시적 언어

『오렌지 리퍼블릭』의 전개를 따라온 우리의 긴 '강남' 여행은 드디
어 막바지에 이르렀다. 『오렌지 리퍼블릭』에 그려져 있는 20년 전 '강
남'의 실상을 속속들이 경험하는 것은 힘들고 우울한 일이다. 돈과 사

회적 지위가 신분을 규정하는 공간, 개성의 서식 가능성을 봉쇄하고 개성의 벗어남을 용납하지 않는 몰주체적 동일성의 공간, 대학 입시를 위해 모든 것을 유보하고 희생해야 하는 공간, '하룻밤서기(one night stand)'가 상징하는 성적 욕망이 무한 증식하며 청춘의 시간을 집어삼키는 공간을 한 걸음도 건너뛰지 않고 만나야 하는 일이란 얼마나 힘들고 우울한 일이겠는가.

그 20년 전 '강남'을 구체화하는 것은 서술자의 고급 표준어가 아니라 인물들의 구어이다. 욕을 섞지 않으면 말하고자 하는 것을 제대로 드러내지 못하는 청소년들의 거친 언어는 그들의 의식과 생활을 핍진하게 드러내는 도구이고, 나아가서는 그들의 의식과 생활 자체이다. 구어의 바다인『오렌지 리퍼블릭』은 그래서 그들 삶의 바다이다.

그러나 거친 구어의 바다, 일렁이는 물결 사이사이에는 빛나는 시적 언어들이 숨어 있어 이 작품의 격조를 드높인다. 한 예만 들어보겠다.

신아의 손을 깍지 끼어 잡으며 나는 하얀 무늬들의 꿈틀거림만 남고 모든 게 멈췄으면 좋겠다고 생각했다. 시간 따위는 없어져버리고 한없이 달려가는 신아와 나의 속도만이 존재했으면. 신아와 나의 이름조차 사라져 함께 맞잡고 있는 이 손의 감촉만 남았으면. 우리는 하나이자 전부로 지금 이곳에 살아 있었다. 다시는 돌아가지 못할 인생의 어느 한때에, 우리는 온통 하얗게 빛나고 있는 어둠 속에서 그렇게 영원했었다.(299~300쪽)

노희준은 구어, 특히 청소년들의 구어 구사력이 뛰어난 작가이다.

그러나 위의 인용에서 보듯이 저처럼 잘 다듬어진 시적 언어 구사력도 못지않게 뛰어나다. 시적 언어를 주로 한 작품을 써보면 어떨까? 노희준 문학의 가능성 하나는 여기에 있을 수 있다는 게 내 생각이다.

사랑해달라고 말하지 않겠습니다

몇 년 전 볕이 드는 방 한 칸을 구했습니다. 오전에는 햇빛 에너지를 이용해 책을 읽고, 해가 지기 시작하면 컴퓨터를 켜고 키보드를 두들기기 시작합니다. 항상 소설이 잘 써지지 않아서 주로 딴생각으로 시간을 보낼 때가 많습니다. 태양열을 이용한 워드프로세서나, 온몸으로 조작하는 키보드 따위를 상상해봅니다. 펜과 종이로 쓰면 그만일 것을, 그렇게 하지 못합니다. 끼니때가 되면 주변 식당에서 어디서 온 무엇으로 만들었는지 알 수 없는 음식을 사먹고 돌아오다가, 왜 나는 같이 밥을 지어 먹을 사람이 없을까, 종종 우울해지기도 합니다.

레밍이라는 쥐가 있다지요. 절벽이나 강으로 집단자살을 하는 기행으로 유명해진 쥐입니다. 한동안 생물학계의 미스터리로 남아 있었는데 최근 그 비밀이 풀렸답니다. 레밍은 번식력도 강하고 매우 탐욕스러워서 순식간에 주변을 초토화시킵니다. 먹을 게 다 없어지고 나서야 이동을 하는데 몇 마리의 쥐가 엄청난 규모의 집단을 이끈다지요. 절벽이나 강을 만나면 방향을 틀어야 하는데 뒤따라오는 굶주린 쥐들에게 떠밀리는 거랍니다. 무리의 거의 전부가 없어질 때까지 말이지요. 왠지 앞서 떨어지는 쥐들의 불평이 들려오는 것 같습니다. 에이 씨, 여기가 아니라니까.

문단이라는 곳에 강남 출신 작가가 없다는 말을 들었습니다. 여기서 출신이란 유소년기를 모두 보낸 경우를 말하는 것이겠지요. 그래서일까요. 언제부턴가 누군가 집이 어디냐고 물으면 그냥 서울 산다고 말하는 버릇이 생겼습니다. 곧이곧대로 말했다가 부모 잘 만난 행운아로 오인받거나, 심지어는 편견 가득한 공격을 받은 경우도 있었거든요. 지금은 괜찮습니다. 이제 주변에 저를 오해하는 사람은 없습니다. 이유 없이 저를 좋아해주고 응원해주는 친구들도 꽤 생겼지요.

이 소설은 그런 이야깁니다. 그냥 소설일 뿐입니다. 왕따 탈출의 지침서도, 성장에 성공한 자의 후일담도, 잘나가는 방법을 일러주기 위한 비법서도 아닙니다. '실제로 있었던 일' 따위의 거짓말로, 특정 시대 특정 인물의 이야기라는 그럴듯한 구실로 변명하고 싶은 마음은 없습니다. 사랑해달라고 말하지 않겠습니다. 단지 언제나 누군가를 사랑하고 싶었을 뿐이라고 말하겠습니다.

혼자 쓴 소설이 아닙니다. 많은 분들의 관심과 도움을 얻어 또 한 권의 책을 냅니다.

이 소설의 집필을 적극 추천해주신 시인 이문재, 선뜻 추천사를 받아주신 소설가 박범신 선생님, 소설뿐 아니라 나의 노래에도 귀기울여주는 재즈 보컬 말로, 연재를 하기 전부터 관심 가져주신 평론가 정호웅 선생님, 함께 『오렌지 리퍼블릭』의 행로를 고민해준 나의 글쟁이 밴드 멤버, 기타리스트 박상, 드러머 박범준, 키보드 황여정, 베이시스트 하재영, 그리고 나의 부실한 기억력을 되살려준 나의 오랜 친구 정지영, 이창제.

그리고 평생을 정직하게 살아오신 나의 부모님께,

저의 두 번째 장편소설을 바칩니다.

오렌지 리퍼블릭

ⓒ 노희준, 2010

초판 1쇄 인쇄 2010년 10월 13일
초판 1쇄 발행 2010년 10월 18일

지은이   노희준
펴낸이   강병철
주 간   정은영
편 집   임홍열
디자인   김희숙
제 작   시명국, 구본성
영 업   조광진
마케팅   박현경, 김정혜, 유혜영

펴낸곳   자음과모음
주소   출판등록 2001년 5월 8일 제20-222호
       121-753 서울시 마포구 동교동 165-1 미래프라자빌딩 7층
       전화 | 편집부 02) 324-2347 | 총무부 02) 325-6047~8
       팩스 | 편집부 02) 324-2348 | 총무부 02) 2648-1311
       이메일 | munhak@jamobook.com

ISBN 978-89-5707-525-8(03810)